그라니트 : 용들의 땅 11

이경영 판타지 장편 소설

초판 1쇄 찍은 날 § 2017년 11월 13일
초판 1쇄 펴낸 날 § 2017년 11월 20일

지은이 § 이경영
펴낸이 § 서경석

편집책임 § 김슬기

펴낸곳 § 도서출판 청어람
등록번호 § 제387-1999-000006호
등록일자 § 1999. 5. 31
어람번호 § 제1-2797호

주소 § 경기도 부천시 부일로 483번길 40 서경B/D 3F (우) 14640
전화 § 032-656-4452 팩스 § 032-656-4453
http://www.chungeoram.com
E-mail §chungeorambook@daum.net

© 이경영, 2015

ISBN 979-11-04-91540-6 04810
ISBN 979-11-04-90405-9 (세트)

그라니트

용들의 땅

GRANITE

이경영 판타지 장편 소설

GRANITE

그라니트

용들의 땅

CONTENTS

97
부활 부스러기

셀레스티아가 자신을 지켜보는 것도 모르고 고심하던 치프가 죠니 쪽을 봤다.

"저기, 죠니."

"예, 원사님."

단말기로 사진을 찍을 준비를 하던 죠니가 대답했다.

"사만다가 군에 입대한다고 했을 때 말이야, 혹시 기억해?"

그 순간 굉장한 지겨움이 죠니의 얼굴을 스치고 지나갔다.

한편으로 셀레스티아는 치프가 '남에게 물어 본다'라는 선택지를 고를 줄 몰랐기에 약간 당황했다.

"…예, 정신이 반쯤 나가셨죠."

죠니가 천천히 말했다.

"내가 그때 사만다랑 싸우고 어떻게 풀었더라?"

치프가 물었다. 셀레스티아는 결국 자신이 해야 할 일을 잊은 채 죠니의 대답에 집중했고, 옆에서 회사 복구를 기다리던 헤이파는 오른손으로 자신의 눈가를 덮으며 데스디아의 어깨에 몸을 기댔다.

"하아, 올해는 그냥 지나가나 했는데……. 결국 1년에 한 번 정도는 꼭 물어보시네요."

"그런가?"

"사만다와 싸우시기는커녕 본부 면회소로 부르셨잖아요? 원사님께서는 제발 거기 가서 다치지 말라고 사만다에게 정신없이 말씀하셨죠. 몇 시간 동안 원사님의 말씀을 다 들은 사만다는 오히려 원사님이 걱정이라고 저한테 부탁했고요."

"아……."

"원사님께선 그날 이후 일주일 가까이 이상한 행동을 하셨죠. 아침저녁으로 청소용 드론 앞에 애완견 사료를 놓으시고, 드론은 드론대로 그걸 치우느라 오락가락하고……. 체력 단련 시간에 농구공으로 드리블을 하시면서 트랙을 돈 건 기억하시나요? 오로지 닭다리만 드신 건요?"

치프의 얼굴색이 파랗게 변했다.

"내가 왜 그걸 기억 못 하지?"

"그만큼 충격을 받으셨으니까 그렇죠."

"음……."

치프는 자신의 이마를 만지며 요 며칠간의 일을 떠올려 봤다.

"나 말인데, 생각해 보니 이번에도 나흘 내내 닭다리만 먹은 것 같아."

치프의 말을 들은 죠니는 쓴웃음을 지었다.

"저희도 사만다가 걱정돼서 잠이 안 오는데 원사님께서는 어
련하시겠습니까? 진정하세요."

"하아."

치프가 한숨을 터뜨렸다.

셀레스티아는 자신이 갖고 있는 치프의 기억과 죠니의 증언
이 일치함을 확인했다.

'기억의 괴리가 아니면 뭐지? 사만다에게 종속되어서 그런
건가?'

데스디아가 고민하는 셀레스티아의 어깨를 살짝 잡았다.

"지금은 해야 할 일이 있잖아, 셀리?"

"아… 미안."

눈을 꾹 감고 잡념을 지운 셀레스티아는 이윽고 눈을 부릅뜨
고 회사를 봤다.

그녀의 몸에서 백금의 빛이 찬란하게 발산됐다.

장갑차 안에 편히 앉아 셀레스티아를 지켜보던 여왕은 정령
계를 바라볼 때 사용하는 능력을 이용하여 셀레스티아의 그 빛
을 관찰했다.

'위대하지만 상냥하지만은 않은 저 백금색의 빛……. 신룡의
유적에서 어렴풋이 감지됐던 빛의 실체가 저것이었어.'

여왕은 면류관을 벗었다.

진보라색의 윤기가 살짝 감도는 머리카락은 도자기처럼 매
끈하게 단정되어 빈틈을 찾아보기 힘들었다. 앳된 얼굴과 어울

리지 않는 엄숙함은 그녀가 한 종족의 왕임을 분명히 증명하고 있었다.

'A—1730이 우리 고향을 지키기 위해 발휘하던 빛은 분명 저 어린 왕녀에게 하사받은 것이겠지.'

여왕이 보는 앞에서, 하늘을 가릴 만큼 모여든 대량의 입자가 회사를 향해 폭포수처럼 쏟아졌다.

데스디아와 파울라의 싸움으로 인해 금이 가고 부서진 모든 곳이 그 입자들에 의해 채워지고 본래의 모습으로 돌아왔다.

뭉개지다시피 한 회사 본관이 그 그리운 모습을 되찾았다. 알케온의 보금자리이자 사람들의 공통된 휴식처였던 식당도 멀쩡하게 돌아왔다.

아스팔트 도로도, 콘크리트 바닥도, 폭격을 맞은 것처럼 황폐해졌던 훈련장도 마찬가지였다.

뿌리째 뽑혀 하늘로 올라간 라이트스톤의 던전은 완전히 분해된 뒤 여왕과 헤이파가 원했던 대형 숙소의 모습으로 바뀌었다.

'분명 상식을 초월한 힘이야. 하지만 사용자가 누구냐에 따라 믿음을 줄 수도 있고 허무맹랑해 보일 수도 있군. 결국 도구에 지나지 않는다는 것인가?'

알타이르의 여왕은 그 힘을 다루고 있는 셀레스티아 쪽으로 시선을 돌렸다.

'저 어린 왕녀에겐 부담이 크겠지. 이 땅을 날개 달린 자들에게 돌려준 이후의 일이 문제겠어. 그녀에게 발전이 없다면 그녀는 아마도 예전처럼 무시를 당할 것이야.'

여왕은 정치적으로 생각을 해봤다.

'왕녀를 돕는다고 해서 우리 알타이르가 얻을 수 있는 이득이 무엇일까?'

그녀는 면류관을 다시 썼다.

'그녀의 신하들이 얼마나 헌신적이고 영리할지 궁금하군.'

사실 알타이르의 여왕이 그라니트 행성에 찾아온 진짜 목적은 바로 '외교'의 가능성을 알아보기 위해서였다.

그러나 이곳에 도착하자마자 여왕이 목격한 셀레스티아의 보금자리, 즉 회사는 끔찍한 폐허에 불과했다.

여왕은 셀레스티아의 어수룩한 모습을 신뢰할 수 없었다.

개인적으로는 셀레스티아에게 기묘한 매력을 느꼈지만 지금 당장 외교의 파트너로 삼기에는 낙제점 이하였다.

여왕은 복구가 마무리되는 회사의 모습을 감흥 없이 바라봤다.

'신기한 능력을 가졌다는 이유로 날개 달린 자들과 손을 잡을 수는 없지. 하지만… 지켜볼 가치는 있을 것이야.'

그녀는 일을 무사히 마친 셀레스티아를 껴안고 응원해 주는 헤이파를 유심히 봤다.

여왕에게 있어서 헤이파는 가장 훌륭한 신하이자 그냥 두고 볼 수 없는 정치적 대립자였다.

실제로 헤이파는 둘째 딸의 자결을 계기로 관습에 불만을 터뜨리며 최고 제사장 자리에서 스스로 내려왔다. 그리고 여론을 이끌며 알타이르 왕실과 강력하게 대립했다.

이후 유력한 무관 가문의 당주들이 헤이파를 지지하면서 헤이파의 위상은 알타이르 행성에서 무시할 수 없는 수준까지 올라갔다.

알타이르의 전통적 '관습'에 대해 사람들이 갖고 있던 불만, 그리고 데스디아가 이끌던 군단의 전멸 소식이 가져온 위기감은 왕정에 대한 비토로 이어지면서 알타이르 행성 초유의 첨예한 정치적 대립이 일어난 것이다.

그 일은 엉뚱한 방향으로 풀려 나갔다.

치프가 여왕은 물론 수많은 전사들이 보는 앞에서 대단한 싸움을 벌인 것이 원인이었다.

알타이르 사람들의 관심은 정치적 대립에서 치프라는 외계인에게 집중됐다. 더불어 헤이파가 모든 것을 내려놓고 데스디아를 돕기 위해 알타이르를 떠나면서 대립의 분위기는 자연스럽게 식었다.

하지만 브라토레 가문이 데스디아를 통해 축적한 막대한 자금과 치프와의 인연은 여전히 위협적이었다.

여왕이 알타이르 국영 방송과 탈리케이아를 이용하여 치프라는 영웅을 공공재에 가깝게 만든 것은 사실 브라토레 가문을 견제하기 위한 정치적 의도가 깔려 있었다.

그런데 헤이파가 셀레스티아를 마치 딸자식처럼 애지중지하는 모습은 여왕의 관심을 끌기에 충분했다.

'브라토레 당주의 인복(人福)을 무시할 수는 없지. 덕분에 오크들에게 고향이 짓밟히는 일을 막을 수 있었으니까.'

여왕은 날개 달린 자들에 대한 관망을 결정했다.

*   *   *

주문에 따라 셀레스티아가 지은 '알타이르 전사들 전용 생활관'은 사람들을 압도했다.

최대 2,000명 가까이 투숙할 수 있는 객실 수는 물론이고 해수욕장이 아닐까 싶을 정도의 실내 수영장 시설, 대형 뷔페, 심지어는 카지노까지 완비하여 실제 이용 면적은 그라니트 용역의 본관과 정비창, 격납고, 옛날 숙소, 식당을 합친 것보다 컸다.

치프의 지시에 따라 대기권 밖에 대기하고 있다가 다시 내려온 위스콘신의 승무원들조차도 창문에 달라붙어 그 건물을 구경하느라 바빴다.

죠니는 좌우로 한참 훑어봐야 하는 그 초대형 숙소의 자태를 직접 보고는 크게 당황했다.

"원사님."

"응?"

"라스베이거스에 저런 건물들이 잔뜩 있었죠?"

"저거보다 큰 게 즐비했지. 그 망할 메타휴먼들이 지진만 일으키지 않았으면 아직도 번쩍번쩍했을 거야."

치프는 단말기의 카메라를 이용해 그 호텔에 가까운 생활관을 촬영했다.

"새 건물이라 그런지 한층 더 번쩍번쩍하네."

"그러게요. 레이저 쇼라도 준비할까요? 분수도 있고 수영장도 있는데 그게 빠지면 이상할 것 같군요."

농담을 한 죠니도 자신의 단말기를 들고 사진을 찍었다.

사진을 찍던 치프가 문득 셀레스티아를 봤다.

"내부 인테리어와 침구류는 어떻게 된 거야? 그건 도면에 없었잖아?"

"응, 그거? 저번에 빅시티의 호텔에서 하룻밤 지낸 적이 있잖아?"

"그랬지."

치프는 자신이 목격한 그 음주 후의 난장판을 잠깐 떠올렸다. 뒤에서 단말기가 아닌 고급 카메라로 사진을 찍던 킹은 사력을 다해 웃음을 참았다.

데스디아는 눈을 다른 곳으로 돌리며 그때의 끈적끈적한 기억을 지우기 위해 애썼다.

그러나 셀레스티아는 그렇지 않았다.

"그때 그 방이랑 치프가 우리한테 덮어줬던 담요의 감촉과 재질 등을 재현해 봤어."

"……."

셀레스티아의 의도적인 지적에 데스디아가 흠칫했다. 생활관을 찍던 치프의 동작도 멈췄다.

"치프가 담요를 덮어주다니? 언제?"

데스디아가 가볍게 떨리는 목소리로 물었다.

"언제인지는 나도 모르겠는데, 우리가 깨어나기 전에 치프가 담요를 덮어준 것만은 사실이야. 담요에서 치프의 냄새랑 각자의 냄새가 났거든."

데스디아의 수치심이 돌출되려는 찰나, 알타이르의 여왕이 탄 장갑차가 비상등을 번쩍거리며 다가오더니 사람들 앞에 멈췄다.

헤이파가 장갑차 조수석에서 내렸다.

"첫째야. 나와 함께 폐하를 모시자꾸나. 난 기계를 잘 모르니……."

"……."

"첫째야?"

"아, 예. 말씀대로 폐하의 곁에 있겠습니다, 어머님."

흔들리던 정신을 바로잡은 데스디아는 옷매무새를 확실히 정돈한 뒤 여왕이 사용하고 있는 객실로 들어갔다.

"라샤이드 데스디아리아 헤이파 알타이르 브라토레. 지금 이 시간부터 폐하를 모시겠습니다."

그녀는 비좁은 VIP 객실 안에서 몸을 천천히 숙이며 예를 갖췄다.

"함께 구경합시다. 라샤이드 데스디아리아."

"영광입니다, 폐하."

데스디아가 여왕의 맞은편에 앉자마자 장갑차의 문이 닫혔다.

장갑차가 이동하는 한편, 면류관으로 얼굴을 가린 여왕이 손을 뻗어 데스디아의 손을 잡았다.

"폐하?"

"묻고 싶은 것이 있으니 번역기를 끄세요."

"알겠습니다, 폐하."

데스디아는 단말기를 들어서 번역기를 껐다. 장갑차의 운전을 맡은 UNSMC 대원을 의식한 것이다.

"말씀하십시오, 폐하."

"그대와 A—1730과의 관계는 어떻습니까?"

의외의 질문에 데스디아는 살짝 당황했다.

그녀는 얼렁뚱땅 넘길까 하는 생각까지 해봤으나 알타이르 여왕이 가진 정령 교감 능력은 대대로 초월적이기에 헛소리를 했다가는 바로 들킬 위험성이 컸다.

'다른 곳도 아니고 그라니트 행성이니 지금은 더욱 강력하시 겠지.'

데스디아는 작은 숨을 쉬어 스스로를 진정시켰다.

"저와 그는 상호간에 신뢰하는 관계입니다."

"아주 시시한 대답이군요."

"폐하?"

"이성으로서의 관계를 묻는 것입니다."

"그… 예, 폐하. 사실 이성으로서의 관계는 저보다 제 어머니 가 더 앞서고 있습니다."

쌓였던 감정이 툭 터지는 답변이었다.

앞 좌석에서 생활관을 구경하고 있던 헤이파가 엄청난 속도 로 데스디아를 돌아봤다.

소리를 지르지 않는 게 이상할 만큼 상기된 표정이었기에 옆 에서 운전을 하고 있던 UNSMC 대원이 깜짝 놀랐다.

당황하기는 여왕도 마찬가지였다.

"앞서다니요? 라샤이드 탈리케이아가 아니라 브라토레 당주 가 말입니까?"

"저는 한 번도 경험해 보지 못한 구강 접촉을 벌써 수차례 이뤄냈지요."

"허어."

여왕이 탄식하며 자신의 무릎을 쳤다.

여왕의 반응, 데스디아의 표정, 그리고 열기가 느껴질 정도로 달아오른 헤이파의 얼굴에서 뭔가 중요한 이야기가 오가고 있음을 깨달은 UNSMC 대원은 그녀들 몰래 통신을 열어 치프의 단말기로 보냈다.

사람들과 함께 신축 생활관 쪽으로 걸어가던 치프는 보안이 걸린 통신이 단말기에 들어오자 급히 단말기를 귀에 댔다.

—브라토레 당주여. A—1730과의 구강 접촉이라니요? 당주가 넷째를 보기에 충분할 만큼 젊다는 것은 인정합니다만… 아니, 그 이전에 진심이십니까?

알타이르의 언어를 공부한 덕에 번역기가 딱히 필요 없는 치프는 당혹감이 섞인 여왕의 목소리를 듣자마자 걸음을 덜컥 멈췄다.

여왕의 질문이 끝나고 불과 3초 정도가 흐를 무렵, 치프의 이마가 땀으로 촉촉해졌다.

'여사님, 왜 부정하지 않으시는 거죠?'

이윽고 헤이파가 답했다.

—구강 접촉과 관련된 모든 일은 소인이 직접 그 전말을 보고드릴 수 있습니다, 폐하.

—그렇습니까?

—한 번은 오해에 의한 사고였고, 다른 한 번은 적에게 포위

된 상황을 타개하기 위한 행동이었습니다. 포프 베르자르라는 아이가 당시 현장을 촬영했으니 폐하께서 요청하신다면 바로 제출하겠습니다.

─진심… 아니, 어떤 특별한 감정을 가지고 행한 일은 아니라는 말이군요.

─그렇습니다, 폐하. 소인은 A─1730과 함께 적을 처리했을 뿐입니다.

헤이파는 단호하게 부정했다.

─구강 접촉을 무릅쓰면서까지 말입니까?

여왕의 질문을 들은 치프의 얼굴에서 결국 땀이 흘렀다.

'구강 접촉이 대체 뭐가 문제지? 혹시 알타이르에서는 그게 혼인신고서로 취급되나?'

이후 이어진 헤이파의 대답에는 웃음소리가 섞여 있었다.

─폐하. 우리 알타이르의 왕족 여성들 대부분이 구강 접촉 같은 것에 익숙지 않은 것은 분명합니다만… 그러한 경험을 특별하게 취급하실 필요는 없지 않습니까?

─그건 그렇지요.

여왕이 마치 내던지는 듯한 투로 대답했다.

'그냥 가십거리였단 말이군.'

치프의 표정이 굳어졌다. 그리고 그의 얼굴에 흐르던 땀은 차갑게 식었다.

─브라토레 당주여……. 그렇다면 라샤이드 데스디아리아와 A─1730의 관계는 어떻게 생각하십니까?

─아, 폐하의 말씀을 듣고 깨달았습니다. 소인도 첫째에게 그

에 대한 의사를 물어본 적이 없었군요. 첫째야. 치프의 아이를 낳을 생각은 있느냐?

―부, 부적절한 질문이라 생각합니다.

―폐하의 앞이다. 부적절한 것은 그 어디에도 없느니라.

―저와 치프는 서로의 친목을 위해 이 행성에 자리 잡은 것이 아닙니다. 아시지 않습니까, 어머님?

치프는 그 부분까지 듣는 것을 끝으로 통신을 끊고 단말기를 내렸다.

자신의 처지와는 어울리지 않는 이야기라고 판단했기 때문이다.

'넷디가 잘 아는군. 일이 끝나야 연애 비슷한 거라도 하지, 10대 애들도 아니고…….'

속으로 꿍얼댄 그는 손수건을 꺼내 얼굴의 땀을 닦았다.

하지만 장갑차 내에서 이어진 대화는 그의 예상을 완전히 초월하고 있었다.

"그러나 분명히 말씀드리겠습니다. 이 행성의 일이 끝나면 그에게 정식으로 청혼할 겁니다."

데스디아가 강한 어조로 말했다.

그녀의 선언에 여왕과 헤이파의 안색이 환해졌다.

"결심한 것이냐?"

"그렇습니다, 어머님."

"오오오."

여왕이 길게 감탄하더니 천천히 박수를 쳤다.

"확실히, 라샤이드의 자리까지 온 자가 남자의 청혼을 가만히 기다린다는 것은 말이 안 되는 일이지요. 과감한 결심입니다, 라샤이드 데스디아리아."

"부끄럽습니다, 폐하."

데스디아는 마치 출사표를 던진 사람처럼 진지한 표정으로 고개를 숙였다.

"하지만 아쉽군요. 브라토레 가문에서 A—1730의 씨앗마저 독차지한다면 브라토레 가문은 상당한 견제를 받게 될 겁니다."

여왕의 말에는 뼈가 아니라 면도날이 대놓고 박혀 있었다.

"그에 대한 마음도 굳혔습니다, 폐하."

"무슨 말입니까, 라샤이드 데스디아리아?"

"치프는… 정말 많은 아이들을 봐야 합니다."

"예?"

여왕은 물론 헤이파도 데스디아의 말을 이해하지 못하여 의문을 표했다.

"치프는 지구에서 식민지 청소라는 이름의 큰 작전을 벌인 적이 있습니다, 폐하. 치프는 그 작전을 수행하면서 수많은 아이들을 사살했습니다. 그는 살아남기 위해, 그리고 부하들을 지키기 위해서 그러한 참극을 일상으로 삼아야 했습니다."

"그렇다고 들었습니다. 하지만 라샤이드 탈리케이아의 보고서에 따르자면 그때의 일이 A—1730 본인의 일상생활이나 임무 수행에 지장을 끼치지는 않는다고 하더군요."

"그것은 단순한 전투 수행 능력 평가에 불과합니다."

데스디아는 딱 잘라 대답했다.

"앞서 포프 베르자르라는 아이의 이름을 들으셨을 겁니다, 폐

하. 치프는 그 아이를 제어하기 위해 무의식적인 집착을 보였습니다."

"……."

"실제로 그가 포프에게 관심을 주지 않았다면 그 아이는 지금쯤 자신이 가진 천부적인 재능과 자유의 어둠이라는 능력에 먹혀 암살자의 길을 걷고 있거나 골목 구석에서 개죽음을 당한 채 썩어가고 있었을지도 모릅니다. 하지만 그 아이는 지금 동생들의 장래를 걱정하는 착한 언니로서 착실하게 커가고 있습니다."

"그렇군요."

무덤덤하게 말한 여왕은 매우 의아해하고 있었다. 그녀에게 있어서 포프는 그냥 비운의 소녀 가장 A에 지나지 않았기 때문이다.

"얼마 전에 치프와 함께 술을 마신 적이 있습니다, 폐하. 그때 치프가 만취한 상태에서 저에게 말했습니다. 포프를 거두어 지금에 이른 것까진 좋은데, 그것만으로는 자신들 때문에 죽어간 아이들의 숫자가 줄어들지는 않는 것 같다면서 답답해했습니다."

"흠……."

여왕은 한숨을 쉬었다.

데스디아는 고개를 숙였다.

"감히 간청을 올립니다, 폐하. 보다 많은 사람들이 치프의 아이를 가질 수 있도록 허락해 주십시오. 그에게 남겨진 시간은 앞으로 100년이 채 안 됩니다. 보다 많은 아이들이 그의 곁에서 뛰어노는 모습을 보고 싶습니다."

그녀의 비장한 말을 들은 여왕은 그제야 상대의 뜻을 깨닫고 표정을 바꿨다.

"갑자기 어려운 말을 하는군요. 라샤이드 데스디아리아."

"……."

"브라토레 당주여. 고향의 법전에 이와 관련된 항목이 있습니까?"

여왕의 질문을 듣고 당황한 헤이파는 눈동자를 좌우로 움직이며 생각을 해봤다.

"법의 문제를 넘어서 알타이르 왕족의 정상적인 혼례가 마지막으로 치러진 것이 언제인지조차 잘 모르겠습니다, 폐하."

"듣고 보니 여성과 남성이 한 집에 함께 산 것이 참으로 고대의 일이군요. 고향의 율사(律士)들에게 물어봐야 할까요?"

"역사가들도 동반되어야 할 것입니다, 폐하."

"흠……."

고민에 빠질 뻔한 여왕이었지만 그녀는 이내 미소를 지으며 잡념을 떨쳐냈다.

"결론은… 어떻게든 나겠지요. 혼혈에 관한 현실적인 논의는 필요하겠지만 말입니다."

데스디아는 고개 숙인 자세를 유지하느라 여왕의 얼굴을 볼 수 없었다. 그러나 말투를 통하여 여왕의 긍정적인 생각을 확실히 느낄 수 있었다.

"이곳의 일을 잘 마무리하세요, 라샤이드 데스디아리아. 그것이 우선입니다."

"감사합니다, 폐하."

생활관 앞 주차장에 장갑차가 멈췄다.

장갑차에서 내린 데스디아는 떫은 표정으로 단말기를 보며 걸어오고 있는 치프에게 다가갔다.

"치프."

"응?"

데스디아가 원래 그렸던 그림은 며칠 전처럼 치프와 서로 껴안는 것이었는데, 막상 그와 눈을 마주치니 몸이 굳어 그러지는 못했다.

"폐하께서 허락해 주셨어."

"뭘?"

"음… 그냥 그렇게만 알아주면 돼."

데스디아가 얼버무리듯 말했다.

치프는 묘한 미소를 지으며 데스디아의 얼굴을 가만히 봤다.

"어떤 일인지는 모르겠지만 굉장한 소원을 들어주신 것 같네."

"그렇게 보이나?"

"네가 그렇게 행복한 표정을 지은 적이 없었던 것 같거든. 하아, 부럽네."

부럽다는 그의 한탄에 흠칫한 데스디아는 아까 섣불리 행동하지 않기를 잘했다고 생각했다.

드러내 놓고 다니지만 않을 뿐, 치프는 사만다에 대한 걱정 때문에 여전히 제정신이 아니었다.

"넘어야 할 산이 많군."

그녀가 평소의 표정으로 말했다.

"잘되겠지. 응, 그럴 거야."

알타이르 여왕와 헤이파, 데스디아를 선두에 세운 채 경호하며 생활관 내로 들어간 UNSMC 대원들은 치프의 지시대로 생활관 내의 각종 시설을 빠르게 점검했다.

5분 정도 지난 뒤에 죠니가 자료를 취합하여 치프에게 전달했다.

"상하수도, 전기, 공조, 소방 시설 등등, 전부 문제없습니다."

자료를 건넨 죠니는 아직 전등에 불이 들어오지 않은 생활관의 로비를 둘러봤다.

"공동대표님. 이 건물의 건축에는 건하운드에 들어간 것보다 더 나은 기술이 사용된 겁니까?"

"보다 근본적인 기술이지요."

사과를 한 지 얼마 안 된 탓에 셀레스티아의 대답은 매우 조심스러웠다.

"건하운드로 구축된 포대는 배터리가 다 되면 자연적으로 사라지게 되어 있는데, 이 건물 역시 동력에 문제가 생기면 사라집니까?"

죠니가 묻자 셀리스티아는 고개를 저었다.

"아니요. 이 건물은 일부러 부수지 않는 한 자연적으로 유지될 겁니다."

"그렇다면 정말 대단하군요. 원사님께서 만드시는 물건들에도 제한 시간이 걸리는 걸로 알고 있는데 말입니다."

죠니는 지금의 이야기를 단말기에 메모한 뒤 에코 리더에게 통신을 보냈다.

"에코 리더, 들리나? 여기는 브라보 리더."

—여기는 에코 리더. 잘 들립니다. 지하 동력로에는 이상 없습니다. 말씀하십시오.

"알타이르 생활관 쪽으로 송전 준비. 전력을 다시 연결한다."

—준비 완료했습니다.

"송전 개시."

—송전을 개시합니다.

이윽고 생활관 로비 곳곳에 비상용 소형 조명이 들어왔다.

"송전 확인. 에코 리더는 지시가 있을 때까지 동력로 제어실에서 대기하라."

—알겠습니다, 브라보 리더.

에코 리더와의 통신을 마친 죠니가 브라보 스쿼드 대원들에게 등을 켜라는 수신호를 보냈다.

로비 천장에 위치한 대형 샹들리에가 빛을 발했다. 복도는 물론 각 방의 조명, 그리고 수영장의 조명도 빛을 냈다.

공조 장치도 가동되어 잠깐 답답해졌던 공기마저 상쾌해졌다.

알타이르 여왕이 셀레스티아에게 다가갔다.

"협력에 감사드립니다, 왕녀 전하. 제가 생각했던 것 이상의 선물을 받았군요."

"아닙니다, 여왕 폐하."

여왕은 셀레스티아에게 악수를 청했다. 셀레스티아는 이번에도 조심조심 손을 내밀어 알타이르 여왕의 손을 가볍게 잡았다.

"도면에는 대형 회의실이 존재했을 겁니다. 그곳으로 가서 우리 알타이르 전사들의 이동과 관련한 이야기를 나누고 싶군요. A—1730이여."

"20분 내로 준비하겠습니다, 폐하."

치프가 대답했다.

"하지만 먹고 마실 것까지 복구가 됐을지는 모르겠군요."

"냉장고에 있는 물건들까지 복구했으니 걱정하지 마, 치프."

셀레스티아가 말했다.

"그래? 역시 본인이 직접 발휘하면 그 수준이 다르네. 알케온이 사용하던 조리 도구들까지 전부 복구되면 좋겠는데 말이야."

"괜찮아. 회사가 망가지기 직전까지 존재했던 것들 가운데 여기에 존재하지 않는 것은 라이트스톤의 던전뿐이거든."

"굉장하네."

밋밋한 표정으로 감탄하던 치프가 갑자기 정색을 했다.

죠니에게 VIP, 즉 여왕을 지키라고 수신호를 보낸 치프는 단말기를 꺼내들고 생활관 밖으로 나갔다.

그는 회사 식당에 단말기 카메라를 맞춘 뒤 영상을 확대하여 망원경 대신 사용했다.

데스디아가 그를 따라 나왔다.

"갑자기 왜? 무슨 문제라도 있나?"

"회사가 망가지기 직전까지 존재했던 것들이라고 했잖아?"

치프는 단말기에 잡힌 장소를 가리켰다.

"여길 봐, 뎃디. 식당 3층 베란다 아래에 있던 새집이 복구되어 있어."

"아, 그 오색 깃털의······."

"그래. 알케온이 가끔 그 새들에게 잔반을 주곤 해서 그냥 놔뒀다고."

화면 안에 보이는 항아리 모양의 새집에서 아직 솜털을 벗지 못한 병아리들이 머리를 내밀고 바깥을 바삐 구경하고 있었다.

"식당은 저번의 그 난리로 인해 깡그리 사라졌다고. 그런데 새집은 물론 병아리들까지 멀쩡해졌다는 건 보통 일이 아니야."

데스디아는 사만다 때문에 힘이 없던 치프가 지금 왜 그렇게 에너지를 발산하고 있는지 알 수 없었다.

치프는 단말기로 에코 리더에게 통신을 보냈다.

"에코 리더, 내 말 들리나?"

─말씀하십시오, 알파 리더.

"회사 본관에 전력이 들어가고 있나?"

─아직 아닙니다.

"제길, 본관 근처에 누가 있지?"

─에코 스쿼드 일부와 포프, 캠리 등이 있을 겁니다.

대답을 들은 치프는 이를 꽉 물었다.

"당장 냉동 수면실로 대원들을 보내! 중무장시켜서! 그 딸기 코 영감이 되살아났을지도 몰라!"

─원사님의 지시대로 에코 스쿼드를 움직이겠습니다.

"나도 곧 가도록 하지. 하지만 날 기다리지 말고 그쪽에서 먼저 움직이도록 해. 냉동 수면실에 신경가스를 주입시키고 들어가는 게 좋을 거야."

─알겠습니다, 원사님.

단말기를 거둔 치프는 알타이르 여왕 앞에서 고개를 숙였다.

"급한 일이 발생했습니다, 폐하. 신속한 처리를 위해 뎃디를 데려가고 싶습니다."

"그러세요. 후후, 뎃디라는 호칭이 정겹군요."

여왕이 데스디아를 돌아봤다. 얼굴이 조금 붉어진 데스디아는 허리에 차고 있는 지구제 환도를 점검했다.

셀레스티아가 울상이 된 채 치프에게 다가왔다.

"내가 또 뭔가를 잘못한 거야?"

"아냐, 셀리."

치프는 그냥 웃었다.

"혹시나 해서 묻겠는데, 냉동 수면실에 보관 중이던 딸기코 노인이 회사의 복구에 휘말려서 되살아날 수 있을까?"

"그건… 직접 확인해 봐야 알 수 있을 것 같아."

셀레스티아가 자신 없는 목소리로 대답했다.

"동물들의 경우 영혼에 보존되는 정보의 양… 그러니까 기억이 굉장히 적어. 구조도 단순하고 말이야. 하지만 인간이나 그와 비슷한 생물들의 영혼은 정보의 양이 지나치게 많아서 자아 붕괴를 일으킬 수도 있어."

"자아 붕괴? 예를 들자면?"

"방어 본능에 의해 망각되었던 옛 기억이 활성화되는 거야. 죽기 직전의 기억이 아니라 유아 시절, 혹은 젊은 시절의 기억을 가진 채 되살아나면 육체와 정신의 시간대가 뒤틀리면서 자아를 잃을 가능성이 커. 내가 아빠에게 배웠던 이론상으로는 그래."

"흠……"

치프는 잠시 생각해 봤다.

"영혼의 정보가 제대로 백업되어 따로 관리되고 있다면 어때?"

"그렇다면 완전한 부활도 가능해."

셀레스티아의 대답에 치프의 표정이 어두워졌다.

"UNSMC 대원들의 경우와 똑같군."

"응? 아……"

셀레스티아는 자신의 머릿속에 있는 치프의 기억으로부터 그에 대한 항목을 발견했다.

"도움이 됐어, 셀리. 갔다 올 테니 여왕 폐하를 부탁해."

"응, 치프."

데스디아에게 손짓한 치프는 생활관에서 빠져나와 훈련장을 달렸다.

치프는 전력으로 질주했으나 옆에 따라붙은 데스디아는 거의 조깅을 하듯 가볍게 달렸다.

"당신, 안 좋은 추억에 잠겨 있군."

"그렇지."

"…복구와 부활에 관해서는 나 역시 구역질나는 추억이 있어, 치프."

"그래?"

치프가 묻자 데스디아가 한숨을 내쉬었다.

둘 다 전력 질주 중임에도 불구하고 호흡에 흐트러짐이 없었다.

"기억 안 나? 엠페라투스가 이 행성을 뒤집어엎었었다가 다시 멀쩡하게 되돌렸잖아?"

그것은 엠페라투스와의 첫 만남 때의 일이었다.

"그걸 잊긴 힘들지."

치프가 씁쓸히 웃었다.

데스디아는 좀 더 분명한 어조로 그에게 말했다.

"당시 죽었다가 되살아난 자들의 수는 상당해. 그들은 불행하게도 자신이 어떻게 죽었는지를 기억하고 있었어. 포프처럼 말이야. 레투가의 말로는 그 일이 있은 뒤 정신과를 방문한 사람들의 수가 엄청났다더군."

"음… 결론은?"

"셸리는 배운 게 어설퍼서 그런지 자아 붕괴 따위를 얘기하고 있지만 엠페라투스는 자신감 있게 모든 것을 되돌렸지. 양측의 능력이 동일하고 힘에 대한 이해도와 경험까지 비슷하다면 거의 신들의 싸움이나 마찬가지가 될 거야."

"하, 왜 하필 신들의 싸움이야?"

"우리가 감히 범접할 수 없는 싸움이 분명할 테니까. 이 회사를 복구하고, 죽은 생명을 되살리고, 없는 건물을 완벽하게 지어 올렸는데도 불구하고 셸레스티아는 지친 기색조차 없잖아? 열량으로 따지면 분명 천문학적인 숫자가 나올 거야."

"그럼 오히려 잘됐네."

치프가 실소를 지었다.

"잘됐다니?"

"우리가 어떻게 해줄 일이 아닌 것 같으니 건강하라고 편지를 남긴 후 각자의 고향으로 도망가는 거야. 그리고 난 군복을 멋지게 벗는 거지."

데스디아는 그의 이야기에서 허탈감을 느꼈다.

"하이시리스가 노리는 게 그 싸움일지도 몰라, 치프. 만약 하이시리스가 엠페라투스와 셀리의 힘을 얻는다면 전 우주의 사람들이 하이시리스의 멋대로 생활하게 될걸? 의식은 무한하게 간섭당하고, 행여 누군가가 그 간섭을 막아내는 방법을 알아내어 저항한다 해도 하이시리스의 군대는 끝없이 되살아나겠지. 우린 각자의 고향에서 그런 식으로 빌어먹을 최후를 맞이하게 되는 거야."

"뭐… 좋은 의견이긴 한데……"

치프가 식당 및 본관으로 가는 계단을 뛰어올라갔다.

"하이시리스는 날개 달린 자들의 창조주잖아? 그냥 자기 맘대로 할 수 있을 텐데 왜 일을 불편하게 하는 걸까?"

"엠페라투스와 운캄타르가 하이시리스 외의 신들을 섭취하고 그들의 능력을 빼앗았기에 그렇겠지. 내가 괜히 '신들의 싸움'이라고 말한 게 아니야, 치프."

대답한 데스디아의 미간에 굵은 주름이 일어났다.

"그럴듯한 가설을 늘어놓는 건 원래 당신 전문이잖아? 왜 내가 하고 있지?"

"너랑 나랑 그만큼 닮아버렸다는 뜻이겠지."

"……"

데스디아는 치프가 대체 무슨 의미로 그런 말을 했는지 알고 싶었다. 그냥 좋게 받아들이자니 불쾌했고, 그렇다고 화를 내자니 그가 쓸쓸해보였기 때문이다.

'사만다에 대한 걱정이 정말 깊군.'

그러나 데스디아의 예상과 달리 치프는 오로지 딸기코 노인에 대한 생각에만 몰두하고 있었다.

'회사가 복구된 이후 시간이 적잖이 흘렀어. 전력은 공급되지 않았고 예비 전원용 비상 발전기도 멈춰 있었으니 멀쩡히 눈을 떴을 거야. 포프는 그 딸기코가 냉동 수면의 후유증을 보이지 않았다고 했지? 지금 에코 스쿼드가 발견하지 못했다면 녀석은 이미 수면실 밖으로 탈출했다고 봐야 할 거야. 이미 회사의 장벽을 넘었을지도 모르고.'

치프는 본관 앞에 모여 있는 사람들을 보고 대단히 당황했다.

포프는 물론 포린과 포티까지 그 자리에 있었다.

포프는 싸울 준비를 한 채 주변을 살피는 중이었고 포린과 포티는 켐리의 듬직한 덩치 안에 파묻혀 보호받고 있었다.

외부 경계를 맡은 에코 스쿼드 대원들이 그들을 보호하긴 했으나 인원은 불과 네 명에 불과했다.

"뎃디, 애들을 맡아!"

"응? 아, 그러지."

치프가 멀쩡하게 목소리를 내자 조금 놀랐던 데스디아는 속도를 높여 뛰어오른 뒤 켐리와 포프 사이에 착지했다.

"모두 괜찮나?"

안부를 물은 데스디아의 눈매가 갑자기 느껴진 살기로 인해 매서워졌다.

각자 맡은 방향을 경계하던 에코 스쿼드 대원들도 뭔가 감지한 듯 바짝 긴장했다.

치프의 단말기가 통신 요청으로 진동했다. 그는 즉시 단말기를 꺼내어 귀에 댔다.

"보고해."

—에코 스쿼드입니다. 냉동 수면실에 딸기코는 없음. 딸기코가 들어 있던 수면 장치는 파손된 상태임. 반복합니다, 딸기코는 냉동 수면실에 없으며 수면 장치는 파손되어 있습니다. 수면 장치의 덮개가 안쪽으로부터 바깥쪽으로 부서진 흔적이 뚜렷합니다.

"놈이 어디로 나갔는지 확인해 봤나?"

—환풍구가 옷감에 쓸린 흔적이 있습니다. 개인적인 의견으로는 수색 인원을 늘려야 하는 것이…….

"미안, 발견했어!"

단말기를 주머니에 넣은 치프는 켐리의 뒷덜미에서 번쩍거리는 붉은색 빛을 향해 권총을 뽑아들었다.

데스디아의 환도가 붉은색의 광선검과 부딪힌 채 치열하게 대립했다.

딸기코 노인은 켐리의 등을 밟은 상태였다. 그런데도 중심을 잘 잡는 것은 물론 데스디아와의 힘겨루기를 제대로 해내고 있었다.

데스디아는 자신보다 훨씬 작은 몸집의 딸기코 노인이 과거와는 완전히 다른 힘으로 맞서는 모습에서 미묘한 재미를 느꼈다.

"그냥 탈출했으면 됐을 텐데 이렇게 죽음을 자초하는 이유를 모르겠군. 대답할 시간을 주지. 나이트 스토커의 스승이여."

"거두어 갈 것이 있기 때문이지."

"거둬 갈 것?"

데스디아가 의아해했다.

딸기코 노인의 머리를 덮은 후드의 그늘 속에서 노인의 두 눈이 붉게 빛을 냈다. 또한 붉은색의 투기와 열기가 그의 몸 밖으로 맹렬하게 흘러나왔다.

그의 반응이 변질자의 것과 동일함을 느낀 데스디아는 아주 길고 강하게 휘파람을 불었다.

생활관에 있는 헤이파에게 위험을 경고한 것이다.

노인이 주변을 돌아봤다.

"아무래도 난 한 번 죽었던 것 같군."

데스디아의 환도에서 광선검을 뗀 딸기코의 노인은 캠리의 등을 박차고 뛰어올랐다.

광선검이 허공에서 한번 번뜩이자 옆구리를 베인 오파로아 여성이 바닥에 떨어졌다.

그녀는 포프 덕분에 자유를 얻은 암살자 중에 한 명이었다.

포린과 포티가 부상당한 암살자를 보자마자 경악했지만 너무 겁에 질린 나머지 비명을 지르지는 못했다.

다른 암살자들이 속속 모습을 드러냈다.

노인은 형태가 고르지 못한 치아를 드러내며 웃었다.

"내가 어떻게 죽었는지 기억나진 않지만 암살자들의 족쇄가 풀린 것을 봐서는… 아무튼 죽은 것이 분명하겠지. 게다가 나를 대신하여 그랜드 마스터로서의 힘을 이어받은 자도 없어."

노인이 포프를 돌아봤다.

"자유의 어둠에 완전히 눈을 떴구나. 마스터 어쌔신이여. 네가 나를 죽였느냐?"

"되살아나서서 정말 다행이네요."

포프의 말은 비꼬기가 아니었다. 그녀는 낮잠을 잘 때마저도 그 노인을 죽이는 악몽에 시달리느라 배앓이까지 하여 늘 컨디션이 엉망이었다.

"번뇌에서 벗어나게 해주마. 마스터 어쌔신이여. 여기서 널 죽이고 네 동생들을 거두어 가면……."

말이 끝나기 직전, 치프의 권총에서 뿜어진 탄환이 노인의 가슴에 연거푸 박혔다.

탄환은 노인의 옷만 뚫을 뿐, 피부를 뚫지는 못했다. 하지만 그 충격으로 노인이 비틀거리자 이번에는 머리에 탄환이 꽂혔다.

탄환은 이마의 정중앙으로부터 약간 왼쪽 부분을 확실히 때렸다.

이마에 눌러 붙은 탄환이 바닥에 떨어졌다. 머리에도 큰 충격을 받은 딸기코의 노인은 신음 소리를 내며 똑바로 섰다.

"나를 그냥 죽였다가는 큰일이 날 텐데?"

노인의 말이 끝나자마자 그의 목을 노리고 들어오던 데스디아의 환도가 옷을 자르는 선에서 아슬아슬하게 멈췄다.

"너희 알타이르의 계집들이 복제 인간이나 다름없는 첫째 딸을 낳듯, 자유의 어둠이 혈연을 따라 계승되듯, 그랜드 마스터의 영혼 역시 유사시에는 제자들에게 옮겨간다."

딸기코 노인, 아니 그랜드 마스터의 붉게 빛나는 눈이 데스디아 쪽으로 움직였다.

"제자로 인정받은 나이트 스토커들은 극소수이긴 해도 전 우주에 퍼져 있지. 스스로가 유일한 나이트 스토커의 계승자라고 착각하면서 말이야. 후후, 여기서 나를 죽여도 또 다른 내가 이곳을 찾아올 것이다. 감당할 수 있겠나?"

"흠… 셸리 덕분에 일이 늘었군."

데스디아가 칼끝을 내리며 한숨을 내쉬었다.

"셸리? 셀레스티아 왕녀 말인가? 설마 나를 부활시킨 존재가 셀레스티아 왕녀일 줄은 꿈에도 몰랐군. 감사의 인사를 하고 싶어졌어."

노인이 그녀를 도발하듯 즐겁게 말했다.

"…그렇게 나올 줄 알았지. 그럼 묻겠다, 그랜드 마스터. 네 영혼은 오로지 나이트 스토커들에게만 옮겨가나?"

그녀가 물었다.

"그건 왜 묻지?"

그랜드 마스터가 당황했다.

순간 데스디아의 칼이 그랜드 마스터의 정수리에 벼락처럼 떨어졌다.

칼날이 사타구니 밑으로 빠져나가자 깔끔하게 두 조각이 난 그랜드 마스터의 육체가 산산이 부서져 사라졌다.

붉은색의 기운과 열기와 하늘을 향해 올라갔다.

"새로운 그랜드 마스터가 여길 어떻게 찾아올지 궁금하군.

걸어서 오려나?"

"……."

치프는 오랜만에 배짱을 뿜내는 데스디아를 보며 활짝 웃었다.

그의 그 미소 속에는 '네가 책임져'라는 말이 선명하게 드러나 있었다.

98
딸기와 블루베리

그랜드 마스터의 문제는 일단락이 된 게 아니라 뒤로 미뤄진 것에 불과했다.

그 딸기코 노인의 입에서 셀레스티아 이야기가 나오자 격분하여 일을 저질렀던 데스디아는 생활관에 들어가기 직전에야 마음을 진정하고 치프를 불렀다.

"혹시 내가 실수한 건가?"

"…어떻게든 되겠지."

뭐라고 쏘아붙일까 하다가 꾹 참은 치프는 그냥 그렇게 대답했다.

데스디아는 치프의 마음속에 박힌 아쉬움을 아주 쉽게 감지했다.

"난 셀리가 다른 사람들에게 미움을 살까 봐 그랬어."

"뎃디, 네 마음은 알겠지만 그건 아니라고 봐."

치프가 진지한 표정으로 말했다.

"셸리가 저지른 일을 정리하자면 크게 세 가지야. 우선 루할트와 반달리온을 갖고 놀았지. 뭐, 반달리온은 어찌 되든 상관없지만 아무튼 둘 다 아직도 의식을 회복하지 못하고 있어. 병력 일부가 그 친구들을 보호하기 위해 파견되어 있는 상황이야. 전력이 분산됐다고."

"……."

"그리고 나와 다른 대원들을 예고도 없이 라이트스톤의 행성 냉각 장치로 보내 버렸어. 거긴 영하 200도 이하의 얼음지옥이었어. 우리가 청바지 차림이었거나 샤워 중이었다면 그냥 죽었을걸? 아무 대책도 없이 보내놓고는 여태껏 설명도 없다고."

"흠……."

"마지막으로 회사를 난장판으로 만들었지. 그 때문에 사만다와 요르엘, 오라클은 로젤라에게 잡혀갔어. 물론 로젤라 덕에 하이시리스의 장난이었음이 드러난 건 여러모로 다행이야. 지금보다 더 중요한 순간에 하이시리스가 셸리를 갖고 노는 모습을 쳐다보는 것보다는 훨씬 나으니까."

"……."

데스디아는 잠자코 치프의 이야기를 들었다.

"아무튼 개인적으로 내 기분은 엉망이 됐어. 그런데 네가 그랜드 마스터의 일을 책임지려 하는 건 이해가 가지 않아. 셸리의 힘에 그랜드 마스터가 휘말려서 부활한 건 불행한 사고였다고. 그런데 네가 왜 뒤집어쓰려고 하는 거야?"

"뒤집어쓰려고 해? 뭔가 오해가 있는 것 같군."

데스디아가 치프를 찌릿 노려봤다.

"그랜드 마스터의 일은 내가 책임질 수 있어. 친구를 위해서 할 수 있는 일을 맡은 건데, 그 일에 대해서 뒤집어쓴다는 표현을 쓰다니, 조금 모욕적인데?"

"다시 찾아온 그랜드 마스터 때문에 누가 죽기라도 한다면 그것도 책임질 거야?"

"그건 극단적인 경우야."

"그랜드 마스터가 초인종을 눌러서 자기 신분을 밝히고 여기에 들어올 리가 없잖아? 녀석이 무슨 피자 배달부인 줄 알아?"

"……."

"…하아, 미안. 말이 좀 심했어. 셀리랑 사만다 때문에 화가 났거든. 네 마음은 알아, 뎃디."

"이해해."

데스디아는 군말 없이 치프의 사과를 받아주었다.

치프는 거대한 화단 옆 벤치에 앉았다. 그가 자신의 오른쪽 옆자리를 두드리자 데스디아가 그의 옆에 바짝 붙어 앉았다.

"이건 목숨이 오고 가는 일이야, 뎃디."

"음."

"이러한 문제를 가장 편히 해결할 수 있는 방법이 두 가지가 있어. 하나는 돈으로 해결하는 거고, 다른 하나는 나만 다치고 끝나는 거야."

"당신이야말로 작작 좀 뒤집어쓰지 그래? 그런 건 희생이 아니라 이기적인 행동이야."

"…뭐, 안색을 바꿔가면서 나를 걱정해 주는 사람이 많진 않았거든. 지금은 바로 곁에 있지만 말이야."

"……."

순간 멋쩍어진 데스디아는 붉어질 뻔한 자신의 얼굴을 손끝으로 이리저리 건드려 진정시켰다.

"당신, 셸리를 언제부터 믿지 못한 거지?"

"처음 만났을 때부터 지금까지, 쭉. 하지만 진심으로 걱정하고 있다는 것만은 사실이야."

"…당신, 좋은 아빠가 되긴 글렀네."

"응?"

치프가 조금 멍한 표정을 지었다.

데스디아가 정말 딱하다는 표정으로 자신을 노려보는 것부터 드문 일이었지만, 무엇보다 '좋은 아빠'라는 그녀의 말이 이상할 정도로 날카롭게 느껴졌기 때문이다.

"생각해 봐, 치프. 당신은 셸리를 방치해 왔어. 이 회사가 이 땅에 자리 잡은 이후로 당신과 가장 긴 시간을 보낸 사람은 포프야. 반면 셸리는 정말 중요한 인물인데도 불구하고 마치 길고양이처럼 방치당했지. 어머님께서 셸리를 맡으신 이후에는 그게 더욱 심해졌어."

"……."

"셸리는 당신을 친구 내지는 친구 이상의 존재라 여기고 있어. 그런데 최근 들어 당신은 그 아이의 마음을 깎아내는 발언을 신나게 던졌다고."

"일 다 끝나면 집에 간다는 말?"

"그래, 그거. 나도 그걸 들을 때마다 짜증이 나더군."

"……."

할 말을 잃은 치프가 목소리를 조금 높였다.

"아니, 그럼 어쩌라고? 정말 여기 남아서 셀리가 성장해 가는 과정을 찬찬히 녹화해 가며 행복하게 생을 마감하라는 거야? 셀리는 이미 다른 이들과 맞서 싸우는 방법을 알게 됐잖아? 파울라 장로님과 루할트, 알케온도 이제는 셀리를 적극적으로 도와줄 거라고."

"이봐, 치프. 셀리는 자기 친아버지에게도 그런 식으로 버림받은 아이야. 당신까지 그러면 어떡해? 셀리를 돌봐주는 게 그렇게 싫어?"

"싫다는 게 아니라……. 하아."

치프는 단단히 엉킨 실타래가 자신의 식도를 막아버린 느낌을 받았다.

데스디아는 치프의 오른손을 가져다가 자신의 두 손 사이에 놓고 곱게 포갰다.

"모든 걸 해결해 달라는 말이 아니야. 당신에게 다 떠넘길 생각은 없어, 치프. 나 역시 당신과 마찬가지로 책임을 져야만 하는 사람이야. 나도 셀리의 친구라고."

"……."

"이건 말이지, 저기 위에 있는 누군가를 물리친다고 해서 해결될 일이 아니라고 생각해. 오히려 그때 이후가 현실적으로 어려울 거야. 정말 사소한 문제로 목소리를 높이고 싸울지도 모르지. 당신이 그 어려움에 도전할 거라면 난 영원히 당신 곁에 있을 거야."

묵묵히 그녀의 말을 듣던 치프가 문득 고개를 갸웃했다.

"…혹시 이거 청혼이야?"

"절대 아냐."

데스디아가 정색을 하고 대답했다.

조금 떨어진 거리에서 그들의 얘기를 듣고 있던 UNSMC 대원들이 일제히 손을 들어 자신들의 안면을 덮었다.

'역시 문제는 저 여자였어!'

'소녀인가? 소녀인 것인가?'

'사람은 숭덩숭덩 잘만 썰면서 이런 문제만큼은 발을 빼는군!'

사실 데스디아도 그들만큼 괴로워하고 있었다.

치프가 갑자기 치고 들어올 줄은 예상치 못했기에 반사적으로 부정적인 답을 한 것인데, 치프의 표정이 평소처럼 식어버리는 것을 보고는 그녀도 내심 땅을 쳤다.

그녀의 손이 느슨해지자 치프가 일어났다.

"기다리는 분들이 계시니 그 얘기는 여기까지 하자, 뎃디. 우리 둘 다 진정해야 할 필요가 있을 것 같아."

"음."

치프와 데스디아가 나란히 생활관 안으로 들어갔다.

점검을 위해 전등들이 모두 켜진 생활관의 내외 분위기는 화려함 그 자체였다.

폭격이나 지진, 화재에 대비해 설계된 회사의 옛 건물들과는 전혀 다른 그 상업적 디자인이 치프를 불안하게 만들었다.

"이 건물을 쭉 보니 내가 10대였을 때의 기억이 나네."

"고대의 기억이로군."

데스디아의 농담에 치프가 그녀를 돌아보며 빙긋 웃었다.

"어제 같은데 말이지."

"흠."

"라스베이거스가 대지진으로 붕괴하기 전의 일이야. 거기서 테러 관련 적응 훈련을 하곤 했어."

"인질 구출 같은 것 말인가?"

"아니, 우리가 테러범 역할을 맡았지. 다른 부대가 우리를 사냥하러 들어오고, 우리는 그에 대응하고. 뭐, 그리 좋은 추억은 아니었는데, 대지진 이후로는 그것도 아름다운 추억이 되고 말았어."

"이런 건물이 그리웠겠군."

"건물보다는… 그냥 긴장감 없는 그 거리의 모습이 그립네. 대지진 이후로는 전 세계가 우울해졌거든. 지금은 많이 나아졌지만 그래도 대지진 이전만큼은 아니야."

치프는 어깨를 으쓱했다.

"회의장에서 무슨 얘기가 나올까 궁금하네."

그의 걱정과 달리 알타이르의 여왕은 아주 간단하게 자신의 요구 사항을 이야기했다.

"A—1730이여. 고향에 대기 중인 알타이르 전사들의 수가 많으니 위스콘신을 이용하고 싶습니다. 저도 위스콘신을 이용하여 고향으로 귀환하겠습니다."

"문제없을 겁니다. 여왕 폐하. 안심하십시오."

치프는 대답 후에 위스콘신의 함장에서 보낼 자료를 작성했다.

여왕의 이야기가 계속됐다.

"이곳에 파견될 알타이르 전사들의 표면적인 지휘권은 라샤이드 탈리케이아에게 있습니다. 하지만 실질적인 지휘자는 브라토레 당주가 되겠지요. 당주는 저와 함께 고향으로 잠시 돌아가서 전사들을 이끌어주십시오."

"그리 하겠습니다, 폐하."

"그리고 A—1730."

"예, 폐하."

치프가 단말기에 대고 있던 손을 떼고 다시 여왕을 봤다.

"그대가 알타이르 행성에서 사용했던 갑옷… 아니, 경장갑 전투복은 어디에 있습니까?"

"아……"

치프가 전투복의 위치를 떠올리기 위해 고민하려는 순간 단말기 화면 구석에 작은 크기의 메시지가 떴다.

—당시 입으셨던 전투복은 위스콘신의 병기창에서 보관 중임. 수칙에 따라 폐기 직전.

아직 단말기 안에 들어 있는 잭팟의 도움이었다.

"위스콘신에 보관되어 있습니다, 폐하."

"그렇군요."

면류관 때문에 표정을 확인하긴 힘들었으나 여왕은 분명 지그시 웃고 있었다.

"근위대 사령관이 그 전투복을 가보로 삼고 싶어 합니다."

근위대 사령관, 올라루스의 이름이 나오자 여왕의 곁에 있던 헤이파가 고개를 숙인 채 눈을 부릅떴다.

'루안 올라루스? 그 계집이?'

헤이파와 올라루스 근위대 사령관은 나이 차가 좀 있는 친구이자 같은 시대의 워치프이기도 했다.

그러나 올라루스 가문은 최근 예산과 관련된 문제로 브라토레 가문과 대립한 일이 있었다.

한 가문이 국가보다 더 많은 부를 축적하고 그것을 멋대로 집행하려 하는 것은 있을 수 없는 문제라는 것이 올라루스 가문의 명분이었다.

그 대립은 아직 끝난 문제가 아니었다.

올라루스 사령관 본인은 공사 구분이 칼 같은 편이라 헤이파 본인에겐 감정이 없었지만 헤이파는 그렇지 않았다.

치프는 헤이파로부터 발산되는 불쾌감을 감지했다. 데스디아와 셀레스티아도 그것을 느꼈지만 여왕의 앞이었기에 꼼짝하지 못했다.

이윽고 헤이파가 고개를 살짝 들었다.

"근위대 사령관이 원한다는군, 치프. 폐하께서 직접 전하신 일이니 가급적이면 사령관의 부탁을 들어주게."

"어려운 일은 아니죠. 준비해 놓겠습니다, 폐하."

"고맙습니다. A―1730."

치프는 가볍게 승낙했다. 그러나 헤이파는 '가급적'이라는 말의 의미를 눈치채지 못한 그를 마음속으로 책망했다.

'폐하께서는 이런 식으로 나를 견제하시는군.'

헤이파는 착잡함을 애써 감췄다.

이어서 여왕이 말했다.

"개인적으로는 이곳에서 며칠 지내며 빅시티의 문화까지 즐기고 싶은 마음입니다만, 우주연합에 공식적으로 통보하지 않고 움직인 터라 가급적이면 빠른 시간 내에 귀향해야 할 것 같습니다. 이해해 주십시오, A—1730이여."

"위스콘신에 이야기해 두겠습니다. 몇 시간 내로 출발하실 수 있을 겁니다, 폐하."

"아, 그리고 그대도 함께 가야 합니다. 고향에서 기다리고 있는 전사들의 분위기를 띄우기에는 그대만 한 사람이 없지요."

"예? 음……."

치프는 위스콘신은 물론 자신까지 회사를 비워야 한다는 사실에 영 내키지 않았다.

여왕은 압박하듯 그의 대답을 조용히 기다렸다.

사실 치프에겐 여유가 없었다.

사만다와 요르엘, 오라클의 위치를 정확히 파악해야 하는 것은 물론 셀레스티아와 관계된 문제점들까지도 분석해야만 했다.

고민하던 치프는 여왕을 다시 봤다.

면류관 때문에 얼굴을 정확히 확인할 수는 없었지만 치프는 그녀의 시선을 분명히 느꼈다.

'이 나이에 압박 면접을 받을 줄은 몰랐네.'

그는 어떻게 하면 여왕의 요구를 훌륭하게 거절할 수 있을지 고민해 봤다. 하지만 적절한 말이 떠오르지 않았다.

치프를 곤란하게 만들고 있는 것은 며칠 전에 여왕을 왕궁에서 만났을 때의 기억이었다.

그녀는 외모로 평가할 수 있는 존재가 아니었다. 그녀가 하고 있는 일 자체가 터무니없는 것이었다.

알타이르 행성의 정령 전체를 위로하여 백성들이 살 수 있는 환경을 지킨다는 것은 말만 쉽지 보통 일이 아니었다.

'지구의 경우로 따지자면 200만 명이 거주할 수 있는 위성 궤도 식민지의 중앙처리 단말보다 훨씬 대단하다는 뜻이거든. 알타이르 행성의 인구가 몇 명이었더라?'

아마도 그녀는 일반적인 드래곤들을 객관적으로 얕볼 수 있는 능력자임에 분명할 것이다.

치프는 그렇게 예상하고 있었다.

'그런 존재를 상대로는… 정직하게 말하는 수밖에 없겠지.'

결론을 낸 치프는 말하기에 앞서 숨을 살짝 들이마셨다.

"폐하. 송구합니다만 저까지 알타이르 행성으로 움직인다면 이 회사를 관리할 사람이 없어집니다."

"흠……."

치프가 거절하자 알타이르의 여왕은 셀레스티아를 잠깐 봤다.

셀레스티아는 움찔했고 치프는 여왕이 왜 그녀를 봤는지 알 수가 없어 당황했다.

"솔직히 이야기하지요. 전사들의 분위기를 띄우자는 이야기는 핑계였습니다."

"네?"

"그대를 알타이르 행성으로 데려갈 이유가 전혀 없다는 말이지요."

여왕이 말했다.

"A—1730이여. 실은 그대와 함께 날개 달린 자들에 대한 이야기를 해보려 했습니다. 왕녀께서 아무리 초월적인 능력을 갖고 계시다 해도 알타이르 행성으로 이동한 위스콘신 내부의 이야기까지 엿들으실 수는 없으실 터이니 말입니다."

여왕이 털어놓고 이야기했다. 덕분에 치프의 부담감은 한층 무거워졌다.

"폐하. 셀리가 비록 큰 실책을 저질렀다고 해도 저에게 있어서는 소중한 친구입니다. 셀리가 없는 곳에서 저 아이에 대한 나쁜 이야기를 듣는 일은 어떠한 대가를 치르더라도 사양하겠습니다."

"그렇다면 왕녀께서 계신 이곳에서 나쁜 이야기를 듣는 것은 괜찮겠지요?"

"……."

알타이르의 여왕의 기세는 날카로운 창끝과도 같았다.

"셀리, 괜찮겠어?"

"…응."

치프가 묻자 셀레스티아는 고개를 끄덕였다.

그녀가 여왕의 이야기를 듣기로 결정한 이유는 여왕에게서 느껴지는 감정이었다.

알타이르의 여왕은 진심으로 무언가를 걱정하고 있었고, 그 걱정의 범위 내에는 날개 달린 자 전체가 들어 있었다.

"말씀해 주십시오, 폐하. 듣겠습니다."

치프가 말했다.

"알겠습니다. 셀레스티아 왕녀님께서는 조금 불편하시더라도 부디 끝까지 저의 이야기를 들어주십시오."

"예, 여왕 폐하."

셀레스티아는 얌전히 대답했다.

앞에 놓인 얼음물로 목을 축인 알타이르의 여왕은 몸의 힘을 조금 뺀 후 이윽고 입을 열었다.

"여러분. 고향의 정령들을 영구히 순화시키는 것은 우리의 오랜 숙원입니다."

여왕에게서 정령에 대한 이야기가 나오자 헤이파와 데스디아의 표정이 조금 굳어졌다.

"우리는 정령의 순화를 위해 온갖 노력을 다했으나 정령들의 야만성을 영구히 가라앉히는 방법을 찾아내지 못했습니다. 인구의 증가는 미미했고 왕족 남성들의 수명은 계속 줄어들기만 했지요. 여왕과 그 신하들이 하는 일 역시 변함이 없었습니다."

여왕의 면류관 안에서 한숨소리가 들렸다.

"하지만 이번에 그 숙원을 풀 가능성이 열렸습니다."

"실버로드의 죽음을 말씀하시는 겁니까?"

치프가 묻자 여왕이 끄덕였다.

"단 한 명의 날개 달린 자가 처단되었고, 그의 영혼이 우리 고향의 정령들을 진정시켰습니다. 덕분에 저도 고향을 잠시 벗어나 바깥의 공기를 마실 수 있게 됐지요. 이 얼마나 기쁜 일입니까?"

여왕은 감정을 자제한 채로 말했다. 그녀는 자제력을 잃지 않기 위해 얼음물을 한 모금 더 마셨다.

"공교롭더군요."

여왕이 이야기를 계속했다.

"알타이르의 전사들은 날개 달린 자의 방어 체계를 가볍게 뚫을 수 있습니다. A—1730이여, 그대도 알고 있겠지요?"

"…예, 폐하."

치프만이 아니라 모든 이들이 알고 있는 사실이었다.

여왕은 그 편리함의 위험성을 알타이르의 책임자 입장에서 이야기하려 하고 있었다.

"그 사실은 우리로 하여금 아주 강렬한 사냥 충동을 불러일으키게끔 하더군요. 오랫동안 숨겨져 있던 먹이사슬이 운명의 장난에 의해 팽팽히 당겨져 나타나서는 우리를 유혹하는 느낌입니다."

"……."

셀레스티아는 곧은 자세로 여왕의 이야기를 듣고 있었다.

손에 힘을 주거나 허벅지, 종아리를 경직시키는 행동 따위도 하지 않았다.

그녀는 앞서 여왕의 이야기를 끝까지 듣겠다고 약속했다.

여왕의 말은 자못 무서웠지만 다행이도 여왕의 목소리에는 공격적인 느낌이 전혀 없었다.

"왕궁의 최고 제사장과 사제들은 결코 놓칠 수 없는 기회라고 저에게 말했습니다. 제가 우리 알타이르와 왕녀님과의 관계를 지적하니, 그들은 왕녀님의 적대자들을 알타이르로 데려와서 그들의 영혼을 정령들에게 안겨주자고 하더군요."

"……."

상당히 도발적인 말이 나왔음에도 불구하고 셀레스티아는 침착함을 유지했다.

"만약 그들의 말대로 제물들을 고향에 데려와 정령들에게 바친다면 알타이르의 상황은 분명히 나아질 겁니다. 한차례이긴 해도 증명되었으니 말이지요."

여왕은 살짝 웃음소리를 냈다.

"물론 저는 거절했습니다."

그녀의 말에 헤이파와 데스디아가 동시에 눈을 질끈 감으며 안도했다.

"제가 여왕으로서 알타이르를 이끄는 이상 알타이르에서 날개 달린 자들을 사냥하거나 제물로 삼으려 움직이진 않을 겁니다. 하지만 제가 수명을 다하여 이 세상을 떠난 뒤의 일은 책임질 수 없습니다."

여왕은 다시 치프를 봤다.

"적어도 수천 년의 시간이 흐른 뒤의 일일 테니 그때쯤이면 A—1730… 치프도 다른 세상 사람이겠지요. 그가 왕녀님을 지켜줄 수 있는 시간은 정말 짧습니다. 그러니 셀레스티아 왕녀님. 왕녀로서의 공부를 충실히 해주십시오. 당신은 그래야만 이 행성과 당신의 종족을 지킬 수 있습니다."

"알겠습니다, 폐하."

셀레스티아는 짧게 대답했다. 그녀의 목소리가 무미건조하자 여왕이 살짝 웃었다.

"너무 어렵게 생각하지 마십시오, 흔들리되 그 뿌리를 드러내지 않고, 타협하되 원칙을 바꾸지 않는다면 왕은 결국 자신의 백성들을 지킬 수 있습니다."

여왕은 자신의 단말기를 들었다.

"고민이 있으면 언제든 연락하세요. 화상 통화라는 거, 재밌더군요."

알타이르 여왕의 손에서 단말기가 나올 줄은 꿈에도 몰랐던 셀레스티아는 적잖이 당황했다.

"비슷한 입장의 사람들끼리 고민을 나누는 것만큼 좋은 공부도 없답니다."

"예, 여왕 폐하. 많은 도움을 부탁드리겠습니다."

"후후, 우리는 좋은 친구가 될 수 있을 겁니다. 왕녀님."

셀레스티아는 고개를 살짝 숙여 감사를 표했다.

*　　　*　　　*

1시간 뒤.

치프는 천천히 회사의 상공을 떠나는 위스콘신의 모습을 지켜봤다.

그 곁에는 셀레스티아와 데스디아가 있었다.

위스콘신은 어느 순간 속도를 높여 대기권 밖으로 사라졌다.

진지한 얼굴로 하늘을 바라보던 치프는 왼손에 들고 있는 과일빙수를 그 자리에서 떠 먹었다.

"알타이르의 여왕 폐하는 꽤 낭만적인 분이시네."

그가 빙수를 씹으며 말했다.

"이번 싸움이 끝날 때까지는 만나지 못할 것 같다면서 주신 선물이… 왜 빙수지?"

그가 의문을 가지자 옆에 있던 데스디아가 자못 진지한 얼굴이 됐다.

"알타이르의 기후는 덥고 습하잖아? 그래서 빙수는 정말 귀한 음식이야. 냉장고가 도입되기 전까지는 얼음 자체를 구하기가 힘들었지. 정령 교감을 이용하여 얼음을 만들고 과일을 부수는 것은 보통 일이 아니야."

"그렇군. 하긴, 물을 끓이는 것보다 얼리는 게 더 힘든 일이긴 하니까."

치프는 빠르게 녹아 사라지는 빙수를 서둘러 먹었다.

"그래도 빙수는 좀 아니지 않아? 부질없이 녹아 사라져 버리라는 소리처럼 들리는데?"

"절대 그런 분이 아니니 안심해. 그리고 여왕 폐하께서 다른 이를 위해 음식을 손수 만드신 일은 거의 없어. 영광이라고."

"손수 만드신 적이 없다……? 흠, 맛이 어설픈 이유를 알겠군."

"…폐하께 불만이라도 있나?"

데스디아가 인상을 구겼다.

"불쾌하잖아, 솔직히? 그분께서 대체 셀리를 몇 번이나 봤다고 그런 자극적인 말을 서슴없이 던지시는 거지? 듣는 내가 부끄러울 정도의 매너였다고! 혹시 자기과시를 즐기시는 성격이신가?"

"…그건 아마도 셀리가 부러워서 그러셨을 거야."

데스디아가 어깨를 으쓱했다.

"당신도 알타이르의 정치 구조를 완전히 다 아는 건 아니잖아? 셀리가 여기서 장신구보다 못한 취급을 받고 살아왔던 것처럼 여왕 폐하께선 공기정화기에 가까운 취급을 받고 계시지."

"……"

"알타이르에는 내전이 없지만 소위 잘나가는 가문들끼리 무관과 문관으로 나뉘어 대립하고 있어. 같은 무관 가문끼리 대립하는 일도 잦아. 여왕 폐하께서 지적을 하셔도 고쳐지진 않지. 그래서 정령을 위로하는 일에만 집중하실 수밖에 없어. 그런 와중에 당신의 등장은 정치적으로 상당한 자극이 됐지. 물론 가문들의 대립도 강해졌지만."

데스디아는 팔을 뻗어 셀레스티아의 어깨를 감쌌다.

"폐하께선 셀리가 옳은 결정을 내리길 바라고 계셔."

"뭐, 그러시겠지."

치프는 대놓고 언짢은 기색을 드러냈다.

빙수가 들어 있던 유리컵의 남은 물을 털어낸 치프는 유리컵과 숟가락을 데스디아에게 건네주었다.

"난 빅시티에 갔다 올게. 날이 저물기 전까지는 돌아올 거야."

"무슨 일인데?"

데스디아가 물었다.

"하이시리스에 대해서 좀 알아보려고."

하이시리스의 이름이 나오자 셀레스티아가 움찔했다. 데스디아는 셀레스티아의 머리를 만져주며 안타까운 표정을 지었다.

"그런 대단한 정보를 제대로 제공해 줄 사람이 있다 이거군. 흠, 누군지는 뻔하지만."

데스디아의 지적에 치프가 피식 웃었다.

"얘기만 듣고 올 거니 너무 걱정하지 마. 그럼 있다가 보자고."

차량 정비창을 향해 걸어가려던 치프는 우울함 때문에 얼굴이 새까만 셀레스티아를 보고 걸음을 멈췄다.

"…하아."

한숨을 쉰 그는 셀레스티아에게 다가가 그녀를 천천히 포옹해주었다.

"혼란스러울 텐데, 그렇다고 해서 너무 빨리 해결하려고 서두를 필요는 없어. 고민할 시간은 많이 줄 테니 무리하지 마. 회사에 있는 모든 사람들은 언제든 네 고민을 들어줄 거야."

"……"

"우리들을 좀 더 믿어봐."

연인끼리의 포옹이라기보다는 아버지가 딸을 위로해 주는 듯한 모습이었기에 데스디아도 별다른 감정을 갖진 않았다.

자신의 투박한 자동차를 몰고 회사를 나선 치프는 단말기를 꺼내어 누군가에게 전화를 걸었다.

"여어, 엠페라투스 아저씨. 들려? 나 이제 회사에서 나왔어."

―목소리에 힘이 넘치는군.

엠페라투스의 음성이 단말기에서 나오자 치프는 기분 좋게 웃었다.

"오랜만에 빅빅빅 스테이크를 먹게 됐으니 당연하지."

치프가 엠페라투스와 만나기로 한 곳은 지난번 레투가의 소개를 받아 식사를 했던 고급 식당이었다.

당시 식사 전후로 이런저런 일들이 있었지만 치프가 제대로 기억하는 것은 빅빅빅 스테이크, 그리고 헤이파와의 구강 접촉뿐이었다.

그의 기억에 문제가 있는 것은 아니었다. 당시 그의 일상에서 가장 벗어난 기억이 그것들뿐이어서 그런 것이다.

─도착하면 다시 연락해라. 난 이미 빅시티에 있다.

"조금만 기다려. 있다가 보자고."

통화를 마친 치프는 자신의 흰색 셔츠 주머니에 단말기를 넣었다.

─질문이 있습니다, 원사님.

단말기 화면이 저절로 켜지더니 잭팟의 목소리가 났다.

"응, 뭔데?"

치프는 왼손으로 핸들을 잡은 채 오른손으로 선글라스를 꺼내어 얼굴에 썼다. 데스디아가 선물로 준 그 선글라스는 아직도 흠집 하나 없었다.

선글라스에 눌린 자신의 곱슬머리를 털듯이 대충 꺼내어 정리한 그는 마지막으로 체리 맛 막대사탕을 입에 물었다.

─자연스럽게 담배를 무실 줄 알았는데 말입니다.

잭팟이 묻자 치프가 피식 웃었다.

"질문이라는 게 그거였어?"

─아닙니다. 제가 궁금한 것은 차의 트렁크에 실린 금속 탐지 드론입니다. 무려 네 개나 가져오셨군요.

"저거?"

치프는 말이 나온 김에 생맥주 저장 용기처럼 생긴 원통형의 드론 네 개를 룸 미러로 살폈다.

"오늘 아침에 갑자기 떠올랐거든. 오가는 길에 찾아보고 싶은 게 있어서 말이야."

—뭔가 분실하셨습니까?

"음… 운이 좋으면 알게 되겠지."

치프는 말을 대강 얼버무리려 했다. 잭팟은 그에 대한 추궁을 깔끔하게 포기했다.

—엠페라투스와 만나려 하시리라고는 생각 못 했습니다.

"현 시점에서 하이시리스에 대한 최고 전문가잖아?"

—닥터 아르마게일도 있지 않습니까?

"난 그 할아범을 믿은 적이 없어."

—엠페라투스는 믿을 수 있다는 말씀이십니까?

"물론."

대답한 치프는 차량의 왼쪽을 봤다.

늑대 크기의 작은 공룡들 십여 마리가 무리를 지어 그의 옆을 달리고 있었다.

그 공룡들은 치프와 안면이 없었다. 치프의 차가 신기해서 따라오는 것도 아니었다. 그들은 치프를 오랜만에 만난 먹잇감으로 보고 있었다.

"죠니가 이걸 괜히 준 게 아니었군."

중얼거린 치프는 글러브 박스를 열었다.

그 안에는 큼지막한 쇠고기 통조림이 들어 있었다. 치프는 쇠고기 통조림의 뚜껑을 딴 뒤 공룡들에게 던졌다.

통조림은 달짝지근한 육즙의 비를 뿌리며 날아갔다. 공룡들은 괴성을 지르며 통조림을 쫓아 달려갔다.

위험에서 벗어난 치프의 차가 비포장도로를 시원하게 달렸다.

"계속 얘기할까?"

―그러시죠.

"엠페라투스는 하이시리스를 상당히 경계하고 있어. 그건 하이시리스도 마찬가지지만, 아무튼 엠페라투스는 하이시리스가 이 땅에서 수작을 벌였다는 사실을 거의 모르는 눈치더라고."

―모르는 척하는 게 아니겠습니까?

"그럴 수도 있고."

치프는 고개를 *끄덕끄덕* 움직였다.

"하지만 하이시리스에 관한 일만큼은 그냥 넘기지 못할 거야. 만약 셀리가 하이시리스에게 제대로 조종당한다면 제아무리 엠페라투스라고 해도 필사적으로 싸워야 하거든."

―목숨을 건 싸움이야말로 엠페라투스가 원하는 '재미'가 아닙니까?

"셀리가 자신의 의지로 맞서 싸운다면 괜찮은 재밋거리인데, 하이시리스의 조종을 받아 덤비는 상황이라면 이야기가 달라. 나만 해도 드론들이랑 싸우는 일에는 재미를 못 느껴. 그런 건 상상만 해도 끔찍한 단순노동이거든."

치프는 입안에 든 사탕을 혀끝으로 괴롭혔다.

"하하, 내가 대체 무슨 말을 하는 거지? 꼭 엠페라투스를 변호해 주는 것 같잖아? 빌어먹을!"

그는 물고 있던 사탕을 창밖에 던진 뒤 왼손으로 이마를 쥐었다.

—진정하시고 제 얘기를 들어주십시오, 원사님.

"그래, 미안. 하고 싶은 얘기가 있으면 들려줘."

—셀레스티아 왕녀의 잠재적 위험수준은 이번 사건을 통해서 그 한계치를 넘어섰습니다. 운캄타르가 셀레스티아 왕녀의 육체를 손에 넣어 전성기의 힘을 되찾을 계획이었다는 것은 원사님께서도 들으시지 않았습니까?

"흠……."

—엠페라투스는 전성기 이상의 육체를 얻은 운캄타르와의 결전을 기대할지도 모릅니다. 그 가능성만은 부정하지 말아주십시오.

"부정하진 않는데, 누군가가 돈을 걸어보라고 하면 거기에 걸진 않을 거야."

치프는 고개를 저었다.

—단언하시는 이유가 궁금합니다.

"녀석이 운캄타르… 톰 아저씨와 다시 싸울 생각이었으면 일찌감치 무슨 짓이든 했을 것 같거든."

—그렇다면 엠페라투스가 여태껏 얌전히 있는 까닭은 무엇일까요?

"자기가 원하는 놀이터가 만들어지기를 기다리는 거겠지."

—그럴까요?

"녀석은 자신에게 닥쳐올 리스크를 키우는 면이 있거든. 베이킹파우더로 반죽을 부풀리듯이 말이야."

―애정이 느껴지는 분석이군요.

잭팟의 지적에 치프는 실없이 코웃음을 흘리며 아랫입술을 내밀었다.

"아무튼 급한 건 이쪽이니 어쩔 수 없지. 셸리 때문에라도 만나서 얘기를 듣는 수밖에."

조금 더 달려서 빅시티의 영역에 들어온 치프는 차의 속도를 늦추고 주변을 세심하게 살폈다.

바위가 많은 지형을 지나갈 무렵, 치프는 차를 멈추고 트렁크를 열었다.

그는 자신이 찾은 물건의 대략적인 형태와 재질을 금속 탐지용 드론들에 입력한 뒤 그들을 하늘로 띄웠다.

"시간이 오래 걸려도 좋아. 잘 부탁해."

네 개의 드론들이 지상을 향해 빛을 쏴대며 바삐 움직이는 것을 확인한 치프는 다시 차를 몰고 빅시티를 향해 달려갔다.

*   *   *

약속 장소인 식당에 도착한 치프는 식당 밖에 가만히 서 있는 보라색 정장의 남자를 보고 쓴웃음을 지었다.

정장의 남자는 엠페라투스의 인간 형태였는데, 수염을 깔끔하게 기른 것과 전체적으로 마른 얼굴인 것을 제외하면 치프와 거의 다를 바가 없었다.

"5분 전에 연락한 것 같은데 벌써 도착했다니, 너무 기대하고 있는 거 아냐?"

치프가 그의 앞에 차를 세우며 물었다.

엠페라투스는 식당을 돌아봤다.

"이곳에서 공룡 고기를 요리한다는 사실은 방금 전에 알아버렸지."

"아, 혹시 공룡 고기를 싫어하나?"

"이따금씩 날것으로만 먹어왔거든."

엠페라투스는 검지로 자신의 혀끝을 만졌다.

"예전에 말하지 않았나? 난 맛을 느끼지 못한다, 치프. 성분을 분석해서 그에 가깝게 상상할 수 있을 뿐이지."

"그럼 찻집으로 갈까?"

"그냥 이곳으로 하지. 상상력을 키우는 재미가 있을 것 같군."

"흠."

치프는 백미러에 시선을 두고 기어를 바꾸며 차를 주차선 안에 넣었다.

그의 운전을 지켜보던 엠페라투스가 미묘한 미소를 지었다.

"다른 자들은 '주차'라고 떠벌리기만 해도 차가 알아서 움직여 주차를 하던데, 네놈의 차는 그렇지가 않군."

차에서 내린 치프는 자동차 열쇠를 손에 걸고 빙빙 돌렸다.

"내 차는 전부 수동이거든. 일일이 클러치를 밟으며 기어를 바꿔줘야만 그럴싸하게 움직이지. 아무튼, 그보다……"

치프는 언짢은 표정으로 엠페라투스를 쳐다봤다.

"미안한데 머리 모양이라도 좀 바꿔주면 안될까? 누가 보면 나를 나르시시즘 신도로 오해할 것 같은데 말이지."

"나르시시즘은 알겠지만 신도는 또 무슨 말인가?"

"지구에서 복제 인간이 일반화된 이후 생긴 종교야. 처음에는 자기 자신을 지나치게 사랑하는 사람들의 모임이었는데, 그게 이상할 정도로 큰 규모를 갖추면서 종교가 되어버렸지."

"후후, 자기 자신을 사랑하는 자들이 서로 뭉쳐서 종교를 만들다니……. 웃기는 모순이로군."

엠페라투스가 비웃음을 터뜨렸다.

"아무튼 네가 원하는 바를 들어주마."

엠페라투스가 오른손으로 자신의 머리를 쓸어 올렸다. 머리카락들이 전체적으로 길어지고 검은색의 뿔테 안경까지 씌워지면서 외모의 구별이 뚜렷해졌다.

"딱 좋군. 그럼 들어가자고."

치프는 왼쪽 손목에 찬 시계로 시간을 확인하며 식당 안으로 들어갔다.

계산대에 서 있던 식당의 주인은 치프가 들어오는 모습을 보자마자 흠칫했다. 치프가 이곳에 처음 방문한 날, 치프를 노리는 현상금 사냥꾼들 때문에 식당이 총알 세례를 받아버린 추억 때문이었다.

사건 다음 날 치프가 회사 명의로 사과를 하고 보상금을 듬뿍 준 덕분에 식당이 망하진 않았지만 식당 주인과 종업원들은 그 총알 세례의 악몽에서 완전히 벗어나지 못했다.

"오늘은 별일 없을 테니 안심하세요."

치프가 시큰하게 웃었다.

"그, 그렇군요. 하하. 별실로 안내해 드리겠습니다, 사장님."

식당 주인이 종업원 한 명을 따로 불러 치프와 엠페라투스의 안내를 맡겼다.

자동문으로 격리된 넓은 방으로 안내받은 치프는 테이블에서 홀로그램 메뉴판이 올라오자마자 개인적으로 기대해 온 빅빅빅 스테이크를 손으로 찍었다.

"저는 이걸로 하죠. 수프는 크림으로 주세요."

안내를 맡은 종업원이 유리잔에 든 물을 테이블에 놓다가 당황했다.

"사장님. 빅빅빅 스테이크에 사용되는 고기는 기본 800그램인데 괜찮으시겠습니까?"

"그렇군요. 같이 오신 분은 울트라 빅빅빅 스테이크 세트로 해주세요."

"……."

울트라 빅빅빅에 들어가는 고기의 무게가 3kg이라는 것을 누구보다 잘 아는 종업원은 대단히 당혹스러워했으나 정작 엠페라투스는 메뉴를 흔들며 여유롭게 웃었다.

"수프는 양송이로 부탁하네."

"아, 알겠습니다. 두 분, 음료는 무엇으로 하시겠습니까?"

"저는 딸기 에이드요."

치프가 먼저 말했다.

"나는 블루베리 에이드로 하겠네."

엠페라투스의 주문까지 접수한 종업원은 메뉴판을 정리한 뒤 조심스럽게 방을 나갔다.

문이 닫힌 뒤, 치프가 오른팔을 의자 등받이에 걸치며 삐딱하게 앉았다.

"아저씨 말인데, 이 행성에 하이시리스가 숨어 있다는 사실을 정말 몰랐어?"

치프가 굉장히 언짢은 표정으로 물었다.

"흠, 식사 전에 입맛 떨어지는 질문이라. 좋은 매너로군."

빈정댄 엠페라투스는 다리를 꼬고 고개를 옆으로 기울였다.

"하이시리스가 공항에 내려오는 것도 몰랐는데, 심지어 가만히 숨을 죽이고 있으면 내가 어떻게 알아차린단 말인가? 아인소프오르 등급의 신이 그렇게 우습게 보였나?"

"설마 끝까지 몰랐단 말은 아니겠지?"

"이 행성에 돌아왔을 때는 분명히 감지했다. 그 어리석은 어머니 신께서 기준 이상의 힘을 발휘해 주기만 하면 괜찮다. 설령 그분이 땅 깊숙이, 아니 아예 지각 안쪽에 틀어박힌다 해도 알아차릴 수 있지."

"……"

치프는 등받이에 걸쳤던 팔을 내리고 팔짱을 꼈다.

"셀리가 하이시리스에게 지배를 당했는데……."

"호오, 왕녀가 지배를 당했다고 착각하나?"

엠페라투스가 실소를 지었다.

"아니란 말이야?"

치프가 조금 놀란 표정으로 물었다.

엠페라투스는 검지를 편 오른손을 들고 좌우로 천천히 흔들었다.

"네놈, 왕녀가 어수룩한 존재라는 것을 잊었나 보군. 하이시리스는 왕녀를 지배한 적이 없다. 단지 부추겼을 뿐이야. 왕녀는 제어할 수 없는 스스로의 욕구에 충실히 따랐을 뿐이지."

"흠……."

치프는 기도하듯 두 손을 모은 뒤 엄지의 첫 번째 관절에 이마를 대며 한숨을 쉬었다.

"같은 일이 또 일어나면 어떻게 대처해야 하지?"

"이상한 고민을 하고 있군. 네놈은 이미 훌륭한 대응 수단을 갖고 있지 않나?"

"응?"

치프가 의아해했다.

"사만다 카터? 그래, 그 계집의 머리색이 왕녀와 흡사하더군."

엠페라투스가 넌지시 말했다.

치프의 표정은 삽시간에 심각해졌다.

"대응 수단이라는 게… 혹시 염색인가?"

"……"

순간 엠페라투스는 눈앞에 있는 유리잔을 치프의 눈구멍에 박아버리고 싶은 충동을 느꼈다.

"그래, 그 입버릇. 그것에 네놈을 성 불구자로 만든 원인이군."

"정확히 하자고. 성 불구자 취급이야."

"어쨌거나, 정말 염색이라고 생각하는 건 아니겠지?"

엠페라투스가 치프를 날카롭게 쏘아봤다.

치프는 심각한 표정을 지은 채 고민에 빠졌다.

치프의 침묵은 음식들이 나온 이후에도 계속됐으나 엠페라투스는 그를 재촉하지 않았다.

'저 녀석이 대놓고 고민하는 모습을 보게 될 줄은 몰랐군.'

엠페라투스는 재미를 느끼고 있었다.

그리고 그에게 재미를 준 것은 치프만이 아니었다. 울트라 빅 빅빅이라는 이름의 초대형 스테이크였다.

"호오, 이 큰 고깃덩어리……. 정말 먹어보라고 요리하는 음식이 맞나? 음식이라기보다는 랜드 마크 수준이로군."

말은 그렇게 했지만 호기심으로 잔뜩 충전된 엠페라투스의 눈동자는 반짝반짝 빛나고 있었다.

"레투가는 잘 먹더라고."

"보안국장 말인가? 하긴, 그 덩치의 사내라면 이 정도는 문제없겠지. 지구인의 입장에서 걱정하고 말았군."

엠페라투스는 즐거운 표정으로 포크와 나이프를 스테이크에 칼을 댔다.

스테이크를 열심히 썰어서 먹는 엠페라투스의 모습은 천진난만함을 넘어서 복스럽기까지 했다.

그에 영향을 받은 치프는 일단 먹고 나서 고민하기로 했다.

그로부터 10여 분 뒤, 스테이크를 자르던 치프가 셀레스티아의 일을 떠올렸다.

"근데 말이지, 아저씨. 셀리의 힘이 오크들의 행성에 다녀오기 전보다 훨씬 강력해진 것 같더라고. 실버로드의 복제품은 물론 녀석들이 이끌고 온 브리치를 완전히 박살 냈다고 하던데, 어떻게 생각해?"

"그 질문이 이제야 나오는군. 사만다 카터에 대한 고민이 그리도 깊었나?"

엠페라투스가 중얼거린 뒤 냅킨으로 입가를 닦고는 자신의 블루베리 에이드를 마셨다.

"왕녀는 그날 이전까지 신성함에 대한 자각이 없었다. 운캄타르의 후계자로서 강력한 힘을 발휘할 수 있었을 뿐이지. 그런데 내가 생각지 못한 방법을 통해서 신성함을 깨우쳤다."

"흠……."

엠페라투스의 이야기를 들은 치프는 나직이 한숨을 쉬었다.

그냥 봐서는 '무슨 이야기인지 통 모르겠다'는 모습처럼 보일 수 있었으나 엠페라투스는 그 태도의 진실을 정확히 꿰뚫어 봤다.

"네놈, 왕녀가 신성함을 취득했다는 이야기를 누군가에게 미리 들었군."

"음? 음… 뭐, 그렇지."

치프가 옆을 바라보며 엉성하게 대답했다.

엠페라투스는 눈을 부릅뜨고 화를 냈다. 그가 손에 쥔 블루베리 에이드가 순식간에 김을 내며 부글부글 끓었다.

"정확히 털어놔라. 누구에게 들었나?"

"라이트스톤이지."

"라이트스톤? 그렇군. 그렇다면 말이 되지."

엠페라투스는 화를 가라앉히고 블루베리 에이드가 든 잔을 내려놨다.

포크와 나이프를 다시 든 엠페라투스는 스테이크를 한 입에 먹기 좋게 조각조각 자르며 말했다.

"독이 바짝 오른 라이트스톤… 아르마게일에게 거기까지 이야기를 듣다니, 역시 네놈이 가진 최고의 힘은 말재주 같군."

"하, 그래?"

엠페라투스의 입에서 나온 것치고는 생활감이 느껴지는 이야기였다. 그래서 치프는 자신도 모르게 미소를 지었다.

"넌 상대를 가리지 않고 깊이 있는 이야기를 나누어 뭔가를 얻어낼 수 있는 능력을 갖고 있다. 훈련에 의해 얻은 능력이 아니라 천부적인 재능이지. 무장제조가 불러오는 결과는 오로지 폭력뿐인데, 다른 이를 붙들고 무작정 이야기를 하는 너의 힘은 많은 이들의 운명을 바꿔왔지."

"……."

"나와 처음 만났을 때를 기억하나?"

엠페라투스가 묻자 치프는 어깨를 으쓱했다.

"어제처럼 느껴지기도 하고, 한 10년 전의 일처럼 느껴지기도 하고."

치프의 대답에 엠페라투스는 잔잔히 웃었다.

"이 땅의 모든 것을 파괴하던 나를 멈춘 것은 네놈이 즐겨 사용하는 그 검은색의 인형 병기가 아니었다. 바로 나와 네가 나눈 이야기였지."

엠페라투스가 말한 검은색의 인형 병기는 바로 데토네이터였다.

"네놈은 그렇게 얻어낸 시간과 정보를 바탕으로 나와 다시 대적할 권리를 얻었고 결국 나를 이겼다. 그 이후 네놈이 자신에게 닥친 수많은 위험들을 해결한 것도 바로 말재주였지."

"……."

"그 능력을 말재주라고 표현할 수밖에 없어서 미안할 정도로군. 아무튼 부러운 능력이야. 나와 운캄타르, 둘 중 하나가 너처럼 이야기를 풀어낼 수 있는 능력을 갖고 있었다면 정말 많은 것이 바뀌었겠지."

"에이, 너무 아름답게 꾸며줄 필요는 없어."

치프는 스테이크에 껴 있던 지방 덩어리를 나이프로 잘라내며 말했다.

"경험상 말이 안 통하는 놈들의 숫자가 더 많았거든. 총으로 대화하는 게 더 효율적인 경우도 많았고 말이야. 날 너무 좋게 보진 말아줘."

"넌 나쁜 기억을 우선시하는군. 보다 긍정적인 마음가짐을 가지도록 해."

"허어."

엠페라투스에게 그런 말을 들을 줄 몰랐던 치프는 굉장히 놀랐다.

"아저씨는 좋은 기억을 우선시해서 대살육을 저질렀나 봐?"

"후후, 오해와 비약이 심하군. 난 진심으로 기분 좋게 즐기는 것뿐이다."

"그리시군."

치프는 결국 쓴맛을 다셨다.

"여담은 여기까지 하지. 아르마게일은 신성함에 대해서 어디까지 알고 있었나?"

스테이크를 완전히 조각낸 엠페라투스는 포크로 고기들을 찍으며 진지하게 물었다.

"옥좌와 신성함의 소유자를 연결해 주는 통신 권한 정도로 생각하는 것 같던데?"

"흠… 옥좌에 가본 적도 없으면서 거기까지 추리를 해내다니, 역시 아르마게일은 영리하군."

고개를 끄덕인 엠페라투스는 조각낸 스테이크 몇 점을 천천히 씹었다.

치프는 엠페라투스가 라이트스톤과 아르마게일이 개별적인 존재라는 사실을 정말 모르고 이야기하는 것인지 궁금했다.

"난 옥좌를 네놈에게 직접 보여줬다. 알아듣기 쉽게 설명까지 해줬지."

"그래, 서버 클라이언트 방식의 통신망 제어 구조. 거기까진 기억해."

"그렇다면 이번에는 재미있게 이해할 수 있도록 도와주마."

엠페라투스는 나이프의 손잡이로 테이블을 두드렸다.

"이 그라니트 행성은 그 옥좌의 파편인 창세의 보적을 이용하여 만들어진 행성이다, 치프. 이처럼 생명력이 넘치는 행성이 만들어지기 위해 필요한 것이 무엇이라 생각하나?"

"일단… 중심으로 삼을 항성이겠지?"

"너무 모범적인 대답이로군. 필수 조건은 바로 운이다. 항성과 행성 사이의 거리, 항성의 이동속도와 행성의 자전 및 공전 속도, 그리고 생명체가 발생하기 위한 긍정적 가능성들 등등. 그 모든 것은 운에 좌우되지. 나름 축약해서 말해준 것인데, 이해가 되나?"

"이 정도야 뭐."

치프는 여유롭게 고개를 끄덕인 후 딸기 에이드를 천천히 마셨다.

"아저씨의 설명을 더 축약하자면, 창세의 보석이라는 것만 있으면 이런 행성과 항성계쯤은 언제든 뚝딱 찍어낼 수 있다는 말이잖아?"

"후후, 그게 그처럼 편리한 물건이었다면 내가 가졌겠지. 물건 자체는 아주 단순하다."

엠페라투스는 고개를 설레설레 저었다.

"…그 말을 들으니 속이 더부룩해지는데?"

"그럼 식사를 마치고 이야기하도록 하지."

엠페라투스는 후식으로 나온 아이스크림까지 깔끔히 먹고 나서 이야기를 이어나갔다.

"창세의 보석은 옥좌의 파편이긴 해도 아주 중요한 물건이다. 난 그 물건에 흥미가 없지만… 너희들이 게이트를 이용하여 안전한 우주여행을 할 수 있는 이유도 옥좌에 창세의 보석이 없기 때문이지."

"그래, 알았어. 그럼 그 물건이 정확히 어떤 건지 얘기해 줘."

치프는 자신의 상상을 벗어나는 이야기가 나오지 않기를 간절히 바랐다.

엠페라투스가 싱글싱글 웃으며 말했다.

"네가 무장제조를 이용해서 물건을 만들 때의 필수 조건이 무엇이냐?"

"음… 함선이라고 치면 그 함선의 설계도겠지."

대답한 치프가 고개를 끄덕거렸다.

"넌 네가 기억하고 있는 그 설계도를 바탕으로 무장을 만드는 거겠지?"

"기억한다기보다는 머릿속의 백업 칩 덕분이야. 칩 안에 각종 무장의 설계도가 들어 있거든."

"그렇다면 더욱 설명이 쉽겠군. 창세의 보석은 그 백업 칩의 역할을 한다."

"…응?"

치프는 상대가 내놓은 대답을 정확히 이해하지 못하여 고개를 갸웃거렸다.

"백업 칩의 역할이라니?"

"창세의 보석은 탈란바토르에 진입하여 옥좌를 거친 존재들을 모조리 기억하는 물건이다. 저장의 한계가 없다시피 하지. 사실 원래 이름도 창세의 보석 따위가 아니야. 처음에는 옥좌의 파편이라 불렸지."

"……."

"운캄타르는 창세의 보석을 얻은 후 우리들의 옛 고향, 지구와 태양을 비롯한 그 주변의 모든 행성들과 운동 방향을 창세의 보석 안에 입력시켰지. 그래서 이 행성의 환경이 지구와 거의 흡사한 것이다."

"허."

치프는 기가 막혔다.

"창세의 보석에 기억된 자료는 수정도 가능하지. 운캄타르에게는 시간이 좀 걸리는 일이었을 뿐, 어렵진 않았을 거야."

엠페라투스가 마치 예상하듯 말하자 치프의 미간에 주름이 잡혔다.

"아저씨도 정확히는 모르나 봐?"

"난 그때 죽은 상태였으니까."

"음, 하긴."

치프는 테이블을 손끝으로 두드리며 고개를 끄덕거렸다.

"운캄타르는 이곳에 도착한 뒤 창세의 보석에 기억시킨 옛 고향의 개정판을 출력시켰겠지. 복제된 항성계가 출력되어 자리를 잡은 것이 바로 이곳 그라니트 행성과 그라니트가 속한 항성계라 할 수 있다."

"……"

"옥좌에 창세의 보석이 그대로 존재했다면 너희들의 우주여행은 엉망이 됐을 거다. 최악의 경우 게이트 반대편에서 창세의 보석이 기억하는 복제 인간들과 매번 마주쳐야 했을 테니까."

"듣기만 했는데도 속이 뒤집어지는군."

치프는 정말로 괴로운 표정을 지었다.

"하이시리스가 노리는 것은 창세의 보석일 거다. 나에게 발견되어 죽는다는 리스크를 감수하고 왕녀의 기억을 헤집어놓을 만한 이유는 그것뿐이겠지."

"단언하는군."

"그럴 수밖에. 하이시리스는 이 세상에서 단 한 마리뿐인 아인소프오르 등급의 신이다. 번식을 위해서라도 창세의 보석이 필요할 거야."

"번식?"

치프에게는 엠페라투스의 그 말이 이상하게 들렸다.

"신이라면 성별을 바꾸거나 자웅동체가 될 수도 있지 않아?

자신의 몸을 나눠서 또 하나의 존재를 만드는 것도 어렵지 않을 텐데?"

"불행하게도 그들은 암수가 구별될 뿐만 아니라 네가 생각하는 것처럼 만능이 아니다. 내가 하이시리스를 어머니 신이라고 부를 만한 이유가 있다 이거지."

"그럼… 아버지 신은 누구지?"

"아버지 신이라고 부를 만한 존재는 없다. 나와 운캄타르는 하이시리스의 시설에서 만들어진 존재거든. 하지만 하이시리스의 남편 격인 존재는 기억하고 있지."

거기까지 이야기를 들은 치프는 다시 몸을 돌린 후 등받이에 오른팔을 걸쳤다.

"누군데?"

"음… 알려줘서 나쁠 것은 없겠지. 하이시리스와 동일한 아인소프오르 등급의 신, '제루스트라'다."

"제루스트라? …지금 뎃디가 사용하는 스트라투스의 원래 이름이 '제루스트라투스'였던 걸로 기억하는데?"

"그렇다. 그 칼은 본래 제루스트라의 것이었지. 녀석은 어리석게도 인간의 모습을 좋아했는데, 그 칼의 힘만 믿고 나와 운캄타르에게 맞서다가 두 조각으로 찢어졌고 나와 운캄타르에게 먹혀 죽었다. 신들의 왕을 자칭했던 놈의 최후치고는 보잘것없었어."

엠페라투스는 웃으며 한숨을 길게 내쉬었다. 그때의 기억을 떠올린 것이다.

"만약 하이시리스가 창세의 보석을 손에 넣어 수컷을 되살릴 계획을 꾸미고 있다면 그 대상은 분명 제루스트라일 것이다. 하지만 창세의 보석이 어디에 있는지, 지금은 어떤 모습을 하고 있는지 나조차도 모르는 이상 하이시리스가 발견하기는 쉽지 않겠지."

엠페라투스가 자리에서 일어났다.

"슬슬 가봐야겠군."

자신의 턱에 손을 댄 그는 엄지로 콧수염을 슬슬 쓸었다.

"하이시리스는 다시금 왕녀에게 손을 댈 것이다. 성공한다면 왕녀는 다시 날뛸지도 모르지. 사만다 카터가 4세대의 왕녀임에 분명하다면 셀레스티아 왕녀의 힘에 맞설 수 있다. 하지만 미봉책에 불과하니 문제의 원인을 하루빨리 제거하는 게 좋을 것이다."

엠페라투스가 치프의 옆에 서서 그의 어깨를 손으로 짚었다.

"아니면 왕녀가 영원히 날뛰지 못하도록 네 손으로 제거하던가."

치프의 몸이 순간 치민 분노로 경직됐다.

"날개 달린 자들의 미래 따위, 사실 네가 알 바 아니지 않나? 슬슬 그들의 뒤치다꺼리를 하는 것도 지쳤을 텐데?"

"…어이."

치프의 눈에 독기가 올라왔다. 하지만 그와 눈을 마주한 엠페라투스는 미소를 유지했다.

"사만다 카터와 왕녀, 둘 중에 한 명을 고르라고 하면 네 선택은 뻔하지 않나?"

"……."

"후후, 그럼 다음에 보자. 치프."

엠페라투스의 모습이 치프의 옆에서 연기처럼 사라졌다.

한숨을 크게 내쉰 치프는 계산을 위해 지갑을 꺼내며 자리에서 일어났다.

식당을 나온 치프는 떫은 표정을 지은 채 자신의 자동차를 향해 걸어갔다.

'여기에 온 김에 레투가나 보고 갈까?'

치프는 긍정적인 생각을 하여 엠페라투스의 이야기를 떨쳐내려 했다.

그런 그를 향해 남루한 복장의 중년 노숙인 한 명이 걸어왔다. 그에게서 위험 요소를 느끼지 못한 치프는 그를 빤히 바라봤다.

노숙인은 반갑게 웃었다.

"이곳에 오면 당신을 만날 수 있다고 들었소. 그라니트 용역의 사장님."

"…용건이 있나요?"

"나를 좀 죽여주시오."

확 치밀어오른 짜증에 인상을 쓴 치프는 단말기를 들어 어딘가에 전화를 걸었다.

"저기, 경찰이죠? 웬 이상한 아저씨가 저에게……."

노숙자가 급히 자신의 재킷 호주머니에서 사진 한 장을 꺼냈다.

"그 여자에게 들었소. 이 사진을 당신에게 보여주면 당신의 손에 죽을 수 있다고 말이오."

치프는 의아한 표정으로 사진을 봤다.

온몸에 타박상을 입은 채 남자들 사이에 쓰러져 있는 사만다의 모습이 그의 눈에 들어왔다.

99
예술가가 예술을 하는 이유

"어… 그러니까 이 사진을 어떤 여자에게 받았다는 거죠?"

치프가 밋밋하게 쓴웃음을 지으며 묻자 노숙인 행색의 남자는 살짝 당황했다.

"그렇소."

"그렇다면 뭔가 오해가 있나 보네요. 전 모르는 남자들이에요."

"아, 아니! 남자들 말고 여자 말이오, 여자!"

남자는 사진 속의 여성을 손가락으로 찍어 강조했다.

하지만 치프의 표정에는 변함이 없었다.

"여자도 몰라요. 역겨운 일을 당한 건 분명해 보이지만 제가 아는 여자는 아니에요."

"눈이 안 좋은 모양인데, 자세히 보시오! 사만다 카터가 맞단 말이오!"

그가 치프에게 사진을 불쑥 내밀었다.

"이 여자는 사만다가 아니라니까요? 그보다 사만다의 이름은 어디서 들으셨죠?"

"그 여자에게 들었소!"

노숙인의 목소리가 점점 커졌다.

"선생님, 그러니까 그 여자가 누군데요?"

"말할 수 없소! 아무튼 여자였소!"

주변을 지나던 사람들이 치프와 노숙인에게 쏠렸다.

치프의 얼굴을 아는 사람들은 뭔가 일이 일어났음을 직감하고는 빠른 걸음으로 그곳을 벗어났다. 반면 치프를 모르는 사람들은 걸음을 멈추고 먼 곳에서 그들을 지켜봤다.

구경꾼들 가운데 안색이 가장 안 좋은 사람은 식당 사장과 종업원들이었다.

'오늘은 별일 없을 거라 하지 않았소!'

식당 사장은 치프를 저주했다.

그러나 그의 안색은 금방 밝아졌다. 치프의 신고를 받고 달려온 빅시티 전투경찰의 순찰차가 마침 그의 눈앞으로 지나갔기 때문이다.

전투경찰 두 명이 가벼운 제복 차림으로 순찰차에서 내렸다. 치프는 그 모습을 보자마자 뒷골이 아팠다.

'이봐, 방탄조끼 정도는 입고 다니라고. 상대는 권총 두 자루에 기관단총 두 자루를 숨기고 있단 말이야.'

내심 짜증을 내는 치프를 향해 전투경찰들이 다가왔다.

"신고를 받고 왔습니다, 치프 사장님. 무슨 일이십니까?"

"예. 하아……."

치프는 대답에 앞서 한숨을 내쉬었다.

'그래, 상대의 무장 상태를 알리지 않은 내 잘못이지. 오늘은 손에 피를 묻히기 싫었는데 말이야. 어쩔 수 없군.'

그는 앞에 있는 노숙인을 손으로 가리켰다.

"저기 계시는 선생님께서 이상한 사진을 보여주시면서 자기를 죽여달라고 말씀하시네요."

"예?"

치프의 말을 들은 전투경찰들은 오른손을 허리에 찬 권총에 가까이하며 노숙인에게 접근했다.

"선생님, 여기서 이러시면 안 됩니다. 저희가 보호시설로 안내해 드리겠습니다."

"…쯧."

혀를 찬 노숙인의 왼팔이 잔상조차 보이지 않을 정도로 날카롭게 움직였다.

노숙인의 왼손에는 앞에 총검이 설치된 기관단총이 들려 있었다.

형태가 특이한 기관단총이었다.

기관단총의 형태는 물론 총검의 설치 구조 모두 기성품과 차이가 있었다. 그렇다고 대충만든 물건처럼 보이지도 않았다. 총기 장인에 부탁하여 특별 제작된 물건임에 분명했다.

그 기관단총의 총검이 노린 것은 전투경찰들의 목이었다.

하지만 전투경찰 두 명 모두 무사했다. 노숙인이 기관단총을 꺼내 휘두르는 순간 치프가 전투경찰들의 혁대를 잡아 끌어당긴 덕분이었다.

전투경찰들이 권총을 꺼내려 하자 치프가 손을 내밀어 그들을 제지했다.

"위험한 놈이니 제가 맡을게요. 당신들은 물러나서 지원 요청을 해요. 어서요."

"아, 알겠습니다."

전투경찰들이 물러나는 한편, 노숙인은 피 한 방울 묻지 않은 자신의 기관단총 총검을 살펴봤다.

"A—1730. 과연… 이름값을 하는군. 대체 언제부터 내 정체를 알아차렸지?"

"됐으니까 그 사진이나 좀 줘 봐. 진짜 사만다인지 살펴봐야겠어."

"그 전에 총부터 버려라, A—1730."

노숙인이 살기어린 눈빛으로 치프를 노려보며 말했다.

"그거야 쉽지."

치프는 안전하게 권총을 꺼냈다.

"뒤로 던져."

노숙인이 요구하자 치프는 고개를 끄덕이며 권총을 뒤로 던졌다.

노숙인은 오른손에 쥔 사진을 치프에게 내밀었다. 사진을 받은 치프는 가볍게 코웃음을 쳤다.

"이봐, 사진을 조작하려면 손금의 형태 정도는 맞췄어야지?"

"뭐라고?"

노숙인이 당황하는 순간이었다.

치프가 쥔 사진의 모서리가 노숙인의 왼쪽 눈을 베고 지나갔다.

"갸아아아아악!"

각막은 물론 홍채까지 베여 버린 노숙인이 비명을 질렀다. 지원 요청을 하며 현장 상황을 살피던 전투경찰들은 그의 눈을 벤 도구가 사진 한 장이라는 사실을 믿을 수 없었다.

"눈은 한쪽만 무사하면 될 거고……"

중얼거린 치프는 그의 왼손 손목뼈를 쥐고 으스러뜨려 기관단총을 바닥에 떨구도록 만들었다.

"손의 감촉을 보니 안 좋은 일을 자주 하는 친구 같군. 청부업자 맞지?"

셔츠 호주머니에 사진을 넣은 치프는 바지에 숨기고 있던 단검을 꺼내 노숙인의 상의와 바지를 이리저리 그었다.

노숙인이 옷에 숨기고 있던 또 다른 기관단총과 권총들, 탄약, 그리고 각종 흉기와 도구들이 옷의 틈새에서 우수수 쏟아졌다.

"원래는 내가 직접 널 심문했겠지만 오늘은 그럴 기분이 아니야. 전투경찰들에게 맡길 거니까 운 좋은 줄 알라고."

말은 그렇게 했지만 치프는 우선 상대의 턱관절을 뽑았다.

"그래도 그냥 맡기면 무슨 일이 벌어질지 모르니 밑간 정도는 해줘야겠지."

노숙인, 아니 청부업자의 오른팔과 왼팔 어깨관절이 차례로 망가졌다.

양팔 팔꿈치는 반대로 꺾였고 양손 엄지는 손목에 붙을 만큼 뒤집어졌다. 오른쪽 정강이뼈도 연필 꺾이듯 부러졌다.

사람 하나가 눈앞에서 작살나는 모습을 목격한 전투경찰들은 고개를 돌려 버렸다. 구경하던 도중에 구토를 하는 민간인들도 있었다.

"이 정도면 되겠지?"

치프는 식당에서 미리 가지고 나온 1회용 물수건으로 손을 닦으며 전투경찰에게 다가갔다.

"데려가서 이것저것 잘 물어보세요. 대답하지 않고 버티면 회사로 연락해 주시고요."

"아, 알겠습니다."

쓰러진 채 신음하는 청부업자를 바라보던 전투경찰이 권총을 집어 드는 치프를 돌아봤다.

"저어, 사장님. 이자를 구급차로 옮겨도 되겠습니까?"

"그냥 부축해서 옮기세요. 구급차를 부르는 동안 무슨 일을 저지를지 모르니까요."

권총을 권총집에 넣은 치프는 차를 타고 시동을 걸었다.

"청부업자가 대체 어떻게 이 도시로 들어온 거지? 공항은 해병대가 지키고 있을 텐데?"

치프는 아까 청부업자에게 받은 사진을 꺼내 살펴봤다.

그는 사진의 뒷면을 관찰한 후 냄새를 맡았다.

"빅시티 어딘가의 무인 인화 장치에서 뽑은 것 같군. 사진 자체에 특별한 수작을 부린 것 같진 않네."

치프는 단말기를 꺼내 사진을 촬영했다.

그의 단말기에서 신호음이 났다.

―원사님. 상대에 대한 조사 및 대응을 건의합니다.

잭팟이었다.

"흠… 잭팟, 로젤라에게 연락 좀 해줘."

―알겠습니다, 원사님.

치프는 전화가 걸리는 소리를 들으며 레투가가 있는 보안국 쪽으로 차를 몰았다.

―안녕, 치프. 사만다 문제로 전화한 거지? 전화가 꽤 늦었네. 난 당일에 전화할 줄 알았는데 말이지.

단말기에서 로젤라의 목소리가 나왔다.

"바빴거든. 사만다와 요르엘, 오라클은 무사해?"

―위치는 알려줄 수 없어. 하지만 그 애들의 안전은 보장할게.

로젤라의 대답을 들은 치프는 코웃음을 쳤다.

"보장? 이봐, 로젤라. 아까 청부업자로 보이는 녀석이 이상한 사진을 들고 와서 날 협박하려고 했단 말이야."

―사진?

"잠깐만 기다려 봐."

치프는 아까 찍은 사진을 로젤라에게 전송했다.

―이건 뭐지? 사만다에게 이런 취미가 있을 줄은 몰랐는데?

"농담하지 마. 이 사진을 나에게 보여준 놈은 특별히 만들어 진 기관단총 두 자루와 권총 두 자루를 사용하는 놈이었어. 그 리고 노숙인으로 변장했지."

―너무 흔한 옷차림이네. 흠… 사진의 조작 수준을 보니 입

체 스캐너로 사만다의 신체 자료를 수집한 녀석이 있는 것 같군. 모근과 머릿결, 근육의 발달 수준까지 동일해. 그런데 손금의 모양은 왜 다를까?

로젤라라면 사진의 오류를 알아차릴 것이라고 예상했던 치프는 빙긋 미소를 지었다.

"사만다가 스캔을 당할 때 주먹을 쥐고 있었겠지. 디지털 자료를 이용한 사기 수법의 실패 사례 중에 그런 게 있었어."

―범죄 정보를 수집하는 버릇은 여전하네. 그럼 청부업자를 만난 게 언제지?

"몇 분 전이야."

―뭐라고? 그렇다면 누군가가 네 이동 경로와 위치를 정확히 알아내서 청부업자에게 전송했단 말인데, 대체 무슨 수를 쓴 거지?

"그걸 물어보려고 너한테 전화한 거야. 혹시 네가 저지르고 시치미를 떼는 건 아니겠지?"

―내가 널 상대할 때 남의 손을 빌릴 것 같아? 어쨌든 난 아니야.

"흠."

치프는 못미덥다는 투로 콧소리를 냈다.

―치프, 내가 모르는 사이에 이상한 집단을 건드린 건 아니겠지? 거긴 오크만으로도 바쁠 텐데?

"이봐, 내가 그럴 시간이 있었던 것 같……."

대답을 마치기 직전, 치프의 머릿속에 스치는 이름이 있었다.
바로 그랜드 마스터였다.

"…아, 나이트 스토커의 스승을 죽였지. 내가 죽인 건 아니지만."

―나이트 스토커?

"응. 그 친구들, 실은 라이트스톤과 관계가 있었더라고. 우리 회사에 갇혀 있던 그 딸기코 할아범, 기억해?"

―기억은 해. 내 이상형과는 정반대여서 말이야.

"음… 사실 그 할아범이 사실은 그랜드 마스터였어."

―그랜드 마스터? 유치한 이름이군. 일종의 계급인가?

로젤라가 퉁명스럽게 말했다. 치프는 참지 못하고 웃음소리를 냈다.

"하, 그럴지도? 그랜드 마스터는 포프가 가진 자유의 어둠처럼 본체가 사망할 경우 자신과 관계된 생물의 몸에 옮겨 붙어서 존재를 유지하는 괴물이야. 라이트스톤을 추종하는 꼴을 봐서는 분명 그 아저씨의 작품이겠지."

―자유의 어둠처럼 혈연을 따라 이동하나?

"정식으로 인정받은 제자들 가운데 한 명에게 옮겨가는 것 같아."

―상대를 특정하기 어렵다는 말이네. 그럼 대체 어떤 멍청이가 그랜드 마스터를 함부로 죽인 거지?

"우리 회사 부사장님."

치프는 싱글싱글 웃으며 보안국 임시 본부의 주차장으로 차를 몰고 들어갔다.

방탄 장비를 착용하고 자동소총을 든 채 입구를 지키던 전투경찰들이 치프의 얼굴과 차량을 확인하자마자 차단기를 올리고 그를 통과시켜 주었다.

곧이어 로젤라의 목소리가 날카롭게 터졌다.

—부사장? 데스디아 X킹 브라토레? 그년이? 하아, 치프. 그런 아둔한 계집과는 당장 헤어져. 그년은 사만다와 마찬가지로 너에게 도움이 안 돼.

"됐으니까 그랜드 마스터와 나이트 스토커에 대한 조사를 좀 해줘. 요르엘이나 오라클이 알고 있을지도 몰라."

—비싼 청구서를 받게 될 거야, 치프.

"혼인 신고서만 아니라면 얼마든지."

통화는 거기서 뚝 끊겼다.

치프는 자신의 단말기를 물끄러미 바라봤다.

"흠. 로젤라. 생각보다 부끄러워하는군."

치프는 주차를 마친 뒤 아까 받은 협박용 사진을 호주머니에 넣고 차에서 내렸다.

그를 향해 중무장한 전투경찰 두 명이 빠른 걸음으로 다가왔다.

"사장님. 무슨 일로 오셨습니까?"

"지나가는 길에 보안국장님이나 뵐까 해서요."

"잠시 기다리십시오."

전투경찰이 무전기를 들고 누군가와 대화했다.

"국장님께선 9층에 계십니다. 들어가십시오."

"고마워요."

치프는 전투경찰들이 안내해 준 엘리베이터를 타고 곧장 9층으로 올라갔다.

보안국 임시 본부의 9층은 직원 식당 및 휴게실이었다.

엘리베이터에서 내리자마자 수많은 사람들과 인사를 나눈 치프는 캔 커피가 몇 개 놓인 테이블에 혼자 앉아 자료를 살피고 있는 레투가를 발견했다.

그 도마뱀 머리의 사내는 항상 제복의 넥타이를 단단하게 조인 채 사람들을 상대했으나 지금은 정신적인 피로를 드러내듯 느슨하게 풀어놓고 있었다.

"바쁜가 봐?"

"음? 아, 정신없지."

손에 든 대형 단말기를 테이블에 놓고 자리에서 일어난 레투가는 치프와 굳게 악수를 나눴다.

"이 땅에 내려온 오크들의 왕을 어떻게 처리할지 고민하고 있었네. 브리치들의 움직임도 이상하고, 정보 통제에도 한계가 느껴지고, 날씨는 이상하고. 후후."

레투가는 힘없이 웃으며 자리에 앉았다.

"우주연합 수도에 오크 문제로 지원을 부탁해 봤지만 최선을 다해달라는 답변만 들었다네."

"놈들이 뭐 그렇겠지."

치프는 멋쩍게 웃었다.

그와 말없이 눈을 마주하던 레투가가 자신의 머리를 만지며 실소를 지었다.

"음, 우울한 얘기를 해서 미안하군. 그보다 자네, 괜찮나?"

"응? 괜찮은데?"

"아니, 뭔가… 혼이 빠진 것처럼 보여서. 피 냄새도 나고 말일세."

치프는 근처에 있는 거울을 봤다.

그는 오싹할 정도로 무덤덤한 자신의 모습이 거울 속에 있는 것을 보고 상당히 놀랐다.

"…피곤해서 그런가."

치프는 왼손으로 자신의 얼굴을 쓰다듬었다.

레투가는 그러한 친구의 모습을 걱정스럽게 지켜봤다.

"좀 앉게. 내가 마실 것을 가져오지."

"음, 미안."

치프는 레투가가 앉아 있던 자리의 건너편에 가만히 앉았다.

'피곤하진 않은데…….'

그의 육체는 분명히 건강했다. 단말기에 표시된 신체 상태는 최상의 수준이었다.

하지만 레투가의 걱정과 거울에 비친 자신의 참담한 모습 때문에 그런지 치프는 자신에게 뭔가 문제가 있다는 것을 감지했다.

이윽고 돌아온 레투가는 500$m\ell$짜리 파인애플 소다를 치프의 앞에 놓고 자리에 앉았다.

병의 뚜껑을 열고 소다를 반쯤 마신 치프는 긴 한숨을 내쉬었다.

"부인은 어때?"

"건강할 거야. 벌써 닷새째 얼굴을 못 봤군."

레투가가 쓴웃음을 지었다.

"오크들 때문이지?"

"그렇지. 보통 일도 아니고……."

레투가는 자신의 대형 단말기를 켜고 자료를 봤다.

"하지만 빅시티의 시민들은 놀라울 정도로 평온하다네. 이곳
으로 파견된 대기업 대표나 이사들 정도만 호들갑을 떨며 장기
휴가를 냈을 뿐이네."

"신기하네."

"신기하긴. 다 자네 덕분일세."

"그래?"

치프가 의아해했다.

"난 기업인들을 협박한 기억이 없는데?"

"하하, 또 말을 돌리는군."

레투가는 단말기에 뜬 자료의 페이지를 넘기고 내용을 읽은
뒤 결제용 빈칸에 자신의 엄지를 댔다.

"다들 천하의 A—1730이 어떻게든 해결해 줄 거라고 믿고 있
어. 남녀노소는 물론 거리의 건달들까지도 말일세."

"다들 나를 너무 미화하고 있네."

"그럴까?"

레투가의 두꺼운 눈두덩이 위아래로 움직였다.

"미화라기보다는… 지금껏 자네와 자네 친구들이 그 모든 일
들을 어떻게든 해결해 버린 탓이겠지."

"하하."

건조하게 웃은 치프는 소다병을 흔들어 거품을 일으켰다.

"이봐, 친구."

치프가 레투가를 불렀다.

"얘기하게."

"지금 내 표정이 어떤 거 같아?"

치프가 묻자 레투가는 고개를 들어 그를 똑바로 봤다.

"흥이 식은 얼굴이로군."

"그래?"

"내 조카가 자네와 똑같은 표정을 지은 적이 있었지."

"언제였는데?"

"가장 아끼는 장난감을 자기 손으로 부숴 버렸을 때였어. 친척 아이에게 넘겨주기 싫다면서 그런 행동을 했지. 이해가 되기도 하고, 묘하기도 하고."

"……."

치프는 말없이 소다를 마셨다.

레투가는 다시 단말기에 눈을 돌렸다.

"자네, 알타이르에서 실버로드를 잡았다면서?"

"응, 맞아."

입으로는 '맞다'라고 했지만 치프는 고개를 흔들었다.

"오해하지 마, 레투가. 난 실버로드를 내 장난감이라고 생각한 적 없어."

"알고 있네."

레투가는 대형 단말기를 테이블에 내려놓았다.

"하지만 자네가 억누르고 있던 감정이 폭발해 버리는 단초가 된 것 같군."

"……."

"날개 달린 자들을 구하는 일. 슬슬 지겹지 않나?"

레투가의 지적에 소다병을 흔들던 치프의 손이 멈췄다.

그는 병 속에 담긴 음료의 흔들림이 잔잔해지기를 기다리다가 이윽고 말했다.

"내가 원래 하고픈 일은 그게 아니었어, 레투가."

"……."

"진짜 목적은 이 행성의 하늘에서 불명예스럽게 사라져 버린 전우들을 위로하는 거였지. 우주연합에 처박힌 놈들을 작살내서 말이야. 날개 달린 자들과 관련된 일은 솔직히 부가 서비스일 뿐이었어. 근데 그게 어느 순간 주된 일이 되어버리더라고."

"그렇지."

레투가가 쓴웃음을 지었다.

"하지만 그럴 수밖에 없는 상황이지 않은가? 자네와 자네 회사 사람들은 이미 운명 공동체야. 자네는 자네 본심과 관계없이 너무 많은 일들을 해냈어."

치프는 조심스러운 표정으로 레투가를 봤다.

"레투가. 믿지 못하겠지만 난 알타이르 행성에서 한번 죽었을지도 몰라."

레투가의 표정에서 웃음기가 싹 사라졌다.

"…자네, 벌써 혈당이 떨어졌나?"

"이봐, 농담이 아니야. 무장제조 능력을 사용할 때마다 내 육체가 어떻게 망가지는지 자네도 잘 알잖아? 난 알타이르 행성에서 거의 가루가 됐다고."

치프는 조용히 따졌다. 만약 장소가 보안국이 아니라 다른 곳이었으면 치프는 거의 일어나다시피 하면서 목소리를 높였을 것이다.

"난 실버로드와 싸우는 와중에 전투복에 들어 있는 약물이란 약물은 전부 투약하면서 목숨을 유지했어. 안드레이처럼 전신이 의체가 되는 걸 각오했을 정도야. 그런데 어느 순간 눈을 떠보니 나체가 된 채로 살아 있더라고. 무장제조에 의한 신체 손실도 없었어."

"허어……"

치프는 소다병을 놓고 자신의 이마를 감싸 쥐었다.

"그 일 때문에 마음이 붕 떠버린 걸지도 몰라. 알타이르 행성에서 돌아오자마자 셸리가 사춘기 소녀처럼 폭발하는 모습을 봐버렸지. 그 와중에 사만다가 납치됐어. 무사하긴 한데, 이런 것들이 날 괴롭히고 있다고."

치프는 호주머니에 있던 '그 사진'을 꺼내 레투가에게 보여주었다.

치프에게 어떻게 도움을 줄까 고민하고 있던 레투가는 사진을 보자마자 격분하여 자리에서 일어났다.

"대체 어느 놈이!"

"잠깐!"

치프가 레투가의 손목을 잡고 끌어당겼다.

"진정해, 레투가. 사진 속의 사만다는 진짜가 아니야. 정교하게 만들어진 가짜라고."

"…하아."

주변에 있는 직원들의 시선을 한 몸에 받으며 다시 자리에 앉은 레투가는 그 악몽 같은 사진을 잊기 위해 두 손으로 얼굴을 감쌌다.

하지만 그는 자신이 본 그 끔찍한 사진을 잊기가 힘들었다.

나체가 된 채 전신 타박상을 입은 사만다의 모습과 그 주변을 둘러싼 남자들의 모습, 그리고 쓰러진 사만다 옆에 널린 각종 주사와 알약, 그리고 뭐라 형용하기 힘든 각종 도구들의 난장판이 레투가의 마음을 난도질했다.

"맙소사. 끔찍하군. 자네가 가짜라고 하니 다행이지만 두 번다시 보고 싶지 않은 사진이야. 그런 것으로 사기를 쳐서 잡혀들어오는 자들을 수없이 봐왔지만 정작 아는 사람의 모습이 이런 식으로 눈에 들어오니 진정할 수가 없어."

"음……."

치프는 사진을 다시 본 뒤 호주머니에 넣었다.

"아는 사람 얘기로는 누군가가 입체 스캐너로 사만다의 신체자료를 수집한 것 같다더라고. 근데 난 도무지 감이 안 잡혀. 대체 어떤 놈이 사만다에게 스캐너를 갖다 댄 거지?"

"……."

레투가는 문득 치프의 목소리에 생기가 돌아왔음을 느꼈다.

날개 달린 자들의 이야기, 그리고 자기 자신에 대한 의문을 우울하게 늘어놓던 때와는 달랐다.

갈증을 풀어낼 무엇인가를 찾아 헤매는 야수의 냄새가 났다.

앞서 장난감을 잃은 자신의 조카 얘기를 꺼냈었던 레투가는 자신의 친구를 시험해 보기로 했다.

"치프. 그 스캐너 말이네만……."

"응?"

치프가 움찔했다.

"사만다의 신체 자료를 스캔하여 얻은 자가 누구인지 알 것 같군."

"누군데?"

"혹시 카누딕 용역의 사장을 기억하나? 사만다를 납치해서 이상하게 사용하려다가 뎃디에게 끔찍할 정도로 털리고 보안국에 잡혀 온……."

"아, 그놈!"

이번엔 치프가 고함을 지르며 자리에서 벌떡 일어났다.

"사만다의 근육을 적출해서 쿠션으로 삼아버리겠다고 했던!"

"잠깐, 치프! 진정하게!"

레투가가 치프의 팔을 붙들고 억지로 자리에 앉혔다.

보안국 직원들은 고함과 기립으로 들썩거리는 그들의 테이블을 곁눈질로 살폈다.

"사실 카누딕은 얼마 전에 탈옥했네."

레투가가 말했다.

"탈옥? 무슨 소리야?"

"그… 보안국 본부 역할을 했던 신 말일세. 그 신이 본색을 드러내면서 감방이 파괴됐고, 그 틈을 타서 안에 있던 범죄자들이 모조리 탈옥했지. 거의 다 붙잡혔지만 카누딕만큼은 잡지 못했지."

"……."

"UNSMC에서 빅시티를 청소할 때 카누딕의 이름이 없었지 않나?"

"응, 그렇지. 아니, 명단에 오른 적도 없었을 거야. 호오, 그 놈… 하하."

치프가 고개를 힘차게 끄덕거렸다.

레투가는 눈빛은 물론 안색까지 생생해진 치프의 모습에서 눈을 뗄 수가 없었다.

'역시, 이 친구는 장난감이 필요했던 거야.'

레투가는 헛기침을 하여 안색을 유지했다.

"아무튼 사만다를 스캔하고 신체 자료를 수집할 기회가 있었던 자는 카누딕뿐이었을 것이네. 그에 대한 자료를 주지."

바지주머니에서 일반형 단말기를 꺼낸 레투가는 카누딕의 자료를 찾아 치프에게 전송했다.

치프는 자료가 들어오자마자 해군 정보부 및 UNSMC의 데이터베이스에 접속하여 레투가가 준 자료와 대조해 봤다.

"웰롯 카누딕. 이놈 맞지?"

"그렇다네."

"음, 그렇군. 흠흠."

치프는 혀를 살짝 내밀고 입맛을 다셨다.

레투가는 신이 나서 어쩔 줄 모르는 치프의 모습이 반갑기도 하고 두렵기도 했다.

"아, 어쩌지? 알타이르 전사들이 오기 전에 이 녀석을 잡을 수 있을까 모르겠네?"

치프는 걱정과 설렘이 모두 느껴지는 목소리로 말했다.

"알타이르 전사들?"

"응."

치프는 의아해하는 레투가를 보며 어깨를 으쓱거렸다.

"꽤 많은 수의 알타이르 전사들이 우리를 도와주러 여기에 올 거야. 위스콘신으로 실어올 예정이지."

"전함으로 데려올 정도라면 굉장히 많은 숫자인 것 같은데, 자네 회사에 그 정도 인원을 수용할 만한 장소가 있었나? 설마 각자 움막을 짓고 지내지는 않겠지?"

"준비는 다 됐어."

치프는 단말기를 꺼내어 셀레스티아가 직접 만든 생활관을 보여주었다.

"알타이르 전사들이 지낼 생활관이야. 어때? 여기에 수영장도 있다고."

"…이건 어디에 있는 호텔인가?"

레투가는 답을 알고 있으면서도 어이가 없다는 표정으로 질문했다.

"회사에 있다니까? 이번에 새로 지었어."

"무슨 수로?"

"셸리가 반성의 의미로 힘을 좀 썼지. 뭐, 알타이르의 여왕님과 헤이파 여사님께서 억지를 부리신 것도 있지만 말이야."

치프는 즐겁게 이야기했다. 불과 몇 분 전에 친구의 걱정을 샀던 사람으로는 보이지 않을 만큼 분위기가 좋았다.

"후후, 멋진 곳이군. 조만간 들러서 구경해 보고 싶은데?"

"자네야 언제든 환영이지."

"말은 고맙네만 오크들이 이 땅에 있는 한 내가 편히 보안국 건물을 나설 일은 없을 걸세."

"오크들? 흠… 어떻게든 되지 않을까?"

치프는 아까 레투가가 했던 말을 적절히 인용했다.

레투가는 자신이 정말 친구를 위해 행동한 것인지, 아니면 무뎌진 칼날에 숫돌을 댄 것일 뿐인지 판단하기 힘들었다.

'내가 이렇게 교활한 사내였던가?'

그는 마음으로 치프에게 용서를 빌며 말했다.

"내 도움이 필요하면 언제든 이야기하게. 이번만큼은 자네를 반드시 돕고 싶군."

"그래. 하지만 너무 무리하진 마. 자넨 유부남이잖아?"

치프의 지적에 레투가가 정색을 했다.

"자넨 수많은 사람들을 책임지고 있지. 부디 조심하게, 치프. 난 자네가 가볍게 죽는 걸 보기 위해 친구가 된 게 아냐."

"……."

치프는 빙긋 웃으며 고개를 끄덕거렸다.

*   *   *

치프가 청부업자와 마주친 날 저녁.

한때 카누딕 용역이라는 이름의 회사를 운영했던 남자, 웰롯 카누딕은 빅시티 외곽에 위치한 농장의 안전 가옥에서 PC를 만지작거리고 있었다.

검은색 정장 안에 붉은색 비단 셔츠를 입은 카누딕은 턱수염을 말끔하게 기른 미남이었다. 장발은 곱게 묶어 뒤로 넘겼는데, 머리를 묶은 끈은 보석을 꿰어 만든 고급품이었다.

그의 곁에는 자동소총과 기관단총, 야간전투 장비 등으로 무장한 청부업자들이 맥주를 마시며 TV를 보느라 정신이 없었다.

청부업자들 중 한 명이 담배를 입에 문 채 카누딕의 곁에 섰다.

"카누딕 사장. 왜 그리 긴장하고 있소? 조금 뒤 자정이 되면 그랜드 마스터께서 직접 당신을 데리러 오실 것이오."

"정말 괜찮겠소? 상대는 데스디아 브라토레… 아니, A—1730일지도 모르오. 엠페라투스와 싸운 그 괴물 말이오!"

"후후, 그래봤자 지구인이오."

순간 안전 가옥의 전등이 모조리 꺼졌다.

어둠속에서 눈을 깜박이던 카누딕이 급히 자리에서 일어나려 했다. 그러나 누군가가 그의 어깨를 짓눌러 일어나지 못하도록 만들었다.

"안녕, 카누딕? 우리 초면이지?"

낯선, 그리고 조금은 들뜬 남자의 목소리가 카누딕의 귀를 자극했다.

"누, 누구요?"

"지구인."

꺼졌던 등불들이 다시 들어왔다.

카누딕은 UNSMC 경장갑 전투복에 헬멧까지 단단히 쓴 상대, 치프의 모습을 보자마자 눈앞이 아뜩했다.

"우리 잠깐 얘기 좀 할까?"

치프는 카누딕의 어깨를 뜯어낼 기세로 일으키고는 테이블을 가운데에 두고 자리 잡은 두 개의 소파 중 한 곳에 그를 앉했다.

소파에 내동댕이쳐지다시피 한 카누딕은 자신과 함께 있던 청부업자들 모두가 그 어디에도 보이지 않자 또 한 번 당황했다.

"모두 어디에 있소?"

카누딕은 자신의 맞은편에 앉는 치프에게 물었다.

헬멧을 벗고 얼굴을 드러낸 치프는 어깨를 으쓱했다.

"오늘은 피 냄새를 맡기 싫어서 전부 밖으로 내보냈어."

"청부업자들이 살아 있단 말이오?"

"에이, 설마. 그보다 이거나 봐줘."

키득거린 치프는 전투복 가슴보호대에 달린 주머니에서 사진을 꺼내 카누딕에게 내밀었다.

카누딕은 사만다의 모습이 담긴 그 험악한 사진이 자신에게 미끄러져 오자 헛구역질을 했다.

"제길, 이런 사진을 만들기 위해 내 자료를 가져갔다니⋯⋯."

"하, 사만다를 납치해서 근육을 적출하려고 했던 주제에 이런 걸로 구역질을 해?"

"이 타박상들을 보시오. 분명 근육이 상했을 거요. 이 사진이 가짜라는 것을 알고 있지만 계속 보기 힘들구려."

치프는 정장 상의에서 손수건을 꺼내 입에 대는 카누딕의 모습이 가증스러웠지만 일단 꾹 참고 그의 얘기를 들어보기로 마음먹었다.

"나를 어떻게 찾아냈소? 보안국에서도 여태껏 날 찾지 못했는데?"

"사만다의 근육으로 의자의 쿠션을 만들려고 했다는 얘기에서 착안했지. 가구 도매상들이 소지한 차량들의 GPS 기록을 모조리 훑어봤어. 그중에 어떤 아저씨가 이곳으로 자주 놀러왔더군. 그래서 그 아저씨를 찾아서 얘기를 나눠봤지."

카누딕이 눈살을 찌푸렸다.

"…그는 입이 무거운 남자로 유명했는데 말이오."

"입이라는 게 수도꼭지랑 비슷하거든. 어딘가를 제대로 돌리거나 꺾으면 줄줄 터지지."

"……"

"아무튼 이런 곳에 안전 가옥을 만들고 여태껏 버틴 걸 봐서는 당신에게도 뭔가 있는 것 같군. 정말 의자만 팔아서 돈을 번건가?"

치프가 묻자 카누딕이 슬쩍 웃었다.

"난 이 분야에서 세 손가락 안에 드는 예술가라오."

카누딕의 말에 치프는 입꼬리를 올리며 웃었다.

"호오, 예술가?"

"그렇소."

카누딕은 손으로 소파를 두드렸다.

"내 본업은 바로 의자를 만드는 것이오."

"근육의자 말이지? 나에게 정보를 준 가구 도매상은 딱히 예술이라는 말을 붙이진 않던데?"

치프의 말에 카누딕의 안면이 씰룩거렸다.

"모르는 자의 말에 지나지 않소. 살아 있는 존재의 근육을 특수 처리하여 만드는 머슬 폼(Muscle Foam)은 중독성이 넘치는 물건이라오. 일단 따뜻하고, 높은 밀도에 비해 탄성이 낮지만 어느 깊이 이상에서는 마치 살아 있는 것처럼 몸을 받쳐 준다오!"

설명을 들은 치프는 자신이 앉은 소파를 보며 인상을 구겼다.

"혹시 이 소파도 그 머슬 폼이라는 걸 쓴 물건인가?"

"아, 그건 일반적인 물건이니 안심하시오."

카누딕이 오른손 검지를 위로 살짝 들며 윙크했다.

치프는 그의 상큼한 자세를 감상하며 다시 물었다.

"살아 있는 존재의 근육이라면 그냥 동물의 근육을 써도 될 텐데? 어차피 사람들이 먹는 스테이크도 근육조직이잖아? 굳이 사람의 목숨이라는 리스크를 짊어질 필요는 없지 않나?"

"실망이구려. 리스크가 없는 물건은 예술품이 아니라 공산품이오."

"……."

이번엔 치프가 할 말을 잃었다.

잠깐 찡그렸던 카누딕의 표정이 다시 밝아졌다.

"재밌는 사실을 알려 드리리다. 동일한 약품과 도구를 써서 근육을 처리해도 종족마다 차이가 있소."

"흠?"

치프는 신이 나서 눈이 초롱초롱한 카누딕을 바라보며 고개를 끄덕였다. 얘기를 계속해 보라는 뜻이었다.

"듀베리아 행성인의 근육은 전체적으로 덩어리가 크고 튼튼하오. 그들의 근육을 처리하여 만든 머슬 폼은 주로 스포츠카의 시트로 쓰이는데, 차의 속도가 올라가면 머슬 폼이 반응해서 운전자의 몸을 꽉 잡아준다오. 놀랍지 않소?"

"오오."

치프는 감탄을 하며 박수를 툭툭 쳤다.

"하지만 난 듀베리아 행성인의 머슬 폼을 방석으로도 쓰지 않소. 원하는 고객들이 있을 때에만 그들의 근육을 다룬다오."

"어째서?"

"듀베리아 행성인의 근육에는 지방이 굵게 껴 있소. 게다가 냄새가 너무 고약하오. 하루 종일 손을 씻어도 그 냄새가 빠지질 않소."

"…뭐, 업계마다 고충이 있는 법이지."

쓴웃음을 지은 치프는 팔뚝 보호대 안에 있는 단말기를 통해 시간을 확인했다.

"그럼 최고로 치는 근육은 어느 행성인의 것이지? 알타이르 행성인인가?"

치프가 물었다.

"그럴 거라고 예상은 하오만… 생포되어 내 손에 들어온 알타이르 행성인이 없어서 확언할 수는 없구려."

"그럼 지구인은?"

"지구인의 근육은 적당하오. 그러나 최고는 아니오. 일단 지구인은 인종이 너무 많소. 황인종, 흑인종, 백인종으로 정확히 나뉘지도 않소. 지역에 따라서 근육과 골격이 다르오. 혼혈까지 넣으면 또 복잡해져서……."

카누딕이 도중에 헛기침을 했다.

"험, 실례. 하지만 사만다 카터의 근육은 달랐소."

그는 박수를 치듯 자신의 양손을 맞잡으며 황홀한 표정을 지었다.

"그녀의 근육은 아름다웠소. 걸음을 걸을 때 전신의 근육에서 자잘하게 일어나는 이완과 수축의 그림만 봐도 황홀했을 정도라오. 그리고 그녀의 뼈와 연결된 인대의 선을 봤을 때는 일생일대의 만남이 이뤄졌음을 깨달았다오. 우리 행성에서 모시는 예술의 신이 나를 이끌어준 게 분명하오!"

"……."

화를 꾹 눌러 참은 치프는 뒷머리를 긁었다.

"그럼 고향에서 의자나 실컷 만들 것이지 왜 굳이 이곳에 헌터 용역 회사를 차려서 고생을 하는 거야?"

"헌터들은 대부분 육체적으로 단련이 된 인간들이오. 아무리 술과 약물에 빠진 자라 해도 평범한 사람들보다는 질 좋은 근육을 갖고 있다오."

"그럼 재료 공급을 위해 헌터들을 고용했다 이거군. 하긴, 개척 행성처럼 험한 곳에서 일하는 헌터들이 원인 불명의 이유로 실종되는 경우는 흔하니까."

"바로 그렇소! 하하하. 뭘 좀 아시는구려!"

카누딕이 박수를 치며 즐거워했다.

"예술적으로 정신 나간 사람들을 하도 많이 봐서 말이야. 하하하."

치프 역시 즐겁게 웃었다.

한참 웃던 카누딕의 표정이 서서히 굳어졌다. 박수를 치던 손도 멈췄다.

"아니… 내가 왜 당신에게 이런 얘기를 하는지 모르겠소. 이건 비밀인데?"

"그러게? 나도 자백제가 이렇게 잘 먹히는 사람은 처음 봤어."

자백제라는 치프의 말에 카누딕이 움찔했다.

사진을 챙기고 자리에서 일어난 치프는 아까 카누딕이 앉아 있던 의자 아래에서 뭔가를 집어 들었다.

그것은 흰색으로 표시된 자동 주사기였다.

"아까 어깨를 눌렀을 때 네놈에게 투약했지. 거울을 봐. 얼굴색이 예술이니까."

카누딕은 급히 거울 앞으로 가서 자신의 얼굴을 봤다.

피부는 땀으로 축축했고 얼굴은 근육의 마비로 인해 아래쪽으로 늘어졌으며 눈은 빨갛게 충혈되어 있었다.

치프가 특히 강조한 얼굴색은 납을 바른 듯 창백했다.

"나, 날 어찌할 생각이오?"

카누딕이 겁에 질려 물었다.

치프는 대답에 앞서 헬멧을 썼다.

"네가 심심해서 사만다에게 손을 댔던 거라면 나도 개인적인 취향을 드러냈을 텐데 말이지."

그는 아쉽다는 투로 말했다.

그 말투가 역으로 카누딕을 자극했다.

"그러지 않은 이유가 뭐요?"

"생각보다 많은 사람들이 희생된 걸 알아버렸으니 어쩔 수 없지. 보안국에 넘겨서 조사하고 처벌하게끔 하는 수밖에."

치프는 허리에 거치해 놓은 전기 충격기를 손에 들었다.

"보안국? 나를 법으로 징벌하겠다고? 우주연합 보안국에서 날 제대로 수사할 수 있을 거라 생각하오? 내 고객들은……!"

카누딕과 치프의 전기 충격기 사이에서 짧고 강한 방전이 일어났다.

기절한 카누딕은 테이블에 엎드리더니 몇 초 지나지 않아 바닥에 드러누웠다.

"바쁘니까 나중에 얘기하자고. 더스틴, 저 친구를 묶어."

알파 스쿼드의 강습팀 팀장, 더스틴이 능동 위장을 풀고 모습을 드러냈다.

"지시대로 하겠습니다. 원사님."

더스틴이 수갑과 케이블타이를 꺼내며 카누딕에게 다가가는 한편, 치프는 헬멧 옆에 손을 대고 통신을 시도했다.

"브라보 리더, 들리나?"

—여기는 브라보 리더. 말씀하십시오.

죠니가 굵직한 목소리로 응답했다.

"12분 뒤 자정이 되면 그랜드 마스터가 온다는데, 설마 우리의 계산을 벗어난 수단으로 오진 않겠지?"

—청부업자들 말로는 그랜드 마스터 전용으로 설계된 우주선을 타고 나타날 거라 하더군요.

"우주선이라……. 크기가 어느 정도지?"

—말만 들어선 모르겠지만 지구의 표준형 우주 구축함보다는 작을 것 같습니다.

"전술 위성에 잡히는 건 있나?"

—위성 궤도에 진입한 물체가 몇 개 있었습니다만 지금은 행성 반대편으로 사라져서 확인할 수가 없습니다. 위스콘신이 없으니 불편하네요.

"처리는 간단하겠지만 조심하자고. 난 지금부터 위치로 이동하겠다. 통신 종료."

—알겠습니다. 통신 종료.

헬멧에서 손을 뗀 치프는 카누딕을 결박하여 어깨에 걸친 더스틴과 함께 건물 밖으로 나갔다.

카누딕의 안전 가옥 밖에는 총을 든 청부업자들이 어슬렁거리고 있었다.

치프는 그들을 향해 손을 들어 수신호를 보냈다. 청부업자들도 손을 들어 수신호로 응답했다.

그들은 진짜 청부업자들이 아니었다.

능동 위장 장치를 이용해 청부업자들의 겉모습을 흉내 낸 알파 스쿼드였다.

진짜 청부업자들은 두 명만 남기고 시체까지 처리된 상태였다. 그리고 남은 두 명의 청부업자는 폭탄 목걸이를 목에 찬 채 UNSMC의 감시를 받으며 그랜드 마스터가 오는 것을 기다리고 있었다.

"적이 지상에서 올 수도 있으니 모두 긴장하라고. 전원 전자파 누수 점검. 문제 있는 사람은 전투복의 동력을 끄고 가만히 있도록 해."

모습을 감춘 상태로 시간을 보내던 치프에게 죠니의 통신 요청이 들어왔다.

—적 포착. 좌표를 전송합니다.

망원용 장비를 헬멧에 유선으로 연결 중인 치프는 죠니가 보내온 좌표를 따라 장비를 움직였다.

"알파 리더가 미지의 비행 물체 확인. 3,000톤급 함정으로 추정. 엔진이 엄청나게 크군."

치프의 헬멧에 들어온 비행 물체의 모습은 지구의 해양생물인 가오리와 비슷하게 생겼다. 무장 상태는 알 수 없었지만 뭔가 의심스러운 컨테이너들이 우주선 곳곳에 매달려 있었다.

—해적선과 마찬가지로 우주 항해용 대형 엔진을 부착하고 있군요. 듀베리아에서 사용하는 장거리 스텔스 어뢰정을 개조한 물건 같습니다.

"그렇군. 비행 물체가 감속한다. 청부업자들을 대기시키고… 응?"

그는 안전 가옥을 향해 하강하며 감속하던 우주선이 갑자기 멈추자 입을 다물었다.

—브라보 리더가 알파 리더에게. 적 우주선이 뭔가를 찾고 있습니다. 그리고… 무장을 꺼냅니다. 아무래도 들킨 것 같습니다.

"어쩔 수 없군. 간단히 끝나자고."

치프는 단말기를 이용하여 통신 채널을 바꿨다.

"알케온, 조종석은 망가뜨리지 마."

다음 순간, 우주선 위쪽의 밤하늘이 붉은색의 플라즈마로 밝게 물들었다.

화염을 몸에 두른 채 나타난 드래곤, 알케온은 가오리 모양의 우주선을 다리로 짓이기며 지상을 향해 떨어졌다.

알케온에게 밟힌 채 지상에 추락한 우주선은 엔진이 튀어나가고 날개가 휘어졌다. 마치 맹금류에게 사냥당한 작은 새나 물고기처럼 처참한 모양새였다.

—죽은 사람은 없다, 사장.

알케온의 목소리가 치프의 헬멧을 통해 들려왔다.

"잘했어, 알케온. 기분이 어때?"

—그냥 그렇지.

다시 날아오른 알케온은 한 줄기의 작은 불꽃으로 변한 뒤 치프의 뒤쪽에 떨어졌다.

인간의 모습을 한 알케온은 몸 곳곳에 남은 주황색의 플라즈마를 손으로 털어내며 치프의 옆에 섰다.

그 주황색 머리카락의 미소년 영주는 옆머리를 고정한 헤어핀을 매만졌다.

"안에 사람이 제법 많던데, 대체 누가 그랜드 마스터지?"

알케온이 물었다.

망원용 장비를 이용하여 우주선 내부를 투시하던 치프가 움찔했다.

"어, 그러게?"

"……."

할 말을 잃은 알케온은 실망감으로 물든 표정을 지으며 치프를 돌아봤다.

"농담이야. 우주선에 탑승한 사람들 가운데 여성이 한 명 있군. 그녀가 바로 그랜드 마스터일 거야."

"근거는? 설마 자네, 그 역겨운 사진을 준 사람이 여자였다는 청부업자의 말을 그대로 믿는 건 아니겠지?"

알케온이 일그러진 표정을 유지한 채 물었다.

"아냐. 저 여자가 추락의 충격에서 가장 빨리 회복했거든. 그랜드 마스터가 되면 변질자와 비슷하게 육체가 강화되니 저 정도는 당연하겠지. 다른 사람들에 비해서 체온도 높고 말이야."

"으음……."

"이제 와서 날 못 믿으면 어쩌겠다는 거야? 혹시 모르니 우리 영주님도 집중해 줘."

"그러지."

알케온은 진지한 표정으로 우주선을 노려봤다.

그는 루할트가 의식을 회복하지 못하고 있는 탓에 막중한 책임감을 느끼고 있었다.

현재 셀레스티아의 곁을 지키는 드래곤은 파울라와 젝스였는데, 알케온은 그들을 조금도 믿지 않았다.

일단 젝스는 컨디션이 엉망이었고 파울라는 위험한 존재로 찍힌 상황이었다. 파울라의 평판이 추락한 이유는 가장 위험한 상황에서 정신 지배를 당한 전적 때문이었다.

"치프."

"왜?"

통신 채널을 바꾸고 지시를 내리려던 참이었던 치프는 알케온을 흘끔 돌아봤다.

"만약 루할트가 영원히 깨어나지 못하면 난 어떻게 되는 거지?"

"어떻게 되긴, 그라니트 행성의 유일한 영주님이 되는 거지. 기념으로 황금색의 큰 의자를 선물해 줄까?"

"……."

"우울한 고민은 나중에 하고 목소리 낮춰. 이제부터 조금 바빠질 거야."

치프가 자신의 헬멧에 손을 댔다.

"여기는 알파 리더다. 델타, 에코 스쿼드는 목표에 접근하도록."

─델타, 이동 개시.

─에코도 이동 개시.

"명심해. 적들이 포착되면 절대 죽이지 말고 놈들의 손을 쏘도록 해."

─에코 리더가 알파 리더에게. 놈들의 광선검만 봉쇄하실 생각이십니까?

"놈들이 광선검 말고 다른 무기를 쏜 적이 있나?"

─다리도 쏘는 게 낫지 않겠습니까?

"나이트 스토커가 발바닥으로 광선검을 만들어낸다는 얘기는 못 들은 것 같은데?"

─아, 움직임의 봉쇄를 건의한 겁니다.

"글쎄? 자네는 우주선을 타고 온 놈들이 이 땅 어디로 도망갈지 궁금하지 않아?"

─알겠습니다. 지시대로 하겠습니다.

에코 리더, 로버트는 지금 치프의 컨디션이 왠지 모르게 좋은 것 같다고 생각하며 전방에 집중했다.

―여기는 델타 리더. 적 우주선까지 앞으로 100미터 남음. 내가 먼저 위험 범위 내로 진입하겠다.

―위험하다, 델타 리더. 우리 에코 스쿼드와 함께…….

―미안하다. 딕슨의 혼을 달래주고 싶군.

통신에 끼어들려던 치프는 델타 리더, 안드레이의 목소리를 듣고는 가만히 있었다.

정확히는 에코 리더의 판단에 맡기기로 했다.

―에코 스쿼드가 엄호하겠다. 행운을 빕니다, 델타 리더.

오른손에 토마호크를, 왼손에 기관단총을 든 안드레이가 빠른 걸음으로 우주선에 접근했다.

안드레이와 우주선간의 거리가 20미터 이내로 줄어들었을 때, 우주선의 외벽이 잘려 나가면서 뭔가가 도약했다.

양손에 붉은색 광선검을 전개한 그랜드 마스터였다.

그랜드 마스터는 치프의 예상대로 여성이었다. 로브와 복면으로 얼굴을 가리고 있긴 했지만 관절의 움직임과 옷을 통해 드러난 몸의 선이 남성과는 거리가 멀었다.

"끈질기구나! 지구의 사냥개들이여!"

그랜드 마스터가 고함을 지르며 착지했다. 그랜드 마스터 특유의 붉은색 투기가 뜨겁게 분출되어 주변을 달궜다.

그와 맞선 안드레이는 오른손에 든 도끼를 한 손으로 빙빙 돌리며 거리를 좁혀왔다.

헬멧 대신 선글라스 형태의 감지기를 눈에 낀 안드레이는 이마 한가운데와 턱에 깊은 주름이 잡힐 정도로 선명하게 감정을 드러냈다.

"우리 딕슨이 귀하에게 신세를 졌더군."

"딕슨?"

오랜만에 그 이름을 들은 그랜드 마스터가 눈웃음을 지었다.

"아, 딕슨. 난 그 멍청이 때문에 냉동식품처럼 굳어진 채로 허무한 시간을 보내야 했지. 그놈의 원수를 갚고 싶나? 그래서 미친 건가? UNSMC라면 늑대들처럼 집단으로 덤빌 줄 알았는데 혼자 내 앞에 서다니, 어리석구나!"

"난 혼자가 아니다, 그랜드 마스터. 모두의 양해를 얻었을 뿐이지."

"……"

"귀하의 오른손은 내가 가져가겠다."

선언하는 안드레이를 향해 그랜드 마스터의 섬광탄이 날아왔다.

망막을 불태울 만큼 강렬한 빛이 안드레이 앞에서 터졌다.

로브의 두건으로 미리 눈을 가렸던 그랜드 마스터가 안드레이를 향해 오른손의 광선검을 뻗었다.

고목나무처럼 서 있던 안드레이의 모습이 그랜드 마스터의 시야에서 사라졌다.

발밑의 흙이 수 미터 이상 치솟을 정도로 빠르게 이동한 안드레이는 오른쪽 무릎과 팔꿈치 사이에 그랜드 마스터의 팔을 끼웠다.

그 충격으로 팔이 부러질 뻔한 그랜드 마스터는 왼손의 광선검으로 안드레이를 찌르려 했다.

발차기로 그랜드 마스터를 떨궈낸 안드레이는 기관단총으로 그랜드 마스터의 다리를 노렸다.

하지만 그랜드 마스터가 발산한 투기에 탄환이 휘말려 사방으로 흩어졌다.

"모욕감이 느껴질 정도의 무기를 쓰는군! 이래서야 원한을 풀 수 있겠나?"

안드레이는 그랜드 마스터의 비난에도 불구하고 기관단총의 탄환이 흩어지는 모양새를 관찰했다.

"오차 수정. 002, 033."

안드레이가 나직이 중얼거린 순간, 광선검을 뿜어내던 그랜드 마스터의 양손이 석류 열매처럼 터져나 갔다.

대기하고 있던 알파와 에코 스쿼드의 저격수들이 안드레이의 데이터를 받아 저격한 것이다.

"투, 투기 왜곡이? 으아아아!"

그랜드 마스터가 비명을 지르며 자신의 너덜너덜한 팔을 노려봤다.

안드레이는 탄환이 다 떨어진 기관단총을 전투복 허벅지에 거치한 뒤 그랜드 마스터에게 다가갔다.

"귀하가 저격에 대비할 거라는 것쯤은 예상했지."

그는 비어 있는 왼손을 뻗어 그랜드 마스터의 로브를 걷어낸 뒤 그의, 아니 그녀의 머리통을 잡았다.

"냉동될 시간이다, 그랜드 마스터."

안드레이의 손에서 터진 초고압 전기 충격이 그랜드 마스터의 머리에 직격했다.

온몸을 부들부들 떨던 그랜드 마스터는 결국 눈을 뒤집으며 기절했다.

"흠."

무겁게 콧소리를 낸 안드레이는 오른손에 든 토마호크로 그랜드 마스터의 발목을 척척 잘라내어 만약의 상황에 대비했다.

"델타 리더가 알파 리더에게. 목표를 확보했습니다."

—우린 남은 놈들을 처리하면 되겠군.

"명령 위반에 대한 처벌을 기다리겠습니다."

—회사에 가서 얘기하자고. 델타 리더는 현장에서 벗어나도록.

"알겠습니다."

안드레이는 사냥한 오리를 옮기듯 그랜드 마스터의 목덜미를 쥔 채 델타 스쿼드 쪽으로 걸어갔다.

그가 위험 구역에서 벗어나자마자 알파와 델타, 에코 스쿼드에서 쏟아낸 탄환들이 그랜드 마스터의 우주선을 넝마로 만들었다.

그랜드 마스터와 함께 온 자들 가운데 시신이 온전한 자는 없었다.

*   *   *

카누딕을 보안국에 넘기고 그랜드 마스터를 냉동 수면 장치에 집어넣은 날 아침.

식당에서 아침 식사를 준비하던 알케온은 켐리를 대신하여 자신의 옆자리에 서 있는 안드레이에게 부담스러운 눈빛을 보냈다.

"안드레이 중사. 요리에 대한 경험은 있소?"

그가 묻자 안드레이가 지그시 웃었다.

"결혼한 뒤로 아침 식사는 제가 담당했습니다. 알케온 팀 장님."

그러나 안드레이가 벗겨내는 감자의 껍질은 그 두께가 감자 의 반지름에 가까웠다.

"…그 아침 식사를 대체 몇 번이나 만들어봤소?"

"……"

"요리는 내가 할 테니 그대는 식기 정리를 맡아주시오."

알케온이 한숨을 뿜어냈다.

"죄송합니다."

안드레이는 감자였던 물건을 도마 위에 놓으며 옆으로 이동 했다.

"중사. 속은 좀 후련하시오?"

딕슨의 복수에 대한 질문이었다.

안드레이는 위생 행주로 접시를 닦으며 고개를 저었다.

"목표를 생포하는 것이 우선인 상황이었습니다. 딕슨은 핑계 일 뿐이었습니다."

"그렇소?"

"우리는 군인입니다. 항상 자제해야 합니다. 원사님께서 카누 딕을 직접 처리하지 않으시고 보안국에 넘기신 것도 군인으로 서의 모습이라 할 수 있습니다."

그의 원론적인 말에 알케온이 쓴웃음을 지었다.

"정말 군인이라 자제한 것이오?"

알케온의 지적을 들은 안드레이는 고개를 옆으로 살짝 기울였다.

"죄송합니다. 제 말주변으로는 원하시는 답변을 드릴 수 없을 것 같습니다."

"흐흠."

알케온은 동의하고 이해한다는 뜻으로 고개를 끄덕거렸다.

마침 치프가 식당 문을 열고 들어왔다.

"좋은 아침."

"……."

알케온은 검은색 야전 상의를 벗으며 앞에 앉는 치프의 느슨한 모습을 지켜본 뒤 현재 시간을 확인했다.

"오전 5시 31분. 시간을 보니 세수만 간단히 하고 나왔군."

"오랜만에 푹 잤거든."

옆 의자에 자신의 야전 상의를 놓은 치프는 안드레이가 건네주는 따뜻한 커피를 받았다.

커피를 담은 잔은 머그컵이 아니라 골동품 느낌의 찻잔이었다.

"오늘부터 일주일 동안 켐리 대신 알케온을 도와주도록 해, 안드레이. 명령 위반에 대한 처벌 치고는 가볍지만 결과가 좋았으니 이 정도로 봐주지."

"알겠습니다, 원사님."

안드레이가 살짝 웃었다.

알케온은 커피를 마시는 치프를 가만히 봤다. 그의 시선을 느낀 치프가 잔을 놓고 어깨를 으쓱했다.

"왜?"

"카누딕 말일세. 난 자네가 틀림없이 그의 얼굴 가죽을 벗겨 버릴 거라고 생각했는데 의외로 멀쩡한 선택을 했더군."

"오해가 있는 것 같은데, 난 사람 피만 보면 무서워서 잠을 설치는 사람이야."

"…아, 듣고 웃으라는 소리였나?"

알케온이 시간 차를 두고 투덜거렸다. 커피를 입에 대려 했던 치프는 헛웃음을 터뜨리며 찻잔을 다시 내려놓았다.

"하하, 미안. 카누딕에게 희생된 사람이 생각보다 많은 것 같아서 멋대로 갖고 놀 수 없었어."

"어째서 그랬나?"

"습관이랄까?"

짧게 대답한 치프는 바지에서 자신의 단말기를 꺼냈다.

"잠깐, 어라……?"

화면에 뜬 메시지를 본 그는 장난을 당한 사람처럼 묘한 표정을 지었다.

"무슨 일인가?"

알케온이 호기심에 물었다.

"로젤라에게 온 메시지야. 나보고 빅시티에 와서 사만다와 요르엘, 오라클을 데려가라고 하는데… 아, 이거 너무 무섭군."

"또 무엇이 무서운가? 그 계집이 자네보고 사람 피를 손에 바른 채 오라던가?"

알케온이 비웃음을 터뜨리며 말했다.

"아니. 포프랑 함께 오래."

"오⋯⋯."

알케온과 안드레이는 치프의 어깨를 짚거나 두드려 그를 위로했다.

100
각인의 순서

치프가 로젤라의 메시지를 받은 이후 3시간이 지났다.

쌀쌀한 기온에 맞춰 회색의 얇은 재킷을 입은 포프는 본관 앞에서 치프가 오기를 기다리고 있었다.

그녀는 찜찜함을 못 이겨 얼굴을 찡그리고 있었다.

빅시티에 치프와 단 둘이 가는 것도 그렇고 허락된 무기가 나이프 한 자루뿐이라는 사실도 내키지 않았다.

무엇보다 상대가 A—1729, 로젤라라는 사실이 그녀에게 엄청난 부담을 주고 있었다.

포프는 로젤라가 껄끄러웠다.

본래 임무로 복귀한다는 얘기를 저번에 들었고, 실제로 그녀에게 도움을 받기까지 했지만 포프는 그녀에게 마음을 허락하고 싶진 않았다.

그녀는 이 행성에 온 이후 생각지 못한 사람들이 돌변하여 적이 되는 경우를 이미 수차례 경험한 상태였다.

'괜찮을까? 권총이라도 들고 가고 싶은데…….'

권총에 대한 미련이 마음에 피어오르자 포프는 쓴웃음을 지었다.

그것은 자기 자신에 대한 비웃음이었다.

'내 실력으로 어떻게 할 수 있는 사람도 아니잖아?'

찜찜함에 자괴감까지 섞이자 포프의 표정은 더욱 엉망이 됐다.

그녀를 향해 치프의 차가 다가왔다.

"가자, 포프."

치프가 미리 창문을 열어둔 운전석 밖으로 팔을 내밀어 손짓했다.

포프는 조수석 쪽으로 걸어가면서 치프의 차림새를 유심히 살폈다. 치프는 자신을 유심히 살피는 포프를 가만히 지켜봤다.

조수석 문을 열고 안에 탄 포프는 안전벨트를 매는 그 순간까지도 치프에게서 눈을 떼지 않았다.

"왜 경장갑 전투복을 입지 않으신 거죠?"

결국 포프가 참지 못하고 그에게 물었다.

"하, 전투복은 왜?"

치프의 질문에는 실소가 섞여 있었다.

"저번에 저랑 단 둘이 빅시티에 가셨을 때 무슨 일이 있었는지 기억하시잖아요? 게다가 상대는 로젤라 씨예요!"

"오늘은 별일 없을 거야."

치프는 덤덤한 어투로 그녀를 진정시켰다.

회사의 정문이 천천히 열렸다.

치프의 차가 묵직한 엔진 소리를 내며 회사 밖으로 달려 나갔다.

"카누딕을 잡으셨다면서요?"

포프가 물었다.

"응. 그 친구는 지금쯤 보안국 유치장에서 잘 쉬고 있을 거야."

대답한 치프가 고개를 갸우뚱했다.

"혹시 너도 내가 카누딕을 잘게 갈아서 햄버거 패티로 만들 거라 생각했니?"

"아뇨, 그 정도까지는……. 왜요?"

"흠. 뎃디가 아침에 날 보자마자 뭐라 그러더라고. 왜 그놈을 멀쩡하게 보안국으로 넘겼냐고 말이지. 손발이라도 잘라서 보안국에 넘겼어야 하냐고 따지니까 걔가 나한테 뭐라고 그랬지 알아?"

"…낭심 얘기를 하시던가요?"

포프는 최대한 좋은 단어를 선택하여 그에게 말했다.

"그래, 바로 그거야. 적출이니 뭐니 별 얘기를 다 들었지. 하아. 걱정이야."

치프가 한숨을 터뜨리며 탄식했다.

포프는 그의 눈빛과 표정은 물론 얼굴색까지 자세히 관찰했다.

"표정이 안 좋으시네요."

"당연하지. 조금 있으면 엄청난 숫자의 알타이르 전사들이 우리 회사에 올 거라고. 자원해서 이곳에 오는 사람들인 만큼 보통내기들이 아니겠지."

"이해하기 쉬울 정도로 터프하겠죠."

"터프? 하하."

치프가 마른 웃음을 터뜨렸다.

"알타이르 전사들에 대한 세상의 평판이 어떤지 알고 있니?"

"신비로운 존재 아닌가요?"

"그래, 신비로울 만큼 야만적인 전사들이라는 이야기가 자자하지."

치프의 입에서 이야기가 술술 흘러나왔다. 조수석에 탔을 때부터 치프를 계속 관찰한 포프는 그제야 마음이 놓였다.

'오늘은 목소리부터 괜찮으시네.'

사실 포프는 알타이르 전사들에 대한 이야기보다 치프의 현재 상태에 더 관심이 있었다.

며칠 내로 온다는 알타이르 전사들은 분명 흥미로운 존재였으나 치프는 그녀의 삶에 직접적이고 현실적인 영향을 주고 있는 사람이었다.

셀레스티아가 사고를 치고 수습을 당한 다음 날, 위스콘신의 식당에서 치프를 만난 포프는 그의 얼굴을 보자마자 심장이 철렁했다.

당시 그의 표정이 꼭 '내가 여기서 이 짓을 왜 하고 있을까'라는 글귀가 적나라하게 새겨진 간판처럼 생기가 없었기 때문이다.

치프는 포프가 자신의 얼굴을 보고 안도했다는 사실을 모른 채 이야기를 계속했다.

"여사님이나 넷디가 그냥 겁을 주기 위해, 혹은 자신감을 드러내기 위해 이따금씩 아랫도리 얘기를 하는 게 아니야. 정말 외과적으로 어떻게 해버린다고."

"그런가요?"

"알타이르에서 대체 언제부터 그런 식으로 적들을 다뤘는지 모르겠지만 농담이 아니야. 그 사람들에게 완전히 찍힌 자들은 남녀 구분 없이 아랫도리가 작살나지."

"그렇군요."

앞만 보고 운전하던 치프는 포프의 반응이 영 시원치 않자 그녀를 흘끔 봤다.

"아침부터 나누기엔 좀 그런 얘기지?"

"하하."

포프가 멋쩍게 웃었다.

"그래도 알타이르 측에서 합류해 주시면 여러모로 든든할 것 같네요."

"글쎄? 난 어떤 일이 어떤 방향으로 골 때리게 터질지 걱정이야. 적어도 미지의 영역이라는 건 확실하잖아?"

치프의 눈썹 사이에 주름이 생겼다.

포프는 말없이 그를 가만히 바라보다가 이윽고 입을 열었다.

"탄산음료 드릴까요?"

"아, 그래. 기분이 안 좋아지는 걸 보니 당이 떨어진 것 같아."

치프는 포프가 글러브 박스에서 꺼내준 음료를 들이켰다.

"날이 추우니 아이스박스가 필요 없네."

"그러게요."

포프는 재킷의 지퍼를 단단히 올렸다.

"사장님. 이제 남은 일이 몇 가지 없는 거죠?"

"아마도?"

"앞으로 제가 도와드릴 일이 있을까요?"

"물론이지."

치프는 자신 있게 말했다.

"넌 신수를 잡을 때도 정말 잘 싸웠고, 회사에 난리가 났을 때도 내 예상을 뛰어넘는 활약을 해줬어. 아마 네가 로젤라에게 연락해서 셀레스티아를 막지 않았다면 난 틀림없이 셀레스티아를 내 손으로 정리해 버렸을 거야. 정말로 위험한 상황이었거든."

"……."

"그 외에도… 생각보다 많은 일들이 너를 중심으로 돌아갔지. 이 일을 바탕으로 소설을 쓴다면 분명 주인공은 너일 거야."

"예……."

포프는 오른손으로 자신의 얼굴을 덮었다.

"그렇죠. 엠페라투스를 완전히 깨워 버린 것도 저였죠."

"오해하지 마. 포프현상을 강조하려고 얘기를 꺼낸 게 아니니까."

"알아요, 사장님."

포프가 손을 내리고 창밖을 봤다.

"전 이 행성에서 일어났던 모든 일들을 평생 잊지 못할 거예요."

"악몽으로 기억되지 않도록 해줄게."

치프가 씩 웃었다.

"그리고 너무 축축하게 생각하지 마. 이 행성에서의 일이 다 끝난다고 해도 너와 내가 헤어질 일은 없으니까."

"아… 그렇죠. 저와 동생들의 법적 보호자가 사장님이시니 까요."

순간 포프가 움찔했다.

"설마, 사장님을 아빠라고 불러야 하나요?"

그녀는 바짝 긴장한 얼굴로 물었다.

"난 그냥 법적 후견인일 뿐이야. 네가 어른이 되면 언제든 동 생들을 데리고 독립할 수 있어."

"하아, 다행이네요."

좌석이 꺼지도록 한숨을 쉰 포프는 기운이 빠졌는지 팔다리 를 축 늘어뜨렸다.

"응? 다행이라니?"

"…아, 아무것도 아니에요."

"흠."

그녀가 부친에 대해 좋은 기억이 없어서 그런 반응을 보인 것 이라고 생각한 치프는 그냥 후견인으로 그치길 잘했다고 생각 하며 운전을 계속했다.

포프는 재킷에 달린 후드를 깊게 눌러써 얼굴을 감춘 채 한 참 동안 한마디의 말도 하지 않았다.

*　　　　*　　　　*

"웨스트 하모닉. 하아, 이 거리와의 인연이 점점 깊어지는군."

약속 장소에 차를 세우고 내린 치프는 인기척이 없어 쓸쓸한 거리를 둘러보며 중얼거렸다.

"다들 무사할까요?"

포프가 그의 옆에 붙으며 물었다.

그녀는 주변 건물의 창문과 옥상을 빠르게 훑어보고 있었다. 혹시 배치되었을지 모를 저격수를 찾기 위해서였다.

건물의 구조와 위치, 습도, 바람의 방향까지 종합하여 저격수가 배치될 만한 위치를 찾는 그녀의 행동은 이미 또래의 아이들과 뚜렷하게 괴리되어 있었다.

이윽고 치프의 단말기가 진동했다.

주머니에서 단말기를 꺼낸 치프는 화면에 어지러이 뜬 발신자 번호를 보고 짧게 한숨을 쉬었다.

'암호화된 신호로군. 로젤라겠지.'

치프는 전화를 받았다.

"나야, 로젤라."

—그래, 치프. 좀 춥지?

"괜찮아. 그보다 애들은?"

—네 근처에 있어. 전화 끊지 말고 찾아봐.

치프는 무선 헤드셋을 귀에 끼운 뒤 그쪽으로 통화가 되도록 단말기의 설정을 변경했다.

수신호를 이용하여 포프에게 바짝 붙어 오라는 지시를 내린 치프는 주변을 세심하게 둘러봤다.

―찾으면서 내 얘기를 잘 들어, 치프. 바그타리온 작전을 위한 UN사령부의 준비는 마무리됐어.

"그거 말인데… 음, 원래 협의된 제목이 '바그라티온 작전' 아니었나? 제2차세계대전 때의 그거에서 따온 거잖아?"

―맞아. 내가 프레젠테이션 자료에 오타를 냈지. 그래서 바그타리온 작전으로 고정되고 말았어.

"네가 실수할 줄은 몰랐는데 말이야"

―나도 사람이야, 치프.

로젤라가 짜증을 내자 치프는 작게 키득거렸다.

―웃지 마, 치프. 너야말로 '이오시프' 스탈린을 '이시오프' 스탈린이라고 바꿔 말할 때가 있잖아? 네가 이시오프라고 지껄일 때마다 내가 얼마나 창피했는지 알아?

"…아, 그렇지. 흠, 미안."

멋쩍어진 치프는 헛기침 소리를 낸 뒤 정중한 목소리로 사과했다.

―치프. 그 작전이 성공하면 정말 지구에서 게이트의 독점권을 강탈할 수 있을까?

로젤라의 질문에 치프는 쓴웃음을 지었다.

"게이트를 맡은 신이 죽으면 그냥 쓸모없는 금속 고리로 전락하겠지. 독점권을 확실히 확보할 방법은 두 가지야. 게이트를 맡은 신의 목숨을 지구에서 보전해 주던가, 아니면 엠페라투스를 생포하던가."

―역시 쉽진 않군.

"어디까지나 예상일뿐이야. 너무 믿진 마."

─지구에선 게이트를 독차지할 꿈에 벅차 있어.

"그러시겠지. 난 몰라."

그때 치프의 눈에 들어온 물건이 하나 있었다. 바로 금속제의 대형 쓰레기 수거함이었다.

'쓰레기 수거 차량이 접근하기에는 너무 고약한 장소로군.'

치프는 주변에 부비트랩이 없는 것을 확인한 뒤 수거함을 손으로 붙잡았다.

능동 위장 천막이 걷히면서 의자에 묶인 채 앉아 있는 사만다와 요르엘, 오라클의 모습이 드러났다.

셋은 방한용 모포에 둘러싸인 채 단단히 묶여 있었다.

눈은 수면용 눈가리개로 가려진 상태였고 귀는 주황색의 방음용 헤드셋이 단단히 씌워져 있었다.

입은 배관용 테이프로 봉인되어 있었는데, 사만다만 두 번에 걸쳐 테이프를 둘렀기에 치프는 쓴웃음을 지었다.

─요르엘과 오라클부터 눈가리개를 풀도록 해.

"하아, 귀찮군."

짜증을 낸 치프는 요르엘과 오라클의 눈가리개를 풀어줬다. 그들은 치프와 포프의 모습이 눈에 들어오자마자 안도한 나머지 눈물을 쏟으며 몸부림을 쳤다.

가만히 있던 사만다는 위기 상황으로 오해한 나머지 의자가 들썩일 정도로 힘차게 반항했다.

"읍! ㅇㅇㅇ읍! ㅇㅇㅇㅇ읍!"

"미안, 조금만 참아줘. 우리 공주님."

치프의 손이 사만다의 눈가리개에 닿기 직전이었다.

—치프, 사만다를 해방시키기 전에 내 얘기를 들어줘.

로젤라의 목소리가 다시 들리자 치프의 손이 멈췄다.

"얘기해, 로젤라."

—넌 사만다 카터에게 각인되어 있어.

"무슨 소린지 모르겠군."

치프는 그녀의 말을 그냥 시시한 시비라고 생각하고 넘겨 버리려 했다.

—셀레스티아 왕녀는 왜 네 왼쪽 눈을 갖지 못했을까? 치프, 혹시 생각해 본 적 있어?

"글쎄? 깜박한 게 아닐까?"

—후후, 알고 싶으면 지금 당장 포프 베르자르를 돌아보도록 해.

치프는 고개를 돌려 포프를 봤다.

포프는 셋을 당장 구출하고 싶은 마음을 억누른 채 치프 옆에 대기하고 있었다.

그녀는 치프와 얼굴을 마주하자마자 낯선 느낌을 받았다.

그녀의 기억상 절대 빛을 발한 적이 없었던 치프의 왼쪽 눈이 사만다의 피부색처럼 붉게 빛을 내고 있었다.

게다가 그 빛은 위기감에 몸부림치는 사만다의 움직임에 맞춰 밝기가 달라졌다.

포프의 눈에는 그 빛이 마치 사만다의 부름에 응답하는 것처럼 보였다.

"사, 사장님! 왼쪽 눈이요! 사장님의 왼쪽 눈이 빛나고 있어요!"

"그래?"

치프는 단말기를 꺼내어 그 화면에 자신의 얼굴을 비춰보았다.

자신의 왼쪽 눈이 실제로 붉게 빛나는 것을 본 치프는 놀라기는커녕 의아해했다.

"이상하네? 알타이르 행성에선 양쪽 눈이 전부 백금색으로 빛났었는데 말이지."

"예?"

치프가 알타이르 행성에서 실버로드와 싸웠다는 사실만 알 뿐, 자세한 정황을 모르는 포프는 상당히 당황했다.

치프는 단말기의 카메라를 껐다.

"로젤라. 대체 무슨 꿍꿍이인지 말해봐."

그가 피곤하다는 투로 물었다.

─뭐? 상황을 모르겠어? 치프, 네 육체는 셀레스티아 왕녀만의 것이 아니야! 사만다가 먼저 각인하여 선점한 상태라고! 사만다 카터가 극심한 위기감에 사로잡히면 넌 무조건 그 아이를, 자신의 주인을 구하기 위해 움직일 수밖에 없어! 그 왼쪽 눈의 발광이 그 증거야!

"음……."

치프는 허리에 양손을 댄 뒤 한숨을 쉬었다.

"무슨 꿍꿍이인가 했더니 겨우 이거야?"

─뭐?

"나와 사만다가 함께 보낸 시간을 너무 우습게 봤군. 괜히 아는 척하지 마, 로젤라."

―무슨 말이지?

"뭐긴, 익숙한 일이란 뜻이지."

치프는 로젤라의 지시를 기다리지 않고 사만다의 눈가리개를 풀었다.

머리를 흔들며 발악하다가 치프의 모습을 확인한 사만다는 코로 숨을 길게 내쉬며 눈을 질끈 감았다.

겨우 진정한 사만다의 눈에서 눈물이 주룩 흘러나왔다. 그녀가 안심하자 치프의 왼쪽 눈에서 일어나던 빛도 사라졌다.

치프는 사만다의 이마에 자신의 이마를 맞대며 웃었다.

"아저씨가 왔으니 진정해, 사만다. 착하지."

사만다의 등을 토닥여 준 치프는 그녀의 귀를 막은 방음용 헤드셋과 입을 막은 테이프를 풀어주었다. 요르엘과 오라클 쪽은 포프가 맡아 자유롭게 해주었다.

방한용 모포까지 완전히 풀어 걷어낸 치프는 엄지손가락 크기의 군용 전등을 꺼내어 밝기를 낮춘 뒤 사만다의 상태를 확인했다.

그녀의 콧속과 귓속, 안구에 이어 손까지 자세히 살핀 그는 의외라는 표정을 지었다.

"다치진 않았네? 고문당한 흔적도 없고 말이야."

"예, 아저씨."

사만다가 훌쩍이며 대답했다.

"가혹 행위는 없었습니다. 저보다는 요르엘과 오라클이 고생했지요."

"그러고 보니 둘 다 수척해졌네?"

치프는 옆으로 자리를 옮겨 요르엘과 오라클도 살펴봤다.

"둘 다 가만히 있어봐. 옳지."

그는 둘의 목과 쇄골, 팔뚝에 차례로 손을 댔다.

"근육의 양이 눈에 띄게 줄었네? 피하지방은 말할 것도 없어. 너희들 대체 무슨 일을 한 거야? 괜찮으니 얘기해 봐, 요르엘."

"음……."

요르엘은 사만다를 힐끔 봤다. 정말 대답해도 괜찮겠냐는 질문이었는데, 사만다는 난감한 표정을 짓는 것으로 답을 대신했다.

구부정하게 앉은 채 셋의 표정을 바라보던 치프는 이윽고 똑바로 일어났다.

"장난은 그만하자고, 로젤라. 근처에 있지?"

—없다고 잡아뗀다면?

"내가 아닌 누군가에게 두드려 맞지 않을까?"

경장갑 전투복을 입은 로젤라가 능동 위장을 걷으며 치프의 앞으로 걸어왔다.

"나에게 던진 협박치고는 밋밋하네, 치프."

"흠."

치프가 두 어깨를 들썩했다.

"그보다 아까 익숙한 일이라고 했지? 설명해 봐, A—1730 씨."

"얘기를 듣고 싶으면 헬멧을 벗어."

로젤라의 헬멧에 붙어 있는 스피커에서 혀를 차는 소리가 터졌다.

"무기를 버리라는 말을 하는 게 낫지 않아?"

"헬멧만 벗으면 알게 될 거야."

치프가 오른쪽 어깨를 으쓱했다.

"좋아. 어려운 일은 아니지."

로젤라가 경장갑 전투복 전용의 특수 합금 헬멧을 벗었다.

삭발한 그녀의 머리에서 땀의 증기가 올라왔다. 기온이 낮은 관계로 그 증기가 더욱 뚜렷이 보였다.

그녀는 벗은 헬멧을 땅에 내려놓았다.

"얘기에 앞서 인사나 할까?"

치프가 제안하자 로젤라는 쓴웃음을 지었다.

"우리 사이에 이제 와서 인사는 무슨……."

중얼거리는 로젤라의 목에 칼날이 닿았다.

데스디아의 스트라투스였다.

"오랜만이군. A—1729."

데스디아의 허스키한 목소리가 로젤라의 귀에 퍽퍽 꽂혔다.

"멋지네. 내가 제일 싫어하는 계집년 1호와 2호가 한자리에 모여 있어."

"그래? 내가 1호면 기분 좋겠는데?"

말로 맞받아친 데스디아는 맨손으로 전투복 장갑판을 구겨 뜯은 뒤 전투복의 동력로와 보조 배터리를 뽑아버렸다.

아무리 경장갑 전투복이라고 해도 동력을 완전히 상실하게 되면 착용자에게 엄청난 중량 부담을 안겨주게 된다.

하지만 로젤라는 전투복의 그 무게보다 데스디아가 자신의 뒤에 있다는 사실이 너무 싫었다.

"데스디아 브라토레. 치프와 함께 왔나?"

"아냐. 난 1시간 전에 여기 도착해서 여태껏 대기하고 있었어. 네년의 숨소리를 들으면서 말이지."

데스디아의 말에 로젤라는 어이없어했다.

"헛소리를 하는군. 지난 수 시간 동안 UNSMC의 차량이나 수송기는 물론이고 장난감 드론조차도 이 근처를 지난 적이 없었어. 네가 타고 올 만한 물건은 어디에도 없었다고!"

"그건 너무 신경 쓰지 마, A—1729. 나 혼자 회사에서 여기까지 조깅삼아서 뛰어왔거든. 오전 6시에 출발하니까 생각보다 시간이 남더군."

"…제길!"

격하게 짜증을 낸 로젤라는 스트라투스의 칼날이 자신의 피부를 파고들어 오자 본능적으로 두 손을 들어 저항할 의사가 없음을 표시했다.

치프가 둘을 보며 밝게 웃었다.

"내 생각인데, 너희 둘은 분명 좋은 친구가 될 수 있을 거야."

그의 농담에 로젤라의 안색이 새파래졌다.

"지난 몇 년간 들어온 농담 중에 최고로 끔찍하네."

"주둥이가 아니라 뒷구멍에서 나온 소리 같군."

데스디아도 불쾌감을 드러냈다.

치프가 멋쩍은 표정을 지었다.

"흠… 아무튼 설명해 봐, 로젤라. 네가 사만다와 요르엘, 오라클을 납치한 것은 순전히 개인적인 목적 때문인 것 같은데, 대체 왜 그런 거야?"

"각인을 지워보려고 했어."

로젤라는 손을 든 자세를 유지한 채 대답했다.

"각인 얘기를 또 하는군. 그게 이 애들이랑 무슨 상관이야?"

치프가 물었다.

"너도 알잖아? 그 꼬마들. 엠피레오 행성인들은 신들이 남긴 잔재야. 개개인이 슈퍼컴퓨터 이상의 계산 능력을 갖고 있을 뿐만 아니라 신들의 언어는 물론 기술까지 이해하고 있지. 그 애들이라면 날개 달린 자들의 수작도 풀어낼 수 있을 거라 생각했어."

"결과는 그저 그랬나보군."

"맞아. 하지만 아무리 맛있는 음식을 대접해도 힘겨워하더군. 둘 다 내가 제시한 문제를 해결하기는커녕 작동 구조조차 밝혀내지 못했지."

로젤라의 말을 들은 치프는 고개를 좌우로 흔들었다.

"신경 써줘서 고맙지만 굳이 납치라는 방법을 동원할 필요는 없었어, 로젤라. 그리고 난 괜찮아."

"괜찮다고? 그 일을 벌써 잊었나 봐?"

로젤라가 눈을 부릅뜬 채 웃었다.

"사만다가 지구에 온 이후에 웃기지도 않는 일이 일어났지. 사만다가 입학한 학교의 남학생 세 명이 정말 귀신같이 사라진 거야. 난 해군 정보부 요원들을 끌고 나와서 널 미친 듯이 추적했고, 그 애들이 네 손에 죽기 직전에 가까스로 사건을 종결시켰어."

"……"

그때 일을 어렴풋이 기억하는 치프는 옅은 미소를 지으며 고개를 살짝 숙였다.

"처음 듣는 이야기로군. 자세히 듣고 싶은데?"

데스디아가 인상을 구긴 채 로젤라에게 물었다.

로젤라는 미묘한 승리감을 만끽하며 대답했다.

"그 꼬마들이 사만다에게 한 짓은 빨간색 색종이를 피부에 대고 놀린 것뿐이었어. 물론 사만다 본인은 극도의 수치심과 위기감을 느꼈겠지. 그래, 거기까진 그렇다 처. 그런데 UNSMC 원사라는 인간이 탈영을 해서 민간인에게, 그것도 미성년자를 납치해서 죽이려 한 건 보통 일이 아니었지."

"로젤라. 그 일이 처음이자 마지막이었어."

치프가 부탁하듯 말하자 로젤라가 더욱 드세졌다.

"처음이자 마지막? 그딴 말로 그 사건을 묻을 수 있을 것 같아? 지구에서 가장 위험한 인간 중에 한 명이 사만다 카터라는 꼬마의 꼭두각시가 된 채 살아왔다고! 지금은 과거지만 미래가 될 수도 있어! 셀레스티아 왕녀 같은 얼뜨기가 뭣도 모르고 날뛰는 것과 네가 날뛰는 건 무게감이 달라!"

"아까 얘기했잖아? 이미 익숙한 일이라고 말이야."

치프는 낮은 목소리로 천천히 따졌다.

"당시 사건으로 가장 놀란 사람은 사만다였어. 그다음은 나였지. 사만다는 자신의 능력을 의식적으로 봉인하려 했지만 쉽지 않았어. 무의식에 기반을 둔 힘이었으니까 말이야."

"……"

"사만다가 나를 부르는 그 힘을 성공적으로 억누른 건 열여

덟 살 무렵이었어. 그때까지 사만다는 사만다대로, 난 나대로 고생해야 했지."

"아저씨?"

치프가 고생했다는 말을 들은 적이 없었던 사만다는 정말 놀란 얼굴로 그를 올려다봤다.

치프는 손을 내밀어 사만다의 머리를 쓰다듬어 주었다.

"처음에는 사만다가 자기네 집 거실에서 공포 영화를 보기만 해도 내 몸이 반응할 정도였어. 그걸 거부했다가는 불구덩이 안에 들어간 햄버거 패티가 된 것처럼 격통에 시달리지. 그 때문에 진통제를 미친 듯이 먹은 적도 있어."

그가 목성 식민지 청소를 마친 이후 진통제와 수면제를 이따금씩 과다 복용하여 문제를 일으킨 사실을 잘 아는 로젤라는 할 말을 잃었다.

"근데 그마저도 시간이 좀 지나니까 익숙해지더라고. 그리고 이 행성에 온 이후 그 인내력을 정말 요긴하게 써먹었어."

"인내력을 써먹다니?"

로젤라가 눈을 게슴츠레 뜨며 물었다.

"아, 로젤라. 내가 써서 올린 보고서를 제대로 읽지 않았나 보네?"

치프는 자신의 오른쪽 눈을 손으로 덮었다.

"무장제조 능력을 사용하면 내 몸이 정말로 소진되거든. 소진될 때의 그 느낌이 사만다가 나를 부를 때의 느낌과 동일해. 소름 끼칠 정도로 말이야."

"……."

치프가 무장제조를 과하게 쓸 때마다 어떤 꼴이 되는지, 또 어떤 고통을 받는지 직접 보고 들었던 회사 사람들은 당혹감을 그대로 드러냈다.

그가 사만다와 만난 이후 그러한 고통에 계속 시달려 온 나머지 면역에 가까울 정도로 익숙해져 버렸다는 사실을 오늘 처음 알게 된 로젤라는 이를 빠득 갈며 분노했다.

치프는 계속해서 말했다.

"만약 내가 그 고통에 익숙해지지 않은 채로 이 행성에 왔다면 난 분명 그릇된 선택을 했을 거야. 인내심 따위로 버텨낼 수 있는 일이 아니거든."

"……."

"로젤라, 이제 됐어? 혹시 또 시험해 보고 싶은 일이 있으면 최소 일주일 뒤에 실행해 줘. 난 정말 지쳤다고."

"기가 막히는군. 질렸어."

로젤라는 두 손을 아래로 내렸다.

"네 잘난 친구들이 대체 어디까지 널 지켜줄지 모르겠네. 아무튼 잘해봐, 치프. 이제 너랑 엮이는 건 사양하겠어."

"그래."

치프는 땅에 놓인 로젤라의 헬멧을 들어 그녀에게 건넸다.

"이제 지구로 귀환할 거야?"

"모르지. 적어도 네 회사에서 이 재수 없는 계집들과 함께 밥을 먹을 일은 없을 거야. 나는……."

대답하던 로젤라가 갑자기 눈을 뒤집으며 쓰러졌다.

치프는 그녀의 뒤통수를 팔꿈치로 가격하여 기절시킨 데스디아를 멍하니 쳐다봤다.

"뎃디?"

"당신, 설마 이 계집을 그냥 보내줄 생각이었나? 나에게 아름다운 이별 따위를 보여주려고 회사에서 여기까지 뛰어오라는 말을 한 건 아니겠지? 응? 설마 그런 건가?"

데스디아가 사납게 치프를 압박했다.

'여기서 말을 잘못했다가는 나부터 박살 날 것 같네.'

치프는 데스디아의 질문에 얼른 대답하지 못했다.

데스디아는 지금 당장에라도 로젤라의 머리를 밟아 터뜨릴 기세였다.

그럴 수밖에 없는 것이, 로젤라는 헤이파와 탈리케이아를 쓰러뜨린 인물이었다. 게다가 치프가 로젤라를 봐주고 있다는 느낌까지 받아온 터라 그녀로선 이 기회를 그냥 넘어갈 수가 없었다.

"좋아. 로젤라는 너에게 맡길게."

치프는 딱 거기까지만 말했다. 가혹 행위나 처형을 하지 말아달라는 말은 입에서 꺼내지 않았다.

그냥 데스디아를 믿기로 한 것이다.

"이제야 밤에 푹 잘 수 있을 것 같군."

중얼거린 데스디아는 스트라투스에 불어넣었던 살기를 거뒀다. 스트라투스의 칼날에 붉은색의 입자들이 달라붙어 칼집으로 변했다.

"치프, 이 계집을 어떻게 해야 제대로 묶을 수 있지? 관절을 모조리 뽑아야 하나?"

"쉬운 방법이 있어. 아까 뽑아낸 전투복 동력로를 나에게 줘 봐."

자신의 단말기와 로젤라의 전투복을 유선으로 연결한 치프는 데스디아에게서 동력로를 받았다.

로젤라의 전투복에 전원이 연결되자 치프의 단말기 화면이 밝아졌다.

"전투복의 운영체제가 최우선으로 삼는 것은 착용자의 건강이야. 관절이 과도한 힘을 받아 꺾이거나 부러질 것 같으면 전투복이 부목이나 깁스처럼 굳어져서 몸을 보호하지. 그걸 이용하면 돼."

설명을 마친 치프가 단말기를 조작했다.

치프의 해킹이 먹히자 로젤라의 전투복이 착용자의 몸에 무리가 가지 않도록 서서히 움직였다.

이윽고 로젤라의 자세가 침대에 편히 누운 것처럼 바뀌더니 전투복의 관절 전체가 빳빳하게 굳어졌다.

"됐어. 한번 들어봐, 뎃디."

"좋아."

데스디아는 로젤라의 발목을 잡고 번쩍 들어올렸다.

그녀는 편한 자세를 유지한 채 굳어진 로젤라를 큰 몽둥이처럼 허공에 붕붕 휘둘렀다.

데스디아는 로젤라를 제법 거칠게 휘둘렀지만 그녀의 전투복은 그대로 유지됐다.

바뀌는 것은 원심력에 의해 파도치는 로젤라의 얼굴 가죽뿐이었다.

"너무 세게 휘두르지 마. 머리에 피가 너무 쏠리면 죽을걸?"

치프가 쓴웃음을 지었다.

"그래봤자 과실치사일 뿐이야. 후후."

만족스럽게 웃은 데스디아는 로젤라가 아까 기절하면서 놓친 헬멧을 들었다.

"치프, 이것도 씌워야 하나?"

"그냥 벗기는 게 나을 거야. 음성 명령 등으로 현 상태를 풀어버릴 수도 있거든."

"그렇군."

데스디아는 사람 모양의 풍선을 다루듯 가볍게 로젤라를 휘둘러 어깨에 걸쳤다.

"이제 이 계집은 어떻게 옮기지?"

그녀가 큰 트로피를 획득한 운동선수처럼 들뜬 목소리로 물었다.

"트렁크에 넣고 고정시키면 되겠지. 트렁크 안에 위험물 고정용 그물망이 있어. 그보다 여기 있는 사람들을 차에 전부 태우려면 고생 좀 하겠네. 뎃디, 롸켓을 부를까?"

"회사부터 여기까지 뛰어와서 그런지 배가 엄청나게 고프군. 식사부터 한 다음에 생각해 보자고, 치프."

"그럼 트렁크부터 열어야겠군. 포프, 미안한데 네가 뎃디를 좀 도와줘."

치프가 자동차의 열쇠를 포프에게 내밀었다.

"알겠습니다, 사장님."

열쇠를 받아 든 포프는 데스디아와 함께 치프의 차가 있는 곳으로 걸어갔다.

치프는 단말기를 이용하여 사만다와 요르엘, 오라클을 다시 진단했다.

"너희들도 배고프지? 아침 식사는 했어?"

"호텔에서 먹었습니다, 아저씨."

호텔이라는 단어가 사만다의 입에서 나오자 치프가 깜짝 놀랐다.

"호텔?"

"예. 저희는 로젤라 씨와 함께 호텔에서 지냈습니다."

"음… 맛있는 음식을 대접했다는 로젤라의 말이 헛소리는 아니었나 보네."

"음식은 분명 맛있었지만 부담감이 엄청나서 뭘 먹었는지 기억이 안 나는군요."

"그렇구나."

단말기에 의한 진단을 마친 치프는 사만다와 요르엘, 오라클과 차례로 포옹했다.

"나 때문에 다들 고생했네."

치프가 그녀들에게 사과했다.

"응."

요르엘이 고개를 끄덕였다.

"하지만 얻은 건 있었어, 사장."

"그래? 들어볼 수 있을까?"

"응. 사만다 팀장의 잠재 능력이 정말 대단하다는 사실이었어. 팀장이 가진 힘은 그 격으로만 따지자면 셀레스티아 왕녀와 동일해."

"맞아, 사장."

오라클이 요르엘의 말에 동의했다.

"나와 요르엘이 각인을 풀기 위해 나란히 계산을 했음에도 불구하고 사만다 팀장이 가진 각인의 근본을 흔들 수는 없었어."

"음……."

둘의 이야기를 들은 치프는 지친 표정으로 하늘을 잠깐 올려다봤다.

"그 얘기는 여기까지 하자, 얘들아."

"무슨 소리야, 사장? 셀레스티아 왕녀의 위험성을 직접 경험했잖아? 사만다 팀장이라면 셀레스티아 왕녀의 힘을 맞받아칠 수가 있어!"

요르엘이 강력히 말했으나 치프는 고개를 저었다.

"나마저 셀레스티아를 단념할 순 없어."

치프의 말에 요르엘이 움찔했다.

"상황을 입맛대로 포장하려 하지 마, 사장! 사장은 사만다 팀장을 이 일에 끌어들이기 싫은 것뿐이잖아?"

"그렇지."

치프는 솔직하게 대답했다.

요르엘은 그 담백함에서 거부감을 느꼈다.

"우유부단 그 자체군! 사장, 모든 걸 짊어지고 갈 생각이야? 어디서 어떻게 터질지 모를 불안 요소들을 혼자서 어떻게 관리할 생각이지?"

"내가 쉴 시간을 쪼개면 돼. 난 항상 그랬고 지금도 그러고 있어."

바꿔서 이야기하자면 요르엘 역시 자신이 짊어진 불안 요소라는 뜻이었다.

그 말을 이해한 요르엘은 입을 다물었다.

치프는 요르엘의 작은 어깨를 토닥였다.

"식사하러 가자. 너와 오라클 모두에겐 맛있는 식사와 조용한 휴식이 필요해."

"…하아."

요르엘이 먼저 의자에서 일어났다.

치프는 오라클에게 손을 뻗었다.

"괜찮아?"

"응. 하지만 팔다리에 힘이 없어."

오라클은 치프의 손을 두 손을 잡고 겨우겨우 일어났다.

치프는 낑낑대며 일어나는 오라클을 가볍게 끌어당겨 도와주었다.

"너랑 얘기하기가 이렇게 힘들 줄은 몰랐네."

"얘기? 무슨 얘기?"

치프의 말에 오라클이 의아해하며 물었다.

"실버로드 말이야."

"아……."

오라클은 치프가 자신에게 무슨 얘기를 하려고 했는지 얼른 이해했다.

"A—1729에게 들었어. 실버로드 님이 사장과의 싸움 끝에 돌아가셨다고 말이야."

"응. 그래서 말인데… 음."

치프는 오라클의 기분을 누그러뜨릴 만한 말을 찾아 덧붙이기 위해 고민했다.

오라클은 요르엘과 달리 치프의 표정 변화와 자잘한 동작을 세심하게 살폈다.

그것은 다른 이의 눈치를 보지 않고 살아온 사람과 반드시 눈치를 봐야만 살아남을 수 있었던 사람의 차이였다.

"사장, 무리하지 마. 난 괜찮아."

오라클이 어색하게 웃었다.

"오늘 이 시간에 이야기를 나눈다고 해서 나의 모든 감정이 정리된다면, 내가 가진 감정의 가치는 딱 그 정도겠지."

오라클의 말은 치프의 자동차 쪽으로 걸어가던 요르엘을 멈추게 만들었다.

반면 치프는 급히 실소를 터뜨렸다.

"미안. 갑자기 어른스러운 말을 들으니 당황해서……."

"음… 아무튼 나에겐 마음을 정리할 시간이 필요해, 사장."

치프는 고개를 끄덕거렸다.

힘없이 걷는 오라클을 요르엘이 부축했다. 둘 다 비실거리는 것은 마찬가지였지만 서로를 의지하며 걸어가는 모습에서는 힘이 느껴졌다.

사만다가 이윽고 일어났다.

"오라클의 말은 마치 시의 한 구절 같군요."

"너도 저랬어."

"……"

"정확히는 열여섯 되던 해 겨울이었지. 캐나다에 캠핑 갔을 때였는데, 넌 나와 함께 일출을 보면서 괴테의 시를 읊었지. 듣는 내 입장에선 부담감이 쩔었어."

치프가 때와 장소를 이야기하는 순간 사만다가 두 손으로 머리를 감싸며 주저앉았다.

"아아악!"

사만다는 폭발하는 과거의 기억, 그리고 밀려오는 수치심을 견디지 못하고 신음 소리까지 냈다.

평범한 부모들이 가끔 그러듯, 악의 없이 상대에게 무안함을 준 치프는 사만다의 등을 토닥였다.

"가자, 사만다. 점심 뭐 먹을래?"

"……"

사만다는 팔을 휘둘러 치프의 손을 뿌리친 뒤 고개를 숙인 채 저벅저벅 걸어갔다.

아까 이야기한 추억 덕분에 지금까지 살아올 수 있었던 치프는 밋밋하게 웃으며 그녀의 뒤를 따라갔다.

*　　　　　*　　　　　*

치프가 사람들을 데리고 도착한 곳은 어제도 왔었던 빅빅빅 스테이크 식당이었다.

식당 주인은 치프가 일행을 데리고 들어오자 움찔했지만 데스디아가 마지막으로 뒤따라 들어오자 금방 표정을 바꿨다.

"어서 오십시오, 브라토레 부사장님! 사랑의 여신이여!"

"아… 예."

데스디아는 식당 주인의 격렬한 환영 인사를 듣고는 내심 짜증이 났다.

'그래, 이 식당에서 치프와 어머님이 구강 접촉을 했지. 어머님과 나를 착각하고 있군.'

마음속으로 화를 내는 사람은 그녀만이 아니었다.

치프는 어제와 전혀 다른 식당 주인의 태도에서 불쾌감을 느끼고 있었다.

'이 아저씨가……?'

치프는 이 자리에서 그에 대해 따지며 식당 주인의 콧수염을 전부 밀어버리고 싶었지만 행동으로 옮기진 않았다.

"우리 모두 앉을 수 있는 자리가 있으면 좋겠네요. 괜찮을까요?"

치프가 식당 주인에게 물었다.

"물론입니다. 바로 준비해 드리지요."

"그럼 저는 잠깐 나갔다 올게요. 일이 있으면 사랑의 여신에게 말해주세요."

"하하, 알겠습니다."

치프까지 사랑의 여신이라는 별칭을 쓰자 데스디아의 얼굴에 불쾌감이 잠깐 올라왔다.

근처 가게에서 물과 빨대를 구입한 치프는 식당 앞에 주차한 자신의 차로 다가가 트렁크를 열었다.

벌써 의식을 회복한 로젤라가 치프를 응시했다.

"치프. 여자를 구속시킨 채 마음대로 다루려는 욕구 따위가 너에게 있을 줄은 몰랐어."

"너무 즐겁게 오해를 하고 있군. 널 사로잡은 사람은 뎃디야."

"끔찍하네."

"흠. 목마르지 않아?"

치프가 묻자 로젤라는 사방을 살피고 자신의 현재 위치를 대략적으로 파악해 봤다.

"여긴 그 식당 앞이군. 식사가 끝나고 너희 회사까지 끌려갈 시간을 감안하자면 한 모금 마시는 게 낫겠지."

"원한다면 편의점 햄버거 정도는 사줄 수 있어. 비싼 걸로 말이야."

농담처럼 말한 치프는 병뚜껑에 구멍을 내고 빨대를 꽂은 뒤 테이프를 이용하여 마감을 확실히 했다.

"여기서 두 블록 정도 서쪽으로 가면 피자집이 있어, 치프."

"음. 어디를 말하는지 알 것 같아."

치프가 설렁설렁 고개를 끄덕였다.

"그 피자집에서 파는 파인애플 토핑 피자의 맛이 기가 막히지."

"파인애플 토핑? 하와이안 피자를 거기서 판다고? 하, 듣기만 해도 식은땀이 나는군."

치프는 물병의 빨대를 로젤라의 입에 물려주었다.

"군인이 음식을 가리면 못써, 원사."

"나에게 있어서 피자는 일종의 즐거움이야. 그래서 더더욱 타협할 수 없어. 심심하면 잠이나 자도록 해, 주임원사님."

치프가 그대로 트렁크를 닫으려 하자 로젤라가 꿈틀거렸다.

"잠깐, 치프."

"응?"

"그랜드 마스터와 청부업자들은 전부 처리했어?"

"오늘 새벽에 그랜드 마스터를 사로잡았지. 지금은 냉동 수면 장치에서 잘 자고 있어."

"놈이 행성에 침입한 수단은?"

"듀베리아의 장거리 스텔스 어뢰정을 개조한 물건이었어. 크기는 3,000톤급이고 우주 항해용 대형 엔진을 달고 있었지. 왜?"

치프의 설명을 들은 로젤라가 인상을 구겼다.

"일을 또 대충하는군. 아무리 엔진을 바꿔 끼웠다고 해도 어뢰정으로 오고 갈 수 있는 거리는 한정되어 있어. 지구에서 화성까지의 거리를 한 번 왕복하는 게 고작이라고. 어딘가에 놈들의 모선이 있을 거라는 생각은 안 해봤어?"

로젤라가 지적하자 치프는 자신의 뒷목을 주물렀다.

"그게 말이지… 음……."

"확실히 얘기해, 치프."

로젤라는 입에서 빨대가 빠지는 것을 무릅쓰고 치프를 재촉했다.

치프는 어쩔 수 없다는 듯 한숨을 반쯤 내쉬었다.

"적들의 모선은 네 말대로 그라니트 행성 인근에 존재할 거야. 그것도 위성 궤도를 한참 벗어난 지역에 말이지. 하지만 지금 우리에겐 모선을 타격할 만한 수단이 없어."

수단이 없다는 치프의 말에 로젤라가 살짝 황당했다.

"무슨 말이야? 위스콘신이 아무리 옛날 배라고 해도 성능은 충분하잖아?"

"그 충분한 성능의 배가 지금 회사에 없거든."

"……왜?"

로젤라는 이해할 수 없다는 눈빛을 치프 쪽으로 쏘아댔다.

그녀는 위스콘신이 그라니트 행성에 없다는 사실을 전혀 모르고 있었다.

로젤라의 표정 변화와 목소리의 강약 변화를 세심히 분석한 치프는 정보의 누수가 없음을 짐작했다.

'UNSMC와 해병대 원정군, 해군 정보부, 레투가 모두 로젤라와 연결되었거나 도청당하고 있진 않았던 것 같네. 그럼 로젤라 스스로 우리의 정보를 캐고 있었던 건가?'

치프는 미끼를 몇 개 더 던져보기로 했다.

그는 일부러 피곤한 표정을 지으며 차에 기대었다.

"알타이르에 지원군을 요청했어. 오크들을 확실히 없애기 위해서 말이지. 위스콘신은 그들을 데려오기 위해 출발한 거야."

"내가 보기엔 그냥 헛짓 같은데?"

로젤라가 비웃음소리를 냈다.

치프가 혐오감을 살짝 섞어 로젤라를 노려봤다.

"이해를 못 하는 것 같은데, 네가 거하게 터뜨린 X을 내가 수습하고 있는 상황이란 말이야."

그가 엄지를 세운 채 스스로의 가슴을 누르며 말하자 로젤라는 기가 차다는 표정을 지었다.

"내가 X을 썼다고? 오해하지 마. 내 역할은 널 오크들의 행성에 가두는 것뿐이었어. 나와 라이트스톤의 거래는 너를 격리하는 것에서 마무리된다고 그때 확실히 밝혔잖아?"

"그래, 격리. 말 잘했네. 넌 나를 격리시킨 사실만으로도 큰 대가를 치러야 해."

"무슨 대가?"

"오크들이 멋대로 움직이면서 알타이르 행성과 그라니트 행성으로 왔잖아? 알타이르에선 다수의 사상자까지 발생했어!"

치프의 목소리가 살짝 높아지자 로젤라가 피식 웃었다.

"걔들은 지구인이 아니잖아? 몇 명 죽건 무슨 상관이지? 왜 그렇게 열을 내?"

"…하아, 그래. 그게 네 스타일이지."

치프는 고개를 설레설레 저었다.

로젤라는 화가 치밀었다.

"오크에 대항할 머릿수가 부족해서 헌터들을 고용했잖아? 좀 더 고용해 보시지 그래?"

"어중이떠중이들은 그다지 도움이 안 되더라고. 무엇보다 훈련이 좀 필요할 것 같아."

"그래도 알타이르 전사들보다는 나을걸?"

로젤라는 한숨을 터뜨리며 고개를 돌렸다.

"그 야만스러운 계집들 말인데, 치프. 대체 몇 명이나 올지 모르겠지만 그 계집들과 함께 싸울 자신이 있어?"

그녀의 질문을 들은 치프는 인상을 가볍게 찌푸렸다.

"서로 잘 맞춰봐야지."

"맞춰봐? 이게 출근 전에 양말 색깔을 맞추는 거랑 난이도가 똑같은 일인 줄 알아?"

"흠."

치프는 팔짱을 끼고는 짧은 콧소리를 냈다. 표정에도 생기가 없었다.

로젤라는 어렸을 때부터 그의 그런 태도를 혐오해 왔다. 다른 이의 말을 들을 생각이 전혀 없다는 뜻이기 때문이었다.

"이봐, 치프. 알타이르 전사들은 분명 강력하지만 그래봤자 구식 군대야. 오크들에 대적하기 위해서 그들을 부른 것 같은데, 이제라도 늦지 않았으니 생각을 바꿔봐."

"어째서?"

"어째서라니? 너부터 데스디아 브라토레를 네 작전에 참여시킨 적이 없잖아? 멀리서 총을 잘 쏘라고 부탁했을 뿐이지!"

"……"

"넌 그 동네 계집들에 대해서 쥐뿔만큼도 모른다고, 치프. 그리고 그 계집들은 알타이르 왕실의 프로파간다에 속아서 널 아이돌 따위로 생각하고 있단 말이야!"

로젤라의 목소리가 차츰 올라갔다.

치프는 점심 무렵인데도 근처를 걷는 사람이 아무도 없다는 사실에 매우 안도했다.

"하아, 로젤라. 넌 세상을 너무 부정적으로 보는 경향이 있어."

치프가 고개를 가로저은 뒤 로젤라의 입에 빨대를 다시 물려 줬다.

"괜찮을 거야. 그 문제 때문에 고민한 사람은 너만이 아니라고."

치프의 말을 들은 로젤라의 안색이 대번에 바뀌었다.

"하! 대체 뭘 근거로 내가 고민했다고 생각하는 거지? 내가 널 걱정했을 거라고 오해하나 본데, 천만에!"

흥분한 로젤라가 미친 듯이 소리쳤다.

"난 당장에라도 널 죽여서 가죽을 벗긴 다음 데스디아 브라토레의 옷장에 그 가죽을 구겨 넣고 싶은 사람이라고! 아예 두 장으로 나눠서 헤이파 브라토레의 속옷 서랍에도 넣어줄까? 응? 응? 내 말이 X같이 들리면 덤벼봐, 이 XX야! XX도 못하는 XX가 XX같은 소리를 하고 있으니 도저히 못 봐주겠군!"

로젤라가 고래고래 소리를 지르며 몸부림을 쳤다.

물론 로젤라가 움직일 수 있는 신체 부위는 목과 머리뿐이었다. 게다가 그렇게 소리를 지르면서도 입에서 물병의 빨대가 빠져나가는 상황만큼은 필사적으로 막아내고 있었다.

"…하아, 혹시라도 회사에 가는 도중에 볼일을 보고 싶어지면 머리로 트렁크 바닥을 들이받도록 해. 있다가 봐."

치프는 그대로 트렁크를 닫은 뒤 식당으로 들어갔다.

모두가 있는 자리로 안내받은 치프는 일회용 물수건으로 손을 씻으며 숨을 돌렸다.

"로젤라를 어쩌면 좋을까?"

그가 데스디아에게 물었다.

이미 주문을 끝내고 물을 마시던 데스디아가 그를 봤다.

"그랜드 마스터 옆에 자리가 남았잖아? 거기에 처넣고 얼리면 되겠지."

"냉동 수면이라. 가장 편리한 관리 방법이긴 하네."

치프는 조용히 손을 들어 종업원을 부른 뒤 제법 큰 스테이크를 주문했다.

사실 치프는 데스디아에게 '어째서 로젤라를 그토록 경계하느냐'며 묻고 싶었지만 그러지 못했다. 질문 자체가 데스디아의 자존심을 건드릴 가능성이 커서였다.

데스디아 역시 '왜 로젤라에게 필요 이상으로 신경을 쓰느냐'며 따지고 싶었지만 치프가 우유부단하게 일을 처리할 사람은 아니라고 생각하기에 가만히 있었다.

사실 로젤라에 대한 원한은 치프 쪽이 더 강했다. 데스디아의 경우에는 원한이라기보다는 자존심의 문제였다.

로젤라는 오메가 스쿼드 프로그램을 이용하여 사만다를 처리하려고 했고, 그 과정에서 치프는 전우들을 자기 손으로 살해하고 말았다.

악몽 같은 그때의 기억은 치프의 머릿속에 아직 생생히 박혀 있었다.

"좋아, 치프. 어려운 얘기는 나중에 나누기로 할까?"

데스디아가 먼저 제안했다. 치프는 그녀의 대범한 결정을 고맙게 받아들였다.

"그래, 즐겁게 먹자고."

그런 와중에도 포프의 표정은 그리 밝지 않았다.

'상황이 너무 깔끔하게 흘러가는 느낌이야. 그랜드 마스터가 다시 붙잡혀서 그런가?'

포프현상에 대한 콤플렉스 탓에 심란했던 포프는 일행들의 분위기가 점점 좋아지자 순식간에 마음을 놓았다.

식사 도중, 그들에게 좋은 소식이 들려왔다.

의식을 잃은 채 보호받고 있던 루할트와 반달리온이 드디어 의식을 회복한 것이다.

101
주임원사, A—1729

"응, 댓디. 둘 다 건강해."

죠니의 단말기를 통해 데스디아와 이야기를 나눈 셀레스티아는 정말 기뻤는지 눈물을 살짝 보였다.

―다행이군. 젝스와 장로님은?

"회사로 돌아가서 곧바로 회복시킬 거야. 무엇이 문제였는지 확실히 알아냈거든."

―그래? 그냥 기절한 게 아니었나 보군. 문제가 뭐였지?

데스디아가 묻자 셀레스티아는 대답 직전에 입을 다물고 잠깐 고민했다.

셀레스티아가 해낸 일은 날개 달린 자들에게 있어서 그냥 호흡을 하는 것 정도로 당연한 일이었는데, 막상 데스디아의 이해를 돕자고 생각하니 말문이 막힌 것이다.

"음… 간단히 설명하자면 영혼과 육체 사이에 존재하는 프로토콜이 어긋나서 벌어진 일이야."

—미안. 내가 가진 번역기에 문제가 있는 것 같군.

단말기 화면 속의 데스디아가 잘 모르겠다는 표정을 지었다.

"아, 하하……."

셀레스티아가 난감해했다.

단말기를 들고 있던 죠니가 어깨를 으쓱했다.

"영혼과 육체의 연결에 문제가 생긴 겁니다, 부사장님."

—오, 그렇군.

죠니가 아주 간단하게 설명하자 셀레스티아는 창피함을 견디지 못하고 두 손으로 얼굴을 가렸다.

"저 대신 설명해 주세요, 죠니."

"옙."

죠니는 단말기의 화상통신 기능을 끈 뒤 단말기를 귀에 가까이 댔다.

"이제부터 제가 설명하겠습니다, 부사장님."

—괜찮겠나?

"정말 간단한 문제입니다. 루할트 영주님과 반달리온은 영혼과 육체의 연결이 완전히 끊긴 것이고, 젝스와 장로님은 그 연결이 어설프게 끊겨서 불분명한 행동을 하고 있는 겁니다."

—문제가 있는 건 어느 쪽이지? 영혼? 육체?

"육체입니다. 조금 어렵게 설명을 드리자면, 상황의 대략적인 형태는 중추신경계 감염이 원인인 간질 증상과 비슷합니다."

—간질… 뇌전증 말이로군. 대강은 알고 있다네. 우리 고향에

는 없는 병이지.

"부럽군요. 아무튼 의식을 완전히 잃는 수준에 그치는 것이 다행입니다. 날개 달린 자들이 드래곤의 형태에서 발작을 일으켜 난동을 부린다면 정말 답이 없을 것 같습니다."

죠니는 심각한 표정으로 자신의 두꺼운 턱을 만졌다.

―아냐, 죠니. 이 땅에 있었던 날개 달린 자들은 그러한 발작을 이미 체험했어.

"무슨 말씀이십니까?"

―엠페라투스가 일으켰던 대살육 말이야. 그 망할 존재는 이 땅에서 부활하자마자 행성 전체를 대살육으로 덮어버렸지.

"아……."

데스디아의 지적에 죠니가 움찔했다.

그의 곁에 있던 셀레스티아도 마찬가지였다.

―그렇지 않아도 셀리의 힘과 엠페라투스의 대살육은 이론상 같다는 의견이 많았어. 아무래도 우리는 귀중한 경험을 한 것 같군.

"구체적인 자료를 수집해서 보고서를 작성하겠습니다, 부사장님."

―기대하지. 미안하지만 셀리의 목소리를 다시 듣고 싶군.

"알겠습니다."

죠니는 화상통신 기능을 다시 켠 단말기를 셀레스티아에게 내밀었다.

"나야, 뎃디. …미안해."

―너무 그러지 마, 셀리. 네 덕분이라고 말하기에는 조금 부

적절하지만 이번 일을 통해서 날개 달린 자들에게 현실적인 도움을 줄 수 있을지도 몰라.

"음......"

셀레스티아가 우울한 표정을 지우지 못하자 단말기 속의 데스디아가 힘을 빼고 편하게 웃었다.

―오크들과 엠페라투스를 날려 버린 뒤에 고민을 해도 괜찮아, 셀리. 너도, 그리고 다른 곳에 갇혀 있는 네 동족들에게도 시간이 필요할 거야. 너무 성급하게 생각할 필요는 없어.

"......"

―식사가 끝나면 바로 회사로 갈게. 언제라도 좋으니 무슨 일이 있으면 연락해 줘.

"응. 정말 고마워, 댓디."

데스디아는 화면이 꺼지는 그 순간까지도 미소를 지우지 않았다.

죠니는 전투복 안에 단말기를 집어넣었다.

"죠니 팀장님."

"옙."

죠니를 부른 셀레스티아는 머뭇거리다가 용기를 내어 말했다.

"저는 언제쯤 어른이 될 수 있을까요?"

"글쎄요? 저도 어른스럽지 못하다는 말을 자주 듣는 편이라 잘 모르겠군요."

대답한 죠니는 보기 좋은 미소를 짓고 있었다.

"하지만 어른스러운 자가 반드시 옳은 자라는 법은 없죠. 나이 먹고 발광하는 놈들을 때려잡고 다닌 터라 그것만큼은 보장할 수 있어요."

"……."

"힘내십쇼. 저는 대원들과 함께 현장을 정리할 테니 공동대표님께선 루할트 영주님과 반달리온의 상태를 봐주세요."

"알겠습니다."

셀레스티아는 인간의 모습을 한 채 천막 안에 마련된 야전침대에 나란히 누워 있는 루할트와 반달리온 쪽으로 걸어갔다.

"두 분, 깨어계신지요?"

셀레스티아가 천막 안으로 들어오며 그들에게 물었다.

"왕녀 전하."

루할트가 응답하며 즉시 일어나 그녀를 맞이했다. 반면 반달리온은 윗몸만 일으켜 침대에 앉기만 했다.

침대의 가장자리를 짚은 반달리온의 손등엔 혈관이 불거져 있었다. 긴장한 나머지 반달리온 자신도 모르게 힘을 준 것이다.

셀레스티아는 그의 앞에 다가서는 허리를 굽혔다.

"죄송합니다, 반달리온이여. 제가 당신의 의식을 빼앗고 육체를 조종했습니다. 부디 용서해 주십시오."

"……."

반달리온은 입술 바로 아래쪽에만 기른 수염을 엄지로 만졌다.

그뿐이었다.

반달리온은 루할트가 나설 때까지 침묵을 지켰다.

"반달리온이여. 왕녀 전하께서 사과하고 계시지 않소?"

루할트가 재촉하자 반달리온은 불편한 표정으로 한숨을 쉬었다.

"괜히 충성스러운 척하지 말게, 젊은 영주여. 자네도 왕녀의 힘을 체험하지 않았나?"

"······."

루할트는 즉각 대꾸하지 않았다.

"고집을 부리는군. 아무래도 자네만이 아니라 자네의 동생까지 왕녀의 힘에 휘말렸을 것 같은데 말이지."

"무슨 근거로 그런 말을 하는 것이오?"

루할트가 목소리를 높여 물었다.

반달리온은 입고 있는 코트 안에서 단말기를 꺼내들었다.

"파울라와 통화가 안 돼. 의식을 회복한 이후 계속해서 전화를 걸고 있지만 아직까지 받지 않는군. 자네 동생의 전화번호는 모르니 어쩔 수 없고······. 아무래도 자네들의 회사에 문제가 생긴 것 같은데?"

"······."

루할트는 입을 꾹 다물었다.

반달리온은 셀레스티아를 올려다봤다. 그는 생존 본능에 따라 그녀의 눈치를 살피고 있었다.

"말씀해 주십시오, 왕녀여. 모두의 의식에 간섭하신 겁니까?"

"그렇습니다, 반달리온이여."

셀레스티아는 용기를 내어 대답했다.

그녀의 행동에서 엠페라투스의 대살육을 떠올린 끝에 두려움을 품게 된 반달리온은 참담한 표정을 지으며 눈을 감았다.

루할트는 믿을 수 없다는 얼굴로 셀레스티아를 돌아봤다.

침묵이 이어지자 반달리온은 다시 눈을 뜬 뒤 루할트와 셀레스티아를 살폈다.

'둘의 주종 관계가 깨질지도 모르겠군. 영주 루할트는 너무 젊거든.'

그는 자신이 이 상황에서 무엇을 해야 하는지를 고민했다.

'반드시 해야 할 일을 하는 것. 내가 할 수 있는 일······.'

그는 무의식적으로 코트 주머니에 손을 넣었다.

캐러멜들이 그의 손끝에 닿았다.

포프의 어머니, 스위트의 마지막 모습이 반달리온의 머릿속에 떠올랐다.

'난 오랫동안 많은 것들을 방관했지. 얻은 것도 많지만 잃어버린 것이 더 많았어.'

반달리온의 가슴속에서 샘솟은 어떤 감정이 셀레스티아에 대한 두려움을 뒤덮었다.

'아무래도 나는 내 동족들을 지나치게 좋아하는 것 같군.'

그가 쓴웃음을 지었다.

"젊은 영주여."

반달리온의 부름에 루할트가 그를 향하여 고개를 움직였다.

"충성과 복종은 다르다네."

"···무슨 말이오?"

"이 일을 저지른 사람은 왕녀지만 자네에게도 문제가 있다는 뜻이지. 자네는 왕녀의 행동을 방관해 왔어. 아니, 방치라고 해야 옳은가?"

그의 지적에 루할트가 눈을 부릅뜨고 두 주먹을 꽉 쥐었다.

"내 탓이란 말이오?"

"왕녀가 엇나갈 수 있다는 가능성을 생각해 본 적이 있나?"

"……."

"모든 가능성을 열어두고 생각하지 않았다면 그것은 신하가 된 자로서 둘도 없는 배임이야. 왕녀의 곁에 있는 신하들 가운데 어른스럽게 행동할 수 있는 자가 대체 몇 명이지? 자네와 알케온 정도가 아닌가?"

"추종자 따위가!"

결국 이성을 잃은 루할트가 반달리온의 멱살을 잡고 들어올렸다.

반달리온의 코트 주머니에서 쏟아진 캐러멜들이 바닥에 떨어져 굴러다녔다.

"그대들이 엠페라투스를 부활시키려 하지 않았다면 우리가 이처럼 바닥을 기어 다니진 않았을 것이다! 어디서 입바른 소리를 하는 것인가? 무슨 자격으로 지껄이느냐고 묻지 않나? 대답해라, 엠페라투스의 추종자여!"

"깨달은 건… 최근이었어."

"뭐라고?"

"난 방관하며 살아왔다네, 젊은 영주여. 그 탓에 동족을 잃었고, 고향을 잃었고… 여자를 잃었네. 결국 같은 시간을 살아왔던 친구까지 잃고 말았지. 그것이 방관의 대가야."

"무슨 소리를……!"

반달리온의 멱살을 쥔 루할트의 손에 힘이 잔뜩 들어갔다.

반달리온은 자신에게 모든 원한을 쏟아붓고 있는 루할트를 지그시 바라보며 말했다.

"나와 내 친구들의 시간은 오래전에 끝났다네, 젊은 영주여. 지금은 그저 거드름을 피우면서 자신들에게 남겨진 시간을 소진하고 있을 뿐일세. 다른 친구들의 생각은 다를지 모르겠지만… 적어도 난 그런 입장이야."

"……"

"하지만 자네에겐 미래가 있다네. 그리고 왕녀를 왕의 길로 모셔야 한다네."

반달리온이 오른손을 들고는 루할트의 왼쪽 팔뚝에 걸쳤다.

"난 왕녀가 두려워. 좋은 말로 의식의 간섭일 뿐, 그 범위와 대상을 무제한으로 확대하면 대살육이 되거든. 그때의 끔찍함이 내 영혼에 새겨져 있지."

"큭……!"

"하지만 자네에겐 아직 용기의 불씨가 남아 있군. 왕녀를 보필하고 감시하게. 충신으로서 말이지."

"…닥치란 말이오!"

루할트는 침대에 던지듯 반달리온을 내려놓았다.

"조금 있으면 죽을 사람처럼 지껄이다니, 어이가 없구려! 나에게, 알케온에게, 그리고 장로님께 잘난 척할 시간이 있으면 우리를 도와주시오! 이번에도 등을 돌리고 방관할 생각이오?"

"방관? 도우라고? 이 애송이가!"

반달리온이 침대에서 일어나 루할트와 마주 섰다.

둘은 이마를 맞대다시피 하며 으르렁거렸다.

"당신의 시간은 오래전에 끝났다고 했지 않소? 남겨진 시간을 소진하고 있는 신세라 하지 않소? 어차피 증발될 시간이라면 왕녀 전하를 위해, 우리 세대를 위해 쓰시오! 아니면 우리가 남김없이 쓰도록 해주던가!"

"덜떨어진 건 네놈들인데 왜 내가 나서? 영주라면서 띄워주고 얼러주니 간까지 빼먹으려고 드는군!"

"우리에게 없고 당신에게 있는 것이라면 뭐든 주시오! 간이든, 뭐든!"

"이 자식이!"

결국 반달리온이 루할트의 이마를 자신의 이마로 들이받았다.

"난 가겠어! 말리지 마!"

"윽……!"

뒤로 비틀거리던 루할트가 주먹으로 반달리온의 턱을 후려쳤다.

"그냥 가면 될 텐데 뭘 그리 고민하는 거요? 미련이 남았소? 여태껏 방관을 해왔던 자가 한 번 더 방관하는 것뿐이지 않소? 익숙한 일을 왜 망설이시오?"

침대에 쓰러질 뻔했던 반달리온은 자신의 턱이 제자리에 붙어 있는지 궁금했다. 그러나 그 궁금증은 얼마 못 가 말끔히 증발되었다.

"네놈의 X같은 면상을 보니 속이 뒤틀려서 견딜 수가 없어! 최소한 코라도 주저앉혀야 기분이 풀리겠군!"

"당신 면상은 X같지 않은 줄 아나? 이제부터 주먹으로 보정해 주지!"

"내 신발 밑창을 네놈의 혀로 닦겠다! 애송이!"

둘의 난투극이 시작되자마자 밖에서 대기하고 있던 죠니가 천막 안으로 들어와서는 셀레스티아를 천막 밖으로 안내했다.

현장을 마저 정리하겠다며 뒤로 빠졌던 그가 셀레스티아를 따라온 이유는 사실 반달리온을 믿지 못한 것이 이유였다.

하지만 상황은 루할트와 반달리온의 싸움으로 이어지고 말았다.

죠니는 결국 무너져 버린 천막 안에서 격투를 벌이는 두 남자의 꼴을 보며 실소를 터뜨렸다.

"이야, 날개 달린 자들끼리 저렇게 싸우는 건 처음 보네요. 대체 이 사람들은 언제쯤 우리에게 도움이 될지 모르겠군요."

죠니까지 옆에서 시비를 걸자 결국 셀레스티아는 두 손으로 얼굴을 덮으며 제자리에 쪼그려 앉았다.

"죄송해요."

그녀가 기어들어 가는 목소리로 사과했다.

"그래도 나름 건전하게 싸우고 있으니 결과가 기대되네요."

죠니의 말대로 루할트와 반달리온은 자신들에게 주어진 힘을 거의 쓰지 않고 가벼운 주먹질만을 계속하고 있었다.

본체로 돌아가서 사생결단을 낼 분위기는 전혀 아니었다.

"하이시리스 때문에 일이 이렇게 된 거라고 설명하시지 그러셨습니까?"

죠니가 그녀에게 물었다.

셀레스티아는 고개를 가로저었다.

"제가 그런 식으로 변명해 버린다면 결론이 나질 않아요. 책임을 져야 할 사람은 저예요."

"그렇군요."

죠니는 하이시리스의 장난이 제법 좋은 쪽으로 결말이 날 것 같은 느낌을 받았다.

"하이시리스?"

루할트를 밑에 깔고 앉은 채 주먹을 내리꽂으려던 반달리온이 행동을 멈췄다.

그의 공격을 막고 제압을 어찌 풀어낼까 고민을 하고 있던 루할트도 셀레스티아 쪽을 돌아봤다.

"무슨 말씀이십니까, 왕녀 전하?"

루할트가 물었다.

"아······."

손으로 이마를 감싼 셀레스티아는 이 자리에서 하이시리스의 이름을 꺼냈던 죠니를 살짝 원망했다.

"하이시리스가 회사 상공에 숨은 채 시간을 보내며 저에게 영향을 끼쳤다고 하더군요. 제가 그녀의 영향을 받아 자제력을 상실한 것은 중대한 문제입니다. 저는 공범이나 마찬가지이니 저를 질책해 주십시오. 너무나 많은 사람들이 저에게 실망했고 상처를 받았습니다, 루할트 경."

"왕녀 전하······!"

울컥한 루할트의 주먹이 파르르 떨렸다.

"비켜라, 애송이."

반달리온은 루할트를 가볍게 밀쳐내고 일어났다.

"하이시리스라니, 믿을 수 없습니다, 왕녀여. 저희들이라면 모를까, 운캄타르의 직계인 당신이 하이시리스 따위에게 당하여 자제력을 상실할 리가 없습니다."

"실제로 벌어진 일입니다. 죄송합니다, 반달리온이여."

셀레스티아는 다시 고개를 숙였다.

"됐습니다, 왕녀여. 헬터스크가 하이시리스의 움직임이 이상하다고 저에게 말하긴 했습니다만……."

반달리온의 표정이 차츰 진지해졌다.

"그래도 하이시리스가 이 행성에 눌러앉아 있었다는 것은 말이 안 됩니다, 왕녀여. 만약 하이시리스가 당신에게 영향을 끼칠 정도로 강력한 힘을 발휘했다면 엠페라투스 님께서 금방 알아차리셨을 겁니다."

반달리온이 거듭 부정하자 셀레스티아가 고개를 흔들었다.

"엠페라투스가 이 행성을 잠깐 떠난 일이 있습니다. 저의 감정이 폭발한 것도 그때였습니다."

"그분께서 이곳을 떠나시다니… 아."

반달리온은 실버로드가 알타이르 행성에서 치프와 싸웠다는 이야기를 떠올렸다.

'엠페라투스 님께서 치프를 데리고 알타이르 행성까지 가셨다는 말인가?'

그렇다면 이야기가 맞아떨어지기에 반달리온은 반쯤 벌리고 있던 입을 다물었다.

"왕녀여. 하이시리스의 힘에서 어떻게 벗어나셨습니까?"

"포프가 A—1729의 힘을 빌려 하이시리스를 쫓아냈다고 들었습니다."

"A—1729에게 그런 힘이 있었단 말입니까?"

"저도 이야기만 들어서 잘은……."

셀레스티아가 말끝을 흐렸다.

"…잠시 실례하겠습니다, 왕녀여."

반달리온은 무너진 천막에서 자신의 단말기를 찾아 꺼낸 뒤 치프에게 전화를 했다.

'신의 힘을 제압할 기술이 지구에 있다고? 그런 일은 있을 수 없어.'

반달리온은 치프의 수신을 재촉하듯 단말기 화면을 노려봤다.

＊　　　＊　　　＊

식당 밖에 서 있던 치프는 일행들과 함께 멍한 표정을 지은 채로 자신의 차를 바라봤다.

자동차 옆에는 전신타이즈를 입은 메타휴먼 남성이 데스디아에게 밟힌 채 눈을 뒤집고 있었다.

너무 어이가 없어서 한숨조차 쉬지 못하던 그가 갑자기 진동하는 자신의 단말기를 들었다.

"반달리온이네?"

그가 나직이 중얼거리며 전화를 받았다.

데스디아를 비롯한 일행 모두의 시선이 그에게 쏠렸다.

"왜?"

―A―1729가 하이시리스를 내쫓았다고 들었다. 그 계집을 만나고 싶은데, 찾을 수 있겠나?

"아쉽네. 5분만 더 일찍 전화했으면 좋았을 텐데 말이야."

―무슨 말이지?

반달리온이 물었다.

"응. 그게 말이지⋯⋯."

치프는 트렁크가 있던 곳을 바라봤다.

로젤라가 묶여 있어야 할 트렁크는 예리한 도구에 의해 통째로 잘려 나간 상태였다.

"좀 전에 튀었어."

―튀었다니? A―1729가? 네놈의 손에서 말인가? 웃기는군!

반달리온은 그 말을 믿을 수 없다는 투로 소리를 질렀다.

"제법 끝내주는 상황이었거든."

치프는 조금 전에 식당에서 나오자마자 목격한 것들을 떠올려봤다.

몇 분 전, 데스디아는 치프가 계산을 하는 사이에 사만다 일행을 데리고 먼저 식당을 나갔다.

그녀는 몇 초 지나지 않아 자신이 딛고 있던 보도블록이 깨져 나갈 정도로 빠르게 움직였다.

메타휴먼 몇 명이 치프의 차를 부수려 하고 있었기 때문이다.

메타휴먼들 가운데 한 명을 때려눕히는 것까진 좋았지만 갑자기 날아온 몇 개의 화살이 그녀와 메타휴먼들 사이의 지면에 박혔다.

데스디아는 마스크와 고글 등으로 얼굴을 가린 알타이르 전사들이 주변에 쫙 깔린 것을 목격하고 격분했다.

그 알타이르 전사들은 우주연합 군부 비밀 부대 소속이었다.

그들 중 몇 명이 땅에 내려와 데스디아를 가로막았다.

그들은 데스디아를 직접 건드리지 않았다.

그들은 자신들이 워치프와, 그것도 헤이파의 피를 이어받은 자와 싸울 경우 어떠한 꼴로 박살 날지를 잘 알고 있었다.

그래서 그들은 사만다와 포프, 요르엘, 오라클을 조준했다.

데스디아가 흠칫하는 사이, 다른 몇 명이 차의 트렁크를 잘라 로젤라를 구출한 후 깔끔하게 사라졌다.

메타휴먼들도 데스디아에게 맞아 기절한 동료를 미련 없이 내버려 둔 채 달아났다.

치프가 급히 나왔을 때는 상황이 이미 끝난 뒤였다.

―그렇군. 군부에서……. A―1729와 우주연합 군부의 거래는 아직 끝나지 않았나 보군.

반달리온이 안타까움에 물든 목소리를 냈다.

"그거야 모르지."

치프가 떫은 표정으로 대답했다.

그 순간, 기절한 메타휴먼을 어떻게 작살내어 정보를 캐낼지 고민하던 데스디아가 그를 돌아봤다.

'모른다고?'

그녀는 치프가 정말 몰라서 그런 말을 한 것인지, 아니면 그가 의도적으로 로젤라를 감싸고 있는 것인지 분별하기 힘들었다.

식사를 한 다음에 생각해 보자는 제안을 한 것은 분명히 데스디아 본인이었다.

하지만 빅빅빅 스테이크 식당을 향해 일방적으로 운전한 사람은 치프였다.

'치프가 메타휴먼과 알타이르 전사들의 존재를 망각하고 이곳으로 왔을 리가 없어. 식사는 회사, 혹은 보안국 임시 본부에 가서 얼마든지 안전하게 할 수 있다고.'

그녀는 치프를 추궁해 볼지를 고민해 봤다.

행동으로 옮기기 직전, 데스디아는 사만다 쪽으로 눈을 돌렸다.

사만다 역시 미심쩍다는 표정으로 치프를 바라보고 있었다.

'…사만다까지 저러는 걸 보니 내 의심이 괜한 건 아닌 것 같군. 하지만 치프도 뭔가 생각이 있어서 그랬겠지. 이제 와서 의심하기도 그렇고.'

데스디아가 자신을 노려보고 있다는 사실을 의도적으로 무시한 치프는 통화를 계속했다.

"로젤라는 왜 찾았지? 우리 반달리온 아저씨께서는 몇 분 전에 정신을 차린 걸로 아는데?"

치프가 물었다.

―A―1729가 무슨 수로 하이시리스를 내쫓았는지 궁금하군. 네놈은 그 방법을 알고 있나?

반달리온이 하이시리스의 이름을 입에 담자 치프의 눈썹이 위아래로 움직였다.

그 무의식적인 몸짓에 데스디아와 사만다의 표정이 동시에 구겨졌다.

'역시 뭔가 노리고 있었군. 그러면 그렇지.'

이윽고 치프가 대답했다.

"나도 정확히는 몰라. 하지만 어떤 도구를 이용했는지는 알고 있지."

―도구? 무엇인가?

"로젤라가 사용한 도구는 행성간 긴급통신에 사용하는 1회용 초광속 안테나들이야. 해왕성에서 사용해도 지연 현상이나 시간 차 없이 지구와 교신할 수 있지. 그만큼 막대한 동력을 소모하지만 말이야."

―그래서?

"본래는 안테나 한 자루당 1시간 정도 사용할 수 있는데, 회사 밖에서 발견된 안테나들은 불과 몇 초 만에 배터리를 전부 소진하고 회로까지 망가졌어. 어쨌거나 그 안테나들이 하이시리스에게 영향을 끼칠 수 있는 힘… 예를 들어 특수한 전파를 발산한 건 분명해."

―듣고도 못 믿겠군. 아인소프오르 등급의 신을 제압할 수 있는 수단이 지구에 있다고?

"그러게? 나도 이번에 처음 알아버렸네?"

치프가 농담하듯 대답했다.

―네놈, 정말 모르고 지껄이는 건가?

치프의 태도에 자극받은 반달리온이 그를 강력하게 의심했다.

그 의심은 치프의 자세와 표정을 단숨에 바꿔 버렸다.

"내가 그렇게 좋은 수단을 알고 있었으면 빅시티에서 신을 잡을 때 썼겠지! 그날 내 전우가 죽었어! 전투경찰과 헌터들도 수없이 죽었다고! 내가 그런 문제를 각오하고 장난할 사람처럼 보여? 그날 멀리서 잡소리를 지껄이며 구경만 하던 녀석이 뭐가 어째?"

―흠……

반달리온은 한숨 소리를 내는 것으로 사과의 메시지를 미약하게나마 대신했다.

그러나 치프의 표정을 바꾸진 못했다.

"너, 혹시 하이시리스를 위해서 로젤라가 사용한 수단을 알아내려는 건 아니겠지? 너랑 실버로드를 비롯한 엠페라투스의 추종자들은 우주연합과 붙어 다니는 관계 아니었나?"

―우리를 깔보는군.

"깔보는 게 아니라 진심으로 적대하는 거야! 난 너희들이 스스로의 의지에 따라 움직이고 있는 건지 정말 궁금해! 너희들 자신은 모를 수도 있는데, 너희들이 하이시리스에게 세뇌를 당했을 가능성은 0이 아니라고!"

―만약 나와 실버로드가 세뇌를 당한 상태였다면 엠페라투스 님께서 즉각 감지하셨을 것이다. 그 이상의 보장이 필요한가?

"오, 그래? 너랑 실버로드 말고 한 명 더 있지 않나?"

―누구를 말하는 건가?

"헬터스크라는 놈 말이야. 셋이 친구라며? 그 녀석이 최근에 그라니트 행성으로 왔다는 얘기를 못 들었는데? 작년처럼 적극적으로 개입하지도 않고 말이야."

　─그건 네가 우주연합 수도를 똥통으로 만든 탓이다.

　"넌 똥통을 핑계로 수도에 틀어박혀 있는 놈을 믿어?"

　─말이 점점 과격해지는군.

　반달리온은 조용한 목소리로 대답했다.

　"아, 됐어. 우린 회사로 돌아갈 거야. 얘기할 게 또 있으면 거기서 하자고."

　─생각해 보마.

　전화를 끊은 치프는 단말기를 주머니에 넣은 뒤 한숨을 길게 쉬었다.

　"하아. 돌아가자. 소화도 안 되네."

　그가 중얼거렸다.

　"오늘도 어김없네요."

　치프의 말에 반응하듯 포프가 허탈한 표정으로 중얼거렸다. 가로등에 기대더니 그대로 쭈그려 앉는 그녀의 모습은 한마디로 위축 그 자체였다.

　치프가 그녀 앞에 다가섰다.

　"음, 오늘 벌어진 일들은 포프현상과 관계없을 거야."

　"네?"

　포프가 놀라자 치프는 그녀의 더벅머리를 두 손으로 훑었다. 지구의 유인원들이 동료의 털을 훑는 것과 비슷한 모양새였다.

　"사장님?"

　"잠깐 가만히 있어봐."

치프가 머리카락 중 하나를 붙잡더니 살짝 잡아당겼다.

"으악!"

포프는 두피가 뜯겨 나가는 듯한 통증에 놀라 비명을 지르며 일어났다.

치프는 가볍게 웃으며 그 머리카락을 놓아주었다.

"너, 로젤라와 접촉한 적이 있었지?"

"예."

눈가에 눈물이 맺힌 포프는 두 손으로 머리를 누르며 대답했다.

"그때 로젤라가 네 머리에, 정확하게는 두피에 신호 발신기를 심은 거야. 방금 전에 내가 잡아당긴 게 그거야. 머리카락처럼 생긴 신호 발신기인데, 탄소섬유로 된 뿌리가 두피에 파고들지."

"……"

"로젤라가 괜히 널 불렀을 리가 없잖아?"

치프가 가볍게 웃으며 말했다. 반면 포프는 펄쩍 뛰다시피 했다.

"사장님! 대체 언제 알아차리신 거죠?"

"너한테 경장갑 전투복을 맞춰줄 때였지. 신체검사를 할 때 뜬금없이 탄소섬유가 감지되더라고."

"그럼 그때 떼어주셨어야죠!"

"왜 너한테 신호 발신기를 심었는지 궁금했거든. 아무래도 자신이 붙잡힐 것에 대비해서 준비한 것 같아. 너도 알다시피……"

"아, 몰라요! 이제 사장님이랑 얘기 안 할 거예요!"

정말 화가 난 포프는 치프로부터 등을 돌렸다.

"하하, 미안. 대신 위스콘신이 돌아오면 경장갑 전투복을 맞춰줄게."

"…정말요?"

포프가 슬그머니 그를 돌아봤다.

"고생했는데 그 정도 서비스는 해줘야지."

그가 인자하게 웃었다.

그는 그 미소를 유지한 채 데스디아에게 멱살이 잡혀 번쩍 들렸다.

"뎃디, 왜……?"

"지금 네 아가리에서 쏟아진 개소리들을 종합하자면 그 개호로쌍년이 포프를 이용해서 튀는 것까지 계산에 넣고 있었다는 소리잖아!"

"마, 맞아. 부정하진 않을게."

"근데 왜 말을 안 했어? 대답해!"

격분한 데스디아가 치프를 붙잡고 사방으로 흔들었다.

"진정해, 뎃딥! 상대가 로젤라였잖아? 잡혀간 애들이 어떻게 될지 모르는 상황이라서 개한테 의심을 살 만한 행동을 할 수는 없었다고!"

"그럼 그년과 그년의 *끄나풀*들이 어디로 튀었는지는 알아?"

"음…….'

치프가 고개를 옆으로 돌리며 데스디아의 눈을 피했다.

그 태도가 데스디아를 자극했다.

"알면 어서 불어! 그년의 머리통을 따와서 사장실에 전시해

놓겠어!"

"지금은 몰라."

"웃기지 마!"

치프는 어떻게든 이 상황에서 벗어나고 싶었다.

그러나 로젤라에 대해 앙심을 품은 사람은 데스디아만이 아니었다.

"부사장님. 제가 도와드릴 수 있을 것 같습니다."

사만다가 그녀의 곁에 섰다.

"저도 도와드릴 수 있어요!"

포프도 가세했다.

"우리들도 할 수 있어, 부사장!"

요르엘과 오라클마저 손을 들었다.

그 모습을 본 치프의 안색이 단숨에 바뀌었다.

"너희들 뭐 하는 거야? 이러면 안 돼!"

"안 되긴 뭐가 안 돼!"

데스디아가 다시 그를 흔들었다.

"내가 보기엔 당신이 시간을 끄는 걸로밖에 안 보인다고! 당신, 그년이랑 대체 무슨 관계야!"

"맹세하지만 그다지 좋은 관계는 아니야!"

"그다지 나쁜 관계도 아니란 뜻이군!"

"제길, 꼬투리 잡지 마! 아악!"

치프를 던지듯 놓아준 데스디아는 사만다의 어깨에 팔을 걸쳤다.

"방법을 얘기해 주렴, 사만다."

"예, 부사장님."

사만다는 차의 뒷문을 열더니 그 안에 있는 로젤라의 헬멧을 들었다.

"경장갑 전투복과 헬멧은 한 쌍입니다. 신호를 역추적해서 로젤라 주임원사의 위치를 파악할 수 있습니다."

"역추적은 우리들에게 맡겨줘!"

요르엘이 소리치자 사만다는 지체 없이 그녀에게 헬멧을 넘겼다.

"오, 제길."

쓰러졌다가 다시 일어난 치프는 두 손으로 얼굴을 감쌌다.

고민하는 그에게 포프가 다가오더니 머리를 숙였다.

"그렇게 인사해 봤자 소용없어, 포프. 그래도 새 전투복은 줄 거니까 안심하고……."

"신호 발신기를 제거해 주세요, 사장님."

"……."

손가락을 벌려서 포프를 볼 수 있는 틈을 만든 치프는 자신의 손바닥을 향해 한숨을 쏟아냈다.

"여기서 제거했다가는 네 두피가 동전만 한 크기로 뜯겨 나갈 거야. 탄소섬유 뿌리는 꽤 넓게 박히거든."

"……."

"넌 그냥 내 옆에 있는 게 나아."

절망한 포프가 치프 앞에 주저앉았다.

                    *   *   *

　알타이르 전사들과 메타휴먼들의 손에 이끌려 은신처로 돌아온 로젤라는 샤워를 하기 위해 전투복을 벗으려 했다.

　비상용 배터리를 끼운 덕분에 전투복의 움직임에는 이상이 없었다.

　그러나 로젤라는 한참 동안 움직이지 않았다.

　'내가 뭔가 잊은 것 같은데?'

　그녀는 단말기를 이용하여 포프의 위치를 추적했다.

　'꼬마가 빅시티를 빠져나가는 중이군. 신호 발신기에 이상은 없어. 이동속도를 봐서는 치프의 그 거지 같은 차를 타고 있군. 음… 아냐, 내가 찾으려고 했던 건 이게 아니라고.'

　로젤라는 침대와 책상만 있는 자신의 작은 방을 둘러봤다.

　'…헬멧!'

　그녀는 자신의 헬멧이 치프의 차에 남아 있다는 사실을 뒤늦게 깨달았다.

　'하, 제대로 X됐군.'

　그녀는 침대 밑에서 브로드 소드 네 자루를 포함한 자신의 모든 장비들을 꺼낸 뒤 방을 나섰다.

　방문 바로 옆에서 명상을 하던 두 명의 알타이르 전사들이 눈을 떴다.

　"A—1729. 어디로 가나?"

　"이곳의 위치가 발각됐어. 여길 떠야 돼."

　"정말 제멋대로군."

알타이르 전사 한 명이 로젤라의 전투복 어깨 보호구를 붙잡고는 손으로 구겨 버렸다.

"넌 오라클을 멋대로 확보했을 뿐만 아니라 우리에게 보고도 하지 않았어. 그 상태로 며칠간 돌아오지도 않았지. 오라클을 데리고 무엇을 했나? 종이접기를 하며 놀았다고 지껄일 생각은 아니겠지?"

"번거로운 계집애들이네."

로젤라는 전투복 주머니에서 새끼손가락 크기의 저장 장치를 뽑아들었다.

"가져가. 오라클이 가지고 있던 재구축 치료 피시술자 명단이야."

"…어떻게 뽑아냈지? 오라클에게 뇌수술을 강행한 것 같진 않던데?"

"엠피레오 행성인이 둘이나 있으면 문제될 것 없어. 엠피레오 행성인 특유의 공명 현상을 이용하면 될 거라고 충고를 받았거든."

그 충고를 해 준 사람이 라이트스톤임을 숨긴 로젤라는 손이 들고 있던 저장 장치를 알타이르 전사의 손에 쥐어주었다.

"이제 됐지? 어서 튀자고. 더 지체했다가는 데스디아 브라토레가 올 거야. 너희들이 전부 덤벼도 개 하나를 못 이긴다며?"

"전원이 목숨을 건다면 어떻게든 되겠지."

"흥, 그래? 뭐, 너희들이 그렇다면 그런 거겠지."

로젤라가 노골적으로 그들을 비웃었다.

알타이르 전사가 특수 합금으로 만들어진 장검을 뽑아 들었다.

"거래가 끝났으니 이제부터는 사적인 대화를 할 차례다. A—1729. 넌 너무 설쳤어."

로젤라는 자신을 향한 칼날을 노려보다가 옆을 흘끔 봤다.

다른 한 명의 알타이르 전사가 히트 블레이드를 손에 든 채 자신을 내려다보고 있었다.

둘 다 복면을 쓰고 있었고 능동 위장 망토까지 걸치고 있어서 위압감이 대단했다.

로젤라의 신장은 170㎝가 조금 넘었다. 반면 알타이르 전사들은 둘 다 2미터가 훨씬 넘는 신장을 자랑했다.

신체 조건에서 완전히 밀리고 있음에도 불구하고 로젤라의 기세는 만만치 않았다.

"사적인 대화? 어이가 없군. 너희들 바보지?"

"뭐?"

복면의 눈구멍을 통해 드러난 알타이르 전사들의 눈이 확 일그러졌다.

"내가 멀쩡한 자료를 건네줬을 것 같아? 내가 허락하지 않으면 그 자료는 열 수가 없어."

"어떤 방식의 보안 수단을 사용했나?"

장검을 든 알타이르 전사가 저장 장치를 다시 꺼냈다.

"지금 여기서 이런 얘기를 나눌 때가 아니라니까? 데스디아 브라토레가 오기 전에 피해야 한다고!"

"네 말을 믿으라는 건가?"

알타이르 전사들의 은색 눈동자가 살기를 흘려댔다.

"이봐, 내가 너희들을 딱히 괴롭히진 않았잖아? 게다가 난 너희들이 정해놓은 기한보다 두 달 이상 앞서서 자료를 추출하고 넘겨줬다고!"

"우리가 원한 것은 분명 자료다, A―1729. 정확히는 오라클의 머릿속에 담긴 자료지. 넌 살아 있는 오라클을 우리에게 넘겼어야 해. 엠피레오 행성인의 공명 현상처럼 어디서도 들은 적이 없는 변명 따윈 필요 없어."

장검을 든 알타이르 전사는 왼손에 쥔 저장 장치를 맨손으로 으깼다.

검은색과 회색의 가루들이 그녀의 손아귀 밖으로 쏟아져 나왔다.

"오라클을 데려와라, A―1729."

"이 야만인들이……!"

이를 부드득 가는 로젤라의 턱 아래에 장검의 칼날이 닿았다.

"사적인 대화를 하고 싶나?"

"집어치워! 우린 이미 망했다고!"

"무슨…….'

순간 쿵 하는 소리가 복도 저편에 위치한 철문에서 터졌다.

움찔한 알타이르 전사들이 철문 쪽을 일제히 돌아봤다.

다른 방에 몸을 숨기고 있던 전사들도 무기를 들고 일제히 밖으로 나왔다.

장검을 든 알타이르 전사가 목에 걸고 있는 통신기를 눌렀다.

"외부에 배치한 자매들의 상태를 점검하라."

그녀의 지시에 따라 야전용 통신 장비를 허리에 찬 알타이르 전사들이 단말기를 조작하거나 통신을 보냈다.

쇼트 컷 머리의 알타이르 전사가 장검의 알타이르 전사에게 다가왔다.

"팀장님. 자매들은 모두 살아 있습니다. 하지만 응답하는 자가 없습니다."

"데스디아 브라토레인가?"

"알 수 없습니다."

팀장이라고 불린 알타이르 전사는 아주 오래 전, 고향에서 치렀던 라샤이드 선발 시험을 떠올렸다.

그녀는 세뇌 탓에 모든 것을 기억해 내진 못했지만, 그래도 라샤이드로서 선발된 전사의 힘이 어느 정도인지는 잘 알고 있었다.

따를 수밖에 없다는 생각이 들 정도의 힘.

일반적인 전사와 라샤이드, 아니 워치프의 격차는 그 정도였다.

그때, 철문에서 다시금 충격음이 터졌다.

충격은 한 번에 그치지 않았다. 몇 초의 간격을 두고 연달아 터졌다.

초대형 트럭들이 전속력으로 달려와서는 번갈아가며 벽을 들이받는 느낌이었다.

"난 분명히 경고했어."

로젤라가 재빨리 자기 방으로 들어갔다.

얼마 못가 철문이 둘로 찢어졌다.

철문 조각을 좌우로 각각 던져 치워 버린 그녀, 데스디아는 푸른색에서 적색으로 눈빛의 색을 바꾸며 복도에 있는 알타이르 전사들을 훑어봤다.

"길을 잃고 헤매는 전사들이여. A—1729는 어디에 있소?"

"워치프여. 그X은 왜 찾나?"

팀장이 물었다.

"흠. 말투를 들어보니 당신들도 그X을 싫어하나 보오?"

"소문과 달리 그대가 제정신이라 안심이군. 훌륭하다, 헤이파 브라토레의 첫째 딸이여."

데스디아를 칭찬한 팀장이 장검을 제대로 들었다.

"하지만 그냥 내줄 수는 없지. 나와 자매들은 이번 일에 목숨을 걸었다."

"그럼 겨뤄봅시다."

데스디아도 환도를 고쳐 쥐었다.

팀장을 비롯한 알타이르 전사들 전원이 고함을 지르며 데스디아를 공격했다.

방에 들어가서 문을 단단히 걸어 잠근 로젤라는 옷장에서 예비용 경장갑 전투복과 헬멧을 꺼냈다.

"아무리 무능한 X들이라지만 적어도 몇 분 정도는 버티겠지."

2분 만에 새 전투복으로 갈아입고 헬멧을 쓴 뒤 장비까지 다시 붙인 로젤라는 벽을 뚫고 탈출하기 위해 플라즈마 용접기를 꺼냈다.

용접기에서 불꽃이 숏구치자마자 그녀가 숨어 있는 방문이

뜯겨져 날아갔다.

로젤라는 용접기를 놓고 즉각 돌아서며 권총을 뽑았다.

'상상 이상으로 무능한 X들이었어!'

그녀는 복도에 쓰러진 채 움직이지 않는 알타이르 전사들을 향하여 혐오감 어린 시선을 던졌다.

"역시 재빠르군."

로젤라는 데스디아의 목소리가 들리자마자 권총을 놓았다.

데스디아의 긴 칼이 권총을 세로 방향으로 잘랐다. 만약 로젤라가 권총을 그대로 쥐고 있었다면 손까지 잘렸을 것이다.

로젤라는 반사적으로 척력장 발생기를 작동시켰다. 그녀는 데스디아가 자신과 대화를 할 리가 없음을 알고 있었다.

데스디아는 그녀를 힘차게 걷어찼다. 척력장 덕분에 몸이 박살 나는 것을 면한 로젤라는 두꺼운 벽을 뚫고 은신처 밖으로 튕겨 나갔다.

은신처는 고층 호텔 옥상에 위치한 펜트하우스였다.

예전에 로젤라가 알타이르 전사들을 만나기 위해 처음 방문한 후 예비용 은신처로서 방을 빌린 것인데, 어쨌거나 문제는 주변 환경이었다.

은신처의 벽 아래에는 적당히 딛고 설 만한 곳이 없었다. 옆 건물의 옥상만이 한참 아래쪽에 존재했다.

로젤라는 걷어차였을 때의 충격을 이기지 못하고 터져서 불꽃을 내뿜는 척력장 발생기를 억지로 유지했다.

덕분에 옆 건물 옥상으로 무사히 착지한 로젤라는 망가진 척력장 발생기를 옆으로 내던진 뒤 브로드 소드 중에 한 자루를 꺼냈다.

옥상 바닥을 깨부수며 착지한 데스디아는 로젤라의 주변을 봤다.

하얀색 불꽃을 내며 불타고 있는 척력장 발생기가 데스디아의 눈에 들어왔다.

"치프에게 배운 것이 좀 있지."

중얼거린 데스디아는 척력장 발생기를 향해 왼손을 뻗었다. 손에서 일어난 강풍이 그 망가진 기계를 건물 밖으로 날려 버렸다.

그것을 수류탄 대신 사용하려고 했던 로젤라의 계획은 그렇게 망가지고 말았다.

"후후, 치프에게 배웠다고? 그래, 그렇겠지. 사실 나도 그에게 배운 것이 많아. 치프와 나는 서로 즐겨 입는 속옷의 색깔까지 아는 사이거든. 넌 어때?"

로젤라는 탈출 계획을 짤 시간을 벌기 위해 도발적인 거짓말을 던졌다.

그러나 데스디아는 가당치도 않다는 듯 웃었다.

"나 말인가? 난 치프가 보는 앞에서 내 친구 탈리의 몸을 갖고 놀았지."

"…응?"

로젤라는 조금도 예상치 못했던 이야기가 나오자 당황하고 말았다.

그녀의 반응을 본 데스디아는 신이 났다.

"몰랐나? 치프는 자극적인 구경거리를 좋아하더라고. 처음엔 조금 수치스러웠지만 나중에는 나와 탈리 모두 그의 고압적인 분위기를 함께 즐겼지."

"무슨……!"

로젤라의 마음은 진정되지 않았다.

예전에 호텔에서 있었던 일을 바탕으로 엄청난 허풍을 친 데스디아는 지금 자신이 쏟아부은 말을 나중에 주워 담을 수 있을지 걱정했다.

하지만 겉으로는 온전한 표정을 유지했다. 그야말로 초인적인 정신력이었다.

"그는 사실 고자라는 개념과는 거리가 먼 남자였어. 한 명의 여자로는 절대 만족하지 못하는 수컷이었지. 그런데 속옷 얘기 따위를 나에게 들이대다니… 후후, 너무 순진한 거 아닌가? 꼭 유치원생 같군."

데스디아의 허풍에 살집이 더 붙었다.

효과는 어느 정도 있었기에 로젤라의 브로드 소드 끝이 분노로 덜덜 떨렸다.

조금 떨어진 곳에 숨어서 통신기를 통해 상황을 파악하고 있던 치프는 데스디아의 허풍을 듣자마자 자신의 얼굴을 두 손으로 감쌌다.

보조를 위해서 그를 따라왔던 사만다는 당혹감에 물든 표정으로 치프를 돌아봤다.

그녀 역시 통신기를 귀에 꽂고 있었다.

"아저씨……?"

"아냐. 절대 아냐. 맹세코 아니야, 사만다."

치프는 부정했고 사만다 역시 그다지 믿지 않았지만 지금 당장 그들의 의지 따위에는 의미가 없었다.

데스디아와 로젤라 사이에 붙은 불꽃은 이미 하늘에 닿으려 하고 있었다.

로젤라가 왼손을 허리에 얹었다.

"하! 지구에서 체류할 때 로맨스 드라마를 즐겨보더니 상상력이 풍부해졌군. 데스디아 브라토레."

"뭐?"

이번엔 데스디아가 움찔했다.

"네 지저분한 얘기가 진짜든 거짓이든 상관없어. 상상하는 것만으로도 재밌어졌거든."

로젤라가 왼손을 내리고 손가락을 풀었다.

"작년이었지? 정보부 애들이 널 찾아내서 치프와 만나게끔 해줬다는 얘기를 들었어. 해군청장님께서 지시하셨다고 하더군. 그때부터 조금 불안했는데, 이제는 가장 재수 없는 계집애 1호가 되어버렸어."

로젤라가 정색을 하고 말하자 데스디아의 표정에도 살기가 올라왔다.

"네가 불안해할 이유가 있나?"

"있지."

대답한 로젤라가 쓴웃음을 지었다.

"너, 사만다를 만나기 전의 치프가 어떤 사람이었는지 모르지?"

"……."

"그는 상부의 명령을 철저하게 지켰어. 위험 분자들을 그 누구도 모르게 처분하여 상부의 입맛을 맞추는 게 본업이었지. 메타휴먼 사건, 그리고 식민지 청소 작전도 정의감을 내세운 일은 아니었어. 그런데 사만다와 만난 이후 망가지더군."

"들어먹기 힘든 명령만 내려 보냈나 보군. 그게 지구의 스타일이잖아?"

데스디아가 비꼬자 로젤라의 손에 힘이 들어갔다.

"하, 그랬으면 다행이지. 사만다가 카터 가문으로 입양된 뒤, 치프는 자기가 무슨 슈퍼히어로라도 된 것처럼 말도 안 되는 일을 저지르기 시작했어. 지구의 영역 곳곳에서 일어나는 각종 사건들을 멋대로 해결해 버린 거야. 그는 결국 군인들 사이에서 영웅이 됐어."

"네가 오메가 스쿼드 프로그램인가를 멋대로 사용한 게 계기겠지."

"아냐."

로젤라의 헬멧이 좌우로 움직였다.

"사만다는 말이지, 치프가 영화나 게임에서 나올 법한 전쟁 영웅이기를 기대했어. 치프는 그 기대대로 움직여 줬고 말이야. 너도 봤잖아? 치프가 사만다의 부름에 반응하는 걸 말이야!"

"헛소리하지 마. 그냥 네 기대에서 벗어난 것뿐이겠지. 넌 그걸 남 탓으로 돌리고 있어."

"……."

데스디아의 지적에 반응하여 로젤라의 움직임이 잦아들었다. 호흡을 위한 기본적인 동작도 거의 느껴지지 않을 정도였다.

"…너, 그를 믿고 있군."

"믿으면 안 되나?"

데스디아는 다리를 안정적으로 벌리고 돌격을 위한 자세를 잡았다.

"고백하지, A—1729. 나도 네가 마음에 안 들어. 치프의 과거만을 바라보며 매달리는 꼴이 X같더라고."

그녀가 경고하자 로젤라는 전투복에 내장된 강화용 약물을 몸에 투여하며 브로드 소드를 똑바로 들었다.

"데스디아 브라토레. 넌 행복한 미래를 꿈꾸는 것 같군. 하지만 오리지널 알파 프로젝트의 산물에게 자유 따윈 없어. 혹시라도 너와 치프 사이에 애가 태어난다 해도 지구에서 그 애들을 가만히 두지 않을 거야. 해당 프로젝트의 결과물들이 번식에 성공한 경우는 처음일 테니까."

"후후."

데스디아가 웃었다.

그녀가 깨부쉈던 옥상 바닥의 파편이 분노에 반응하듯 달그락거리며 사방으로 밀려 나갔다.

"걱정해 줘서 고맙군, A—1729. 이 행성에 볼일이 끝났으면 꺼져. 우린 바빠."

"꺼지라고? 솔직히 말해봐, 데스디아 브라토레. 날 작살내고 싶잖아? 나도 네 목을 따고 싶어서 죽을 지경이니 함께 놀아보자고."

"…좋은 생각이야!"

로젤라의 코앞에 데스디아가 번쩍 나타났다.

뛰어서 접근한 것인데, 로젤라가 느끼기에는 마법을 이용해 순간 이동을 한 것처럼 보였다.

로젤라의 브로드 소드와 데스디아의 환도가 충돌하여 불꽃을 일으켰다.

로젤라의 경장갑 전투복 곳곳에서 전깃불이 튀었다. 전투복이 데스디아의 물리력을 가까스로 견뎌낸 것이다.

로젤라의 표정이 잔뜩 일그러졌다.

그녀의 표정은 헬멧에 가려져 그 누구도 보지 못했다. 하지만 데스디아는 칼에 전해지는 진동을 통해 상대의 과도한 긴장감을 감지할 수 있었다.

"컨디션이 별로인가 보군. A—1730. 이제 와서 없었던 일로 할 생각은 마."

데스디아가 눈을 부릅뜨고 웃었다.

로젤라는 일단 아무 반응도 하지 않았다.

'일부러 힘겨루기를 시도했군. 야만적인 계집 같으니.'

로젤라는 입맛이 씁쓸했으나 상대가 얼마나 강력한 존재인지 알기에 정신을 집중했다.

사실 신체 능력의 차이를 따지자면 대적을 하는 것 자체가 무리였다.

로젤라는 그걸 알면서도 냉정하게 승산을 계산하며 데스디아의 움직임을 눈에 익혔다.

'이길 방도가 없는 건 아니야. 방금 투약한 신체 강화 약물의 효과는 앞으로 10분간 지속되겠지. 그 안에 승부를 내야 해.'

로젤라는 브로드 소드에 힘을 가하여 데스디아의 환도를 밀어 올렸다.

로젤라가 밟고 있는 콘크리트 바닥이 진흙처럼 으깨졌다.

한 손으로 환도를 들고 있던 데스디아는 로젤라가 생각 이상의 힘으로 자신을 밀어붙이자 두 손으로 환도를 꽉 쥐었다.

"팔이 후들거리네? 어젯밤에도 네 친구랑 치프 방에서 놀았나 봐?"

"흠."

데스디아는 농담을 한 로젤라를 지그시 내려다봤다.

'이 계집은 나를 두려워하지 않는군. 아니, 두려워한 적이 있긴 한가?'

쓴웃음을 지은 데스디아가 팔목 힘으로 로젤라를 눌렀다.

힘에서 밀리는 순간 로젤라가 즉각 반응했다.

브로드 소드를 아예 놓고 데스디아의 양쪽 손목을 움켜쥔 로젤라는 유도 기술을 이용해 상대를 엎어 치려고 했다.

데스디아는 자신의 두 발이 공중에 뜨자마자 힘으로 로젤라의 손을 풀고 허공에서 몸을 뒤틀었다.

초인적인 순발력과 균형 감각으로 위기를 벗어난 데스디아는 착지 즉시 환도를 휘둘렀다.

로젤라의 허리를 노린 공격이었는데, 팔굽혀펴기를 하듯 바닥에 엎드려 칼날을 피한 로젤라는 전투복 곳곳에 붙어 있는 로켓 모터를 이용하여 즉각 일어났다.

그녀는 그냥 일어나지 않았다. 전투복 어깨에 숨겨진 연막탄을 터뜨려 데스디아의 시야를 방해했다.

브로드 소드를 다시 들어 반격하려던 로젤라가 본능적으로

비켜섰다.

데스디아의 환도가 연막 덩어리를 수직으로 잘라 흩어버렸다. 만약 로젤라가 제자리에 있었다면 전투복과 함께 두 동강이 났을 것이다.

'역시 연막은 의미가 없군.'

데스디아의 감지 능력이 야생동물 이상임을 재확인한 로젤라는 베기 동작으로 인해 자세가 흐트러진 데스디아를 향해 브로드 소드를 휘둘렀다.

그것은 로젤라 스스로가 생각해도 성급하고 어설픈 행동이었다.

칼날은 데스디아의 왼손 엄지와 검지 사이에 잡히고 말았다. 로젤라는 온 힘을 다해 브로드 소드를 당겨봤으나 칼은 돌에 박힌 성검처럼 꼼짝도 하지 않았다.

'칫.'

브로드 소드를 버리고 물러난 로젤라는 새로운 브로드 소드와 권총을 꺼냈다.

오른손엔 브로드 소드를, 왼손엔 권총을 각각 든 로젤라는 상대와 완전히 근접한 상황에서 칼과 사격을 동시에 수행했다.

로젤라가 쏜 탄환이 데스디아의 몸 곳곳을 아슬아슬하게 스쳤다. 데스디아의 전투복이 찢어지고 피부가 찢어져 피가 흘렀다.

로젤라는 자신의 눈을 믿을 수 없었다. 데스디아는 순간순간 몸을 움직여 치명상을 피하고 있었다.

놀란 것은 데스디아도 마찬가지였다. 로젤라는 브로드 소드로 데스디아의 환도를 견제하며 근접전을 벌이고 있었다.

'섣불리 움직이면 총을 맞을 것 같군.'

데스디아는 일단 뒤로 물러나서 적당한 거리를 두려 했다. 하지만 로젤라가 귀신처럼 따라붙어서 밀착 상태를 유지했다.

데스디아가 발휘한 속도는 음속에 가까웠다.

로젤라가 그 비상식적인 속도를 따라잡을 수 있었던 것은 경장갑 전투복 덕분이었다.

전투복 헬멧의 카메라와 전투복의 로켓 모터가 데스디아의 이동을 감지하고 그 속도에 맞춰 반응한 것이다.

자연 상태의 인체가 감당할 수 있는 속도에는 한계가 있었다.

데스디아와 싸우기 직전, 로젤라가 자신에게 사용한 신체 강화 약물은 힘과 반응속도를 향상시켜줄 뿐만 아니라 내구력까지 끌어 올려 인간의 한계를 초월하게 만들어주는 물건이었다.

데스디아는 내심 감탄했다.

그녀는 환도를 쥔 자신의 오른팔을 몸짓만으로 봉쇄한 채 효과적으로 공격해 오는 로젤라의 실력을 인정하지 않을 수 없었다.

'굉장하군. 이 계집은 타고난 싸움꾼이야. 신체 조건의 불리함을 싸움의 감각만으로 극복하고 있어.'

권총의 탄약이 바닥나자 로젤라는 즉시 권총을 집어 던졌다.

권총은 데스디아의 눈을 향해 날아갔는데, 데스디아는 터번에 보호된 이마로 권총을 들이받아 떨어뜨렸다.

한순간의 빈틈을 노렸다가 실패한 로젤라는 데스디아의 얼굴을 향해 고개를 들었다.

헬멧의 정수리와 양쪽 뺨에 설치된 조명등들이 카메라 플래시처럼 빛을 터뜨렸다.

데스디아가 움찔하자 로젤라는 그 자리에 연막탄을 터뜨리고 뒤쪽으로 텀블링했다.

높고 큰 궤적을 허공에 그린 로젤라는 오른손에 든 브로드 소드를 먼저 던진 뒤 다이빙 선수처럼 몸을 비틀며 전투복 곳곳에 숨겨놓은 단검들을 모조리 투척했다.

그녀가 착지를 위해 바닥을 잠깐 본 사이, 연막으로부터 데스디아가 튀어나와 로젤라의 가슴을 걷어찼다.

착지 직전이었기에 로젤라가 피할 방법은 없었다.

로젤라의 전투복 상의가 충격 분산을 위해 과자처럼 깨지고 흩어졌다.

"제길!"

전투복을 상실한 로젤라는 바닥에 떨어진 브로드 소드를 주워 들었다.

데스디아는 바닥에 환도를 꽂은 뒤 상대를 노려보며 씩 웃었다.

"예상대로야. A—1729, 넌 재밌어."

데스디아는 왼쪽 팔뚝을 관통한 로젤라의 단검을 오른손으로 뽑아냈다. 출혈과 통증이 있었지만 데스디아는 전혀 개의치 않았다.

그녀에게 적중한 로젤라의 무기는 그 단검이 유일했다.

로젤라는 의미를 잃은 헬멧을 벗어 던지며 허탈하게 웃었다.

"그걸 막아낼 줄은 몰랐네? 나름대로 자신 있게 던진 건데 말이야."

"인정하지. 정말 놀라운 투척 기술이야. 내가 어떻게 막아냈는지 모르겠어."

데스디아가 고개를 저었다.

"별거 아냐. 치프가 항상 중얼거리고 다녔잖아? '내가 뎃디를 어떻게 이겨?'라면서 말이야. 그 덕분에 네가 이긴 거야. 후후, 값싼 승리를 마음껏 만끽하도록 해, 데스디아 브라토레. 언제까지 갈진 모르겠지만……."

로젤라의 몸이 순간 붕 뜨더니 바닥에 떨어졌다.

어느 순간 접근하여 그녀의 턱을 후려친 데스디아는 자신의 승리가 폄하된 것에 분개하여 이를 갈았다.

"정말 마음에 안 드는 계집이로군."

기절한 로젤라를 한참 노려본 데스디아는 인내심을 발휘해 살의를 거둔 뒤 치프와 사만다 쪽으로 팔을 저었다.

"뎃디, 아프면 인상이라도 써."

중얼거린 치프는 데스디아의 팔뚝에서 콸콸 흐르는 피를 안쓰럽게 바라봤다.

하지만 두 팔을 좌우로 흔들어서 데스디아의 신호에 응답하는 것은 잊지 않았다.

102
진실을 모른 채로

데스디아의 요구대로 냉동 수면 장치에 로젤라를 넣은 치프는 데스디아가 입회한 상태에서 수면 장치의 뚜껑을 닫았다.

냉동 수면 장치 내부에 하얀색 기체가 채워지더니 로젤라의 뇌파와 심장박동, 혈압이 서서히 잦아들었다.

왼팔에 붕대를 단단히 감은 데스디아는 잠이 든 로젤라의 모습을 보며 지그시 웃었다.

"오늘부터 잠을 푹 잘 수 있을 것 같군."

그녀가 만족스럽게 중얼거렸다.

단말기를 들고 냉동 수면 장치에 대한 최종 점검을 하던 치프가 그녀를 돌아봤다.

"로젤라가 정말 부담됐나 보네?"

"그렇지."

그녀가 솔직하게 인정했다.

그 자리에 함께 있던 사만다와 죠니, 킹이 고개를 돌려 데스디아에 시선을 집중했다.

트로피를 감상하듯 로젤라를 지켜보던 데스디아가 문득 고개를 움직여 모두를 살폈다.

"왜들 그래?"

"아뇨. 부사장님께서 누군가를 이렇게 의식하실 줄은 몰라서 그렇습니다."

죠니가 대표로 대답했다.

"자네들은 로젤라가 신경 쓰이지 않았나? 설마 저 계집이 이중 첩자라는 사실을 나만 모르고 있었던 건 아니겠지?"

"그건 저희들도 몰랐죠. 잡을 엄두가 안 났을 뿐입니다."

죠니가 솔직히 대답했다.

"흠."

데스디아는 심호흡을 하여 흥분을 가라앉혔다.

"직접 맞붙어보니 확실히 강하더군. 진 플레커 따위와는 격이 달랐어."

그녀는 왼팔을 들었다.

"저 계집이 마지막에 시도한 투척 기술 말인데, 아무리 생각해도 불가사의해. 내가 대체 어떻게 막아낸 거지? 단검이 날아오는 걸 느끼지 못했어. 땅의 정령과 교감하여 피부도 강화시켰지만 그것마저 무시하고 팔에 박히더군. 아직까지도 뼈가 울리는 느낌이야."

데스디아의 말에 죠니와 킹이 치프를 돌아봤다.

치프는 점검을 마무리하느라 정신없었다.

"왜들 그러나?"

데스디아가 묻자 킹이 하는 수 없다는 듯 입을 열었다.

"로젤라는 원사님이 하실 수 있는 일의 대부분을 수행할 수 있죠. 원사님 말씀으로는……."

"그래, 99%."

치프는 작업을 마친 단말기를 냉동 수면 장치에서 분리했다.

일어나서 단말기를 바지에 넣은 치프는 데스디아의 왼팔을 봤다.

"그거, 아프지 않아?"

"굉장히 쓰리지. 혹시 당신도 그 투척 기술을 사용할 수 있나?"

"글쎄? 일단 단검 던지기는 내 특기가 아냐. 그리고 로젤라에게 부족한 1%는 게임에나 나올 법한 초필살기 같은 것과 거리가 멀지."

"그럼 로젤라가 당신에 비해 부족한 게 뭔데?"

"여유랄까?"

치프가 어깨를 으쓱했다.

"로젤라는 주변을 돌아보며 싸운 적이 없어. 훈련받을 때는 자기 성적에만 관심이 있었고, 현장에서는 전우들이 죽거나 말거나 상관도 안 했지."

"……."

"훈련소 시절에는 동기들이 갑자기 죽어나가거나 돌연변이를 일으켜 처분됐으니 그렇다 쳐도, 정식으로 현장에 투입된 상황에서 그런 식으로 행동하는 건 문제가 있었어."

"정확히 하죠. 로젤라는 오로지 원사님에게만 신경 썼어요."

죠니가 말을 던지자 치프가 피식 웃었다.

"부탁이야, 죠니. 그것만 생각하면 식은땀이 난다고."

"하하."

치프와 죠니 모두 난감한 표정을 지었다.

"미안하지만 추억에 빠지고 싶으면 좀 있다가 빠지도록 해. 내가 단검을 맞을 때 느꼈던 불길함은 그 격이 달랐어."

데스디아가 인상을 쓰며 말했다.

"죠니. 치프가 '간섭'이라는 걸 사용한다고 어머님께 얘기한 적이 있었지?"

"아… 예. 농담으로 말이죠."

죠니의 뒷머리에 식은땀이 맺혔다.

킹은 천장 저편으로 시선을 옮기며 입을 꽉 다물었다. 그리고 치프는 아무것도 못 들은 사람처럼 자신의 턱을 긁었다.

데스디아는 맹금류와 같은 눈으로 그들을 노려봤다.

"경고하겠는데, 이제 와서 뭔가 숨길 생각은 하지 마. 헛소리를 지껄이는 사람은 저기 누워 있는 로젤라의 옆자리에 끼워 넣어버리겠어."

"……"

"하, 그게 싫으면 가랑이 사이에 끼워줄까?"

데스디아가 경고의 수위를 높였다.

세 남자의 안색은 납빛으로 변했다.

결국 치프가 데스디아의 앞을 막아섰다.

"내가 설명할 테니 죠니와 킹은 건드리지 마."

치프가 정색을 하자 데스디아가 난처한 표정을 지었다.

"이봐, 난 협박을 하는 게 아니라 설명을 요구하는 거야."

"그런 것 치고는 네 표정이 너무 무서워서……."

치프가 실소를 지었다.

"음… 미안."

가볍게 사과한 데스디아는 오른손으로 자신의 얼굴을 매만지며 흥분을 가라앉혔다.

"당신, 간섭이라는 것을 정말 사용할 수 있는 건가?"

그녀가 치프에게 물었다.

치프는 뒷목을 만지며 한숨을 쉬었다.

"그에 대한 설명은 충분히 했잖아? 좋은 일이 의도치 않게 일어나는 수준이야. 그냥 운이지."

"그럼 내가 당한 투척 기술은?"

"로젤라는 어렸을 때부터 날붙이를 좋아했지. 우리는 거들떠보지 않는 브로드 소드를 혼자서 대량 주문하더니 혼자서 카멜롯이라도 세울 기세로 검술을 공부하더라고. 단검 투척 기술도 그때 익힌 거야. 미래를 위한 기술 어쩌고 하면서 밤을 새더군."

치프의 설명에 이어 킹이 입을 열었다.

"로젤라가 어느 날 백 번에 한 번 정도는 무조건 적중시키는 기술을 개발했다고 자랑한 적이 있었죠. 그때는 그냥 넘어갔는데요, 부사장님께서 그토록 위기감을 느끼셨다면 로젤라만의 필살 기술이 있음을 인정할 수밖에 없군요."

"흠."

데스디아는 붕대와 상처 때문에 불편한 자신의 왼쪽 팔뚝을 들었다.

"저 계집이 던진 단검이 정령 교감으로 강화된 나의 피부와 근육을 간단하게 꿰뚫었어. 갓 구운 계란프라이를 포크로 찌르는 것처럼 말이지. 불가사의해."

"그러니까 필살 기술이겠지."

치프가 팔을 벌리고 어깨를 으쓱했다.

데스디아는 그들이 '간섭'에 대한 설명을 얼렁뚱땅 넘기려는 느낌을 받았으나 다른 일이 있었기에 더 이상 시간을 소모할 수는 없었다.

"알타이르 전사들은 어때?"

그녀가 물었다.

"네 요구대로 본관 밖에 모아놨어."

"제대로 결박했나?"

"지금은 숨 쉬는 게 고작일 거야. 보러 갈까?"

"그러지."

"그럼 죠니와 킹, 사만다는 뎃디와 함께 먼저 나가도록 해. 난 냉동 수면 장치의 점검을 마무리하고 바로 나갈 테니까."

"알겠습니다, 원사님."

가볍게 거수경례를 한 둘은 데스디아, 사만다와 함께 냉동 수면실을 나갔다.

그들이 탄 엘리베이터가 떠나자 치프는 로젤라의 냉동 수면 장치에 자신의 단말기를 연결하고 냉동을 해제했다.

냉동 수면 장치 안에 채워진 하얀색 기체가 잦아들더니 로젤라가 인상을 쓰며 의식을 회복했다.

"여긴… 냉동 수면 장치인가? 정말 여기에 들어와 버렸군. 날 잡은 기분이 어때, 치프? 나에게 무슨 짓을 할 생각이지?"

치프는 자신의 단말기를 주머니에 넣은 후 로젤라가 있는 장치 앞에 섰다.

"우선 알고 싶은 걸 알아내야겠지. 이중 첩자로서 이 행성에서 무슨 일을 했지?"

"난 오라클을 잡아 오는 조건으로 우주연합 군부와 거래해서 그들의 인스턴트 병사들을 사용할 수 있는 권한을 얻었어."

"너와 메타휴먼들을 지구에서 데려온 건 라이트스톤이고?"

"맞아. UN 사령부에서 그에게 강력한 권한을 준 것 같아. 다른 행성 소속의 대형 우주선이 대기권을 대낮에 들락거려도 시비를 거는 나라가 하나도 없었지."

"……."

"내가 받았던 인스턴트 병사들에 대한 권한은 라이트스톤에게 넘겼어. 그는 우주연합 군부 측에서 나에게 걸어둔 안전장치도 해제해 줬지."

"안전장치?"

"내가 배신했다고 판단되면 우주연합 군부의 알타이르 계집들이 버튼을 누르는 거야. 그러면 생체 인증을 위해 내 몸에 주사된 나노머신들이 난동을 부리는 거지. 그 나노머신들 때문에 혈당이 떨어져서 고생 좀 했어."

신체에 주입되는 나노머신들은 대체적으로 혈액 내의 포도당을 동력으로 삼는데, 기준보다 많은 숫자의 나노머신이 주입될 경우 로젤라의 말대로 혈당이 급격하게 떨어지고 만다.

치프는 싱긋 웃으며 고개를 끄덕거렸다.

"그래서 라이트스톤이 그 붉은색 인스턴트 군단을 사용할 수 있었던 거군."

"맞아. 하지만 이해가 안 되는 부분이 있었어."

"이해가 안 되는 부분?"

"라이트스톤은 자신이 알타이르 왕족은 물론 2세대 날개 달린 자들을 창조했다고 주장하는 자야. 달에 건설된 에덴의 설계에 라이트스톤이 관여했다는 정보도 있어. 그러한 것들이 모두 사실이라면 굳이 우주연합이 가진 인스턴트의 사용 권한 따위는 필요 없었을 텐데 말이야."

"인스턴트가 아니라 다른 게 필요했나 보지. 제작 설비라던가."

치프가 의견을 내놓자 로잘라는 모르겠다는 표정으로 고개를 저었다.

"아무튼 요르엘을 이용해서 오라클의 머릿속에 있는 명단을 안전하게 뽑아내는 기술도 라이트스톤에게 배웠어."

"명단은?"

"제대로 된 정보는 알타이르 계집들에게 줬지만 그 계집들은 내가 싫었나 봐. 내가 보는 앞에서 멀쩡한 정보가 들어 있는 메모리 스틱을 부수더군."

"하와이안 피자라도 선물하면서 건네주지 그랬어?"

하와이안 피자 얘기가 나오자 로젤라가 불쾌한 표정으로 혀를 찼다.

"쯧. 아무튼 추려낸 자료의 원본은 요르엘에게 있어. 이제 오라클의 머릿속에는 어른들이 심어놓은 자료가 아무것도 없어."

"그건 다행이군."

치프가 팔짱을 꼈다.

"UN 사령부에서 특별한 임무를 주진 않았고?"

"시간이 나면 우주연합의 함대들을 우주연합 수도에서 이끌어내라고 하더군."

"흠. 네가 이 꼴이 된 이상 내가 아주 큰 쇼를 해야 할 것 같은데?"

"그렇겠지. 치프, 너라면 가능할 거야."

"네 의견이야, 아니면 윗분들의 의견이야?"

"모두의 의견이야."

"……."

"그러니까 영웅 노릇은 적당히 했어야지."

로젤라가 가볍게 그를 꾸짖었다.

"바그타리온 작전의 최종 목표는 우주연합이 독점하고 있던 게이트의 권한을 빼앗는 거야, 치프."

"다들 너무 성급하군. 일이 그렇게 술술 잘 풀리면 얼마나 좋을까?"

치프는 팔짱을 끼며 고민했다.

로젤라는 그를 한참 바라보다가 이윽고 말했다.

"이젠 내가 질문해도 돼?"

"응, 얘기해."

치프가 고개를 끄덕거렸다.

"치프. 혹시 말인데, 정말 재밌는 싸움을 하고 싶어서 느긋하게 시간을 보내는 건 아니겠지?"

"오해하지 마."

치프가 인상을 썼다.

"오해라고? 난 너한테 질렸어, 치프."

"듣던 중 반가운 소리군."

"흥. 실버로드를 이리저리 놀려먹는 네 모습은 정말 즐거워 보였어. 네 즐거움은 내 즐거움이잖아? 그래서 처음에는 건드릴 생각이 없었어."

"우리가 즐거움을 공유하는 관계일 줄은 몰랐군."

"안심해. 나만의 즐거움일 뿐이야."

로젤라가 쓸쓸히 웃었다.

"네가 데스디아 브라토레를 옆에 끼고 돌아다니지 않았다면 오라클만 빼돌리고 끝났을 거야."

"……."

"그 계집이 너에게 영향을 끼치고 있어. 사만다가 널 마음씨 좋은 아저씨쯤으로 만들어 버렸다면 그 계집은 널 인간으로 만들기 위해 몸부림을 치고 있지. 그래서 그 계집을 지워 버리려고 했어."

"그러셨군."

"하지만 데스디아 브라토레는 너무 강력했지. 주변인들의 목숨을 빼앗지 않고 그 계집을 죽일 방도가 떠오르지 않았어. 차라리 알타이르 행성인들을 멸종시키는 게 빠를 것 같았지."

"그래서 오크들을 알타이르 행성으로 쏟아부을 생각을

했나?"

"같은 말을 또 하게 만드는군. 외계인들의 생사 여부 따위에 왜 그리 신경을 써?"

"흠……."

치프가 자신의 턱을 만지작거렸다.

"나도 같은 말을 또 해서 미안한데, 역시 너와 뎃디는 좋은 친구가 될 거야."

"그 역겨운 아이디어의 근거가 뭔지 궁금하군."

"흠. 20분 뒤에 냉동이 되도록 설정했으니 잘 생각해 봐, 로젤라. 다시 눈을 떴을 때, 넌 어쩔 수 없이 뎃디와 손을 잡아야만 할 거야."

"나가 그 계집과 부둥켜안고 뽀뽀라도 해야 속이 시원할 것 같은 표정이군."

로젤라가 적대감을 듬뿍 실어 자신을 노려보자 치프는 고개를 저었다.

"로젤라. 나에게 무슨 일이 생기면 뒤를 부탁해. 대원들도, 알타이르 사람들도, 그리고 회사 직원들도 말이야."

"…뭐?"

로젤라가 당황했다. 생전 처음 듣는 당부였기 때문이다.

"가치관 문제를 떠나서… 사실 너만큼 믿음직한 군인은 없거든. 뒤처리만큼은 나보다 나을지도 모르지."

치프는 로젤라가 지켜보는 가운데 냉동 수면 장치의 타이머를 세팅했다.

"그럼 푹 쉬라고, 로젤라."

"일이 생기다니, 무슨 소리야! 제대로 대답해, 이 미친놈아!"

대답없이 냉동 수면실의 불을 끈 치프는 손을 흔들며 밖으로 나갔다.

"개자식!"

로젤라는 치프가 준 20분 동안 이 행성에서 일어났던 모든 일들과 그 동안 습득했던 정보들을 떠올리고 정리해 봤다.

그녀는 몰려오는 잠을 떨치며 고민해 봤지만 결국 결론을 내진 못했다.

*　　　*　　　*

회사 본관 앞에는 플라스틱으로 만들어진 대형 드럼통 수십 개가 놓여 있었다.

드럼통 안에는 검은색 액체가 가득 차 있었는데, 그 액체는 땅에서 막 뽑은 석유 원액이 아니라 정령 교감 차단제였다.

치프와 UNSMC 대원들에게 사로잡힌 알타이르 전사들은 옷을 모두 벗은 채 그 드럼통 안에 들어가 있었다.

데스디아는 그녀들 가운데에서 팀장이라 불렸던 전사에게 다가갔다.

"길을 잃고 헤매는 전사여. 기분은 어떠하오?"

"최악이로다. 워치프여."

팀장이 버둥거렸다.

"그 위대한 브라토레의 첫째 딸이 지구인의 손을 빌어 우리들을 붙잡을 줄은 몰랐군. 넌 브라토레 가문의 수치다!"

"그대들을 쓰러뜨린 것은 바로 나라오. 그리고 이들 모두는 나의 용맹한 전우이니 함부로 대하지 마시오."

"마치 지구인처럼 지껄이는군."

"흠. 그대들을 괴롭히고 있는 세뇌를 조만간 풀어드리리다. 반드시 고향으로 돌려보내 주겠소."

"고향? 세뇌? 부질없는 말을 하는군."

"무엇이 말이오?"

"우리가 태어난 고향은 분명 알타이르 행성이지만 마음이 깨어난 곳은 우주연합 수도다. 아르마다 님과 하이시리스 님의 말씀만이 우리의 마음을 달래주지."

"흠. 우주연합의 위선자들이 감히 알타이르의 손을 빌어 다른 이들을 위협할 줄은 몰랐구려."

"……."

팀장이 꽉 문 치아를 드러내며 으르렁거렸다.

본관에서 걸어 나와 데스디아 곁으로 걸어가던 치프는 문득 숙소 쪽을 봤다.

셀레스티아가 젝스와 파울라의 손을 잡고 그에게 다가오고 있었다.

"사장!"

치프를 본 젝스가 셀레스티아의 손을 놓은 뒤 그에게 달려갔다.

그녀는 쓰고 있던 모자가 벗겨질 정도로 강하게 치프를 껴안았다. 복부를 제대로 들이받힌 치프는 하마터면 토할 뻔했지만 가까스로 참아내며 젝스를 마주 안아주었다.

"이제 괜찮아? 아픈 곳은 없고?"

"지금 사용하는 육체는 괜찮아. 의심스러우면 내 냄새를 맡아봐."

치프는 젝스의 뜬금없는 제안에 대단히 당황했다. 옆에 있던 죠니와 셀레스티아, 파울라가 모두 경악할 정도였다.

"마음이 아직 아픈가 보구나."

"응? 듀베리아 출신 헌터들이 그랬어. 건강한 여자에게선 좋은 냄새가 난다고 말이야. 발 냄새라던가……."

"……."

"아니야?"

"하하. 사실과 많이 다른 것 같네. 내가 좀 알아볼게."

치프는 '그 새끼들을 당장 찾아내라'는 표정으로 죠니를 바라봤다.

치프 못지않게 놀랐던 죠니는 휴가차 빅시티로 떠난 켐리에게 급히 전화를 걸었다.

죠니가 단말기를 귀에 댄 채 본관 안으로 들어가는 한편, 치프는 젝스를 옆에 매단 채 데스디아에게 갔다.

"이 사람들, 좀 어때?"

"자신의 고향과 이름마저도 잊은 것 같군. 얼마나 강력한 세뇌를 걸었는지 상상조차 할 수 없어."

치프를 따라온 셀레스티아가 데스디아 옆에 조심스레 섰다.

"뎃디, 내가 도와줄까?"

"……."

짧은 침묵이 데스디아와 셀레스티아 사이에 흘렀다.

"셀리, 미안하지만 그 문제는 어머님께서 돌아오신 뒤에 얘기하자."

"아… 응. 그래."

치프는 어색해진 두 사람의 모습을 가만히 바라보다가 주머니에서 단말기를 빼들었다.

―셀리. 알타이르 전사들이 어떤 식으로 세뇌됐는지 알아봐줄 수 있겠어?

그의 문자메시지가 셀레스티아의 단말기로 전송됐다.

굳이 단말기를 들지 않고도 문자메시지의 내용을 알 수 있는 셀레스티아는 고개를 한번 끄덕인 뒤 알타이르 전사들을 세심히 살폈다.

셀레스티아가 알타이르 전사들의 상태를 살피는데 걸린 시간은 정말 짧았다. 다른 사람이 보기에는 그녀가 주변을 한번 돌아본 것처럼 보일 뿐이었다.

치프의 부탁대로 일을 한 셀레스티아는 조용히 파울라의 곁으로 돌아갔다.

데스디아는 그녀의 뒷모습이 매우 쓸쓸해 보였기에 마음이 아팠다.

'내가 너무 쌀쌀맞았나?'

데스디아는 셀레스티아의 도움을 그런 식으로 거절한 게 좀 후회됐지만 마음의 벽을 완전히 허물지는 못했다.

*   *   *

그날 저녁, 사장실에 드래곤들 전부를 모은 치프는 각설탕을 추가한 커피우유를 마시며 사장실의 유리벽 밖을 봤다.

데스디아는 드럼통에 들어가 있는 알타이르 전사들 사이에 앉아 명상에 잠겨 있었다.

1시간 전, 위스콘신이 내일 정오 무렵에 맞춰서 귀환한다는 소식을 전해 들었음에도 불구하고 그녀의 분위기는 고요하기 이를 데 없었다.

치프는 천천히 자기 자리에 앉았다.

"이제 얘기를 좀 해볼까?"

그는 우선 반달리온을 봤다.

"일단… 넌 여기 왜 있어? 집에 안 가?"

치프의 지적에 반달리온은 주변에 앉은 자들을 슥 둘러봤다.

"얘기할 것이 있으면 여기서 하자고 네놈이 제안하지 않나? 아무튼 난 다른 자들의 동의도 얻었다."

"동의한 사람이 누군데? 죄송하지만 손 좀 들어주시겠어요?"

치프가 살짝 짜증을 내자 셀레스티아와 루할트, 파울라가 손을 들었다. 알케온과 젝스는 가만히 팔짱을 끼고 있었다.

그들이 손을 내릴 무렵, 스낵바에 앉아 있던 누군가가 뒤늦게 손을 올렸다.

"저어, 아저씨."

"응?"

마지막에 손을 든 사람은 사만다였다.

"설마 너도 반달리온이 여기 있는 걸 찬성한 건 아니겠지?"

"아, 저는 제가 왜 여기에 껴 있는지 여쭙고 싶어서 손을 들었습니다."

사만다는 대단히 당황하고 있었다.

치프는 어깨를 으쓱했다.

"네가 4세대라고 다들 그러니까 어쩔 수 없지. 불쾌하더라도 좀 참아줘."

"예."

사만다가 슬그머니 손을 내렸다.

치프는 이 자리에 아르마게일, 그러니까 라이트스톤이 아닌 진짜 아르마게일이 없는 것을 다행으로 여겼다.

진짜 아르마게일은 현재 위스콘신을 타고 알타이르 행성으로 이동한 상태였다.

그의 목적은 치프와 실버로드가 싸웠던 현장의 감식이었다.

치프를 위한 새로운 데토네이터의 설계, 그리고 실버로드의 마지막 형태인 '환상체'를 이론적으로 정립하는 것이 그의 목적이었다.

아무튼 그가 없는 관계로 반달리온이 아르마게일을 만나서 충격을 받거나 의심을 품어 난동을 부릴 일도 없었다.

반달리온은 주머니에서 캐러멜을 꺼내 손가락으로 만지작거렸다. 포장지는 벗기지 않았다.

"이곳으로 오는 도중에 헬터스크와 연락을 해봤다."

"좋은 소식이라도 있었어?"

"녀석은 하이시리스가 자리를 비웠다는 사실을 모르더군. 수도의 청소가 마무리됐다는 사실에 기뻐할 뿐이었지."

반달리온이 한숨을 쉬었다.

"그리고 실버로드의 사망 소식을 전해 들었음에도 불구하고 대단치 않다는 반응을 보였어. 헬터스크가 분명 멍청하긴 하지만 그 정도로 냉랭한 성격은 아니었는데 말이야."

"…그래서, 어쩔 생각이지?"

치프가 묻자 반달리온은 잠깐 생각한 뒤 다시 입을 열었다.

"난 우주연합 수도로 갈 것이다."

그의 말에 셀레스티아와 루할트, 파울라가 상당히 놀랐다.

치프도 눈살을 찌푸렸다.

"뜬금없군. 지금 가면 죽을지도 모르는데?"

"네놈, 수도에 있는 추종자들이 몇 명인지 모르지?"

"전혀 모르지. 실버로드의 얼굴이 알려진 것도 불과 얼마 전의 일이라고."

"그렇겠지."

반달리온은 공깃돌을 갖고 놀듯 손등으로 캐러멜을 통통 튕기며 다시 생각에 잠겼다.

"엠페라투스 님의 추종자들은 모두 서른일곱 명이다. 실버로드가 죽었으니 이젠 서른여섯 명이군."

"생각보다 적은데?"

치프가 의외라는 표정으로 말했다.

"대살육, 그리고 엠페라투스 님과 운캄타르의 결전 사건을 모두 거치고 지금까지 살아남은 자들은 겨우 그 정도다."

반달리온이 손목을 강하게 움직였다.

그 힘에 사장실 천장까지 떠오른 캐러멜이 반달리온의 손바닥 위에 톡 떨어졌다.

"난 수도로 가서 그들을 만날 것이다. 내 생사 여부는 포프 베르자르에게 준 팔찌로 확인하면 될 거야."

"정말 죽는 걸 각오했군."

걱정이 조금 섞인 치프의 말에 반달리온은 고개를 저었다.

"너무 부정적이군. 수도에 있는 추종자들 모두가 하이시리스에게 당했다는 보장은 없어. 아니면 낮에 네놈이 얘기한 대로 나 역시 세뇌를 당한 상태라 무사히 넘어갈지도 몰라."

"......"

치프는 말 대신 표정으로 반달리온의 긍정적인 말을 부정했다.

"세뇌를 당한 상태라… 흠. 혹시 나에게 부탁할 거 없나?"

치프가 물었다.

부탁이라는 말에, 반달리온은 캐러멜의 포장을 벗기지 않고 주머니에 다시 넣었다.

"우리 2세대는 세뇌에 대해 강렬한 공포와 거부감을 갖고 있지. 의지를 빼앗긴 채 동포를, 그리고 가족을 죽이는 것은 정말 끔찍한 일이야. 죽은 자들은… 뭐, 죽었으니 생각할 겨를조차 없겠지만 살아남은 자들의 영혼에는 결코 잊지 못할 불쾌감과 혐오감이 새겨지지."

반달리온의 말에 셀레스티아가 움찔했다.

"A—1730. 네놈도 조금은 이해하겠지? UNSMC 대원들에게는 오메가 스쿼드 프로그램이라는 것이 깔려 있었다고 하던데 말이야. 그것이 작동하면 네놈들은 지시에 따라 목표를 처리하는 기계가 된다고 들었어."

치프는 대수롭지 않다는 듯 고개를 옆으로 까딱 움직였다. 셀레스티아가 괜히 신경 쓸 것 같아서 일부러 그런 것이었다.

"웃기는군. 네놈은 억울하지도 않나? 네 친구들이 왕녀에게 조종했단 말이다!"

결국 반달리온이 직격탄을 날렸다.

"사과받았으니 괜찮아."

"괜찮다고? 그래, 그렇겠지. 날개 달린 자들이 어떻게 되든 네놈은 상관없겠지!"

반달리온이 자리에서 일어나서는 치프의 책상 앞으로 걸어갔다.

"내가 저번에 말했지? 네놈이 신경 쓰는 건 엠페라투스 님과의 결전뿐이야! 그리고 그 결전이 아까워서 뒤로 미루고 있어! 그건 엠페라투스 님도 마찬가지야!"

"……"

"행성 냉각 장치든, 오크들이든, 라이트스톤이든! 심지어는 하이시리스든! 그분께서는 그 모든 것을 단독으로 밀어버리실 수 있는데도 거들떠보시지도 않아! 그분조차도 네놈과의 싸움에 대한 기대감 때문에 나태해지시고 있단 말이다!"

얼마 전, 치프는 반달리온에게 실버로드의 처분에 대한 부탁을 받은 적이 있었다.

당시 감정이 격해진 반달리온은 지금과 비슷한 이야기를 쏟아냈고, 그때 화가 치민 치프는 살기를 드러내기까지 했다.

그때와 달리 피곤한 표정을 지은 치프는 머리를 긁적이며 반달리온과 시선을 맞췄다.

"너야말로 자신이 이 행성에 왜 왔는지 잊은 것 같은데? 난 네가 내 친구한테 수류탄을 던지면서 데뷔한 걸 똑똑히 기억하고 있어."

"뭐라고? 나는……!"

"그래, 달라졌다고? 그러시겠지. 셀리도 계기가 있으면 새로 태어난 듯이 달라질 거야. 너처럼 말이지."

"……"

반달리온을 바라보는 치프의 눈동자에 살기가 올라왔다.

"너, 갑자기 좋은 놈이라도 된 것처럼 행동하는 이유가 뭐야?"

치프의 지적에 반달리온의 표정이 갑자기 굳어졌다.

반달리온의 모습을 안타깝게 바라보던 루할트와 파울라는 치프의 말을 듣고 자못 당황했다.

의자에서 일어난 치프는 선 채로 굳어진 반달리온의 곁으로 다가가 그의 어깨에 손을 얹었다.

"반달리온. 넌 특정 상황이 닥치면 성격이 바뀌는 경우가 있어. 그중에 하나가 바로 부탁이야."

"부탁이라니?"

"제대로 된 키워드가 뭔지는 잘 모르겠지만, 넌 남에게 부탁을 하고픈 마음을 갖거나 상대에게 빚이 있다고 인식하면 꽤 들뜨는 경향이 있지. 내 앞에서 포프에게 뜬금없이 팔찌를 만들어줄 때 특히 그랬어. 난 굉장히 놀랐지. 저 친구 별명이 미치광이 맞아? 내가 병원에서 본 놈이 맞나? 이러면서 말이야."

"……"

"지금도 그래. 난 부탁할 것 없냐고 질문한 것뿐인데 저번에

했던 얘기를 또 해버리는군."

반달리온은 퀭한 눈으로 자신의 발끝을 내려다봤다.

"난… 대체 뭐지? 난 정말로 세뇌된 것인가?"

"글쎄? 아무튼 그 상태로 우주연합 수도로 돌아가는 건 그다지 추천하고 싶지 않네. 집에 가서 쉬던가, 아니면 엠페라투스에게 상담이라도 받아봐. 아무튼 지금은 우리 회사에서 나가줬으면 좋겠어. 제 정신이 아닌 놈들을 상대하는 건 이제 질리니까."

치프가 반달리온의 어깨를 툭툭 두드렸다.

주머니에서 다급히 캐러멜을 꺼내 입에 넣은 반달리온은 그 자리에 있는 모두를 돌아보며 입을 우물거렸다.

캐러멜의 포장지가 그의 발밑에 떨어져 나풀거렸다.

안색이 파랗게 된 그에게 파울라가 다가갔다.

"반달리온, 괜찮소?"

손을 들어 그녀가 다가오는 것을 제지한 반달리온은 넋이 나간 표정으로 사장실을 나가려 했다.

그러다가 멈추더니 루할트를 봤다.

"여, 영주여. 내가 알려준 좌표로 가주게. 내가 행성 곳곳을 수색하여 모아둔 3세대의 젊은이들이 그곳에 있네. …그래, 분명 있을 거야."

"……"

루할트는 말없이 고개만 끄덕였다.

반달리온은 도망치듯 사장실을 나갔다.

이윽고, 본관 밖에서 본래의 모습으로 돌아온 반달리온이 허겁지겁 날개를 펄럭이며 밤하늘을 향해 사라졌다.

셀레스티아와 루할트, 파울라는 방금 자신들이 본 모든 것이 믿기지 않아 가만히 있었다.

반면 처음부터 반달리온을 적대했고 오늘도 마찬가지였던 젝스와 알케온은 코웃음조차 치지 않았다.

치프는 스낵바의 냉장고에서 탄산음료 하나를 꺼내 뚜껑을 열었다.

"치프."

셀레스티아가 그를 불렀다.

"응?"

"반달리온은… 정말 세뇌를 당한 거야? 밖에 있는 알타이르 전사들과는 다르게 신에게 당한 흔적은 보이지 않았는데?"

"그냥 수도로 보내기 싫어서 트집을 잡아본 거야."

치프는 손에 든 체리맛 음료를 한 모금 마셨다.

"하지만 반달리온 본인의 반응이 예사롭진 않네. 저러면 좀 위험해."

"위험하다니? 너무 확정적으로 얘기하는 건 실례가 아닌가?"

반달리온의 창백한 얼굴이 아직 눈에 선한 파울라가 큰 목소리로 항의했다.

"우리도 위험하지만 반달리온 본인이 더 위험했어요. 우주연합 수도에 가겠다고 배짱을 부리는 걸 그냥 내버려 두라고요?"

치프는 자신이 왜 반달리온까지 신경 써야 하느냐며 되묻고 싶었지만 가까스로 그 말을 참아냈다.

그때 루할트가 파울라 앞에 섰다.

"장로님. 그를 신뢰하는 것은 경솔한 행동입니다."

"루할트?"

파울라가 자못 놀랐다.

"치프의 말대로, 반달리온은 우리에게 있어서 해로운 목적을 가지고 이곳에 온 자입니다. 그러니 저에게 맡겨주십시오. 그의 진심과 그가 수습했다는 3세대들의 상황을 제가 직접 확인해 보겠습니다. 왕녀 전하, 이번 일은 소신과 모래폭풍의 날개 기사단에게 맡겨주십시오."

루할트가 셀레스티아 쪽으로 자신의 금발머리를 숙였다.

셀레스티아는 유일하게 기사단을 거느리고 있는 영주, 루할트를 바라봤다.

그는 다른 종족에 대해 조사를 하겠다는 명목으로 레투가의 도움을 받아 '회사'를 차렸다.

그의 회사, 하인케스 무역통상은 단기간에 큰 성공을 거두어 우주적 무기회사로 이름을 떨쳤다.

우주연합에서는 로비에서 비롯된 세무조사를 통해 하인케스 무역통상을 철저히 감시했으나 실효를 거둔 적은 없었다.

회사 내부에서도 거듭되는 세무조사로부터 자신들이 왜 무사할 수 있었는지 이해를 못 했는데, 루할트는 그 모든 것을 총괄하여 방어할 수 있을 만큼 영리한 존재였다.

그는 최근까지도 우주에서 가장 놀라운 속도로 성공을 거둔 리더로서 명성이 자자했다.

그러나 젝스가 해적들에게 상처 입고 괴로워하는 모습을 본 이후 사장의 자리에서 내려오고 회사의 매각까지 부탁한 뒤 젝스와 셀레스티아의 곁으로 자리를 옮겼다.

셀레스티아와 파울라는 그를 절대적으로 신뢰했다. 말을 하지 않았을 뿐, 알케온은 그를 친구 이상의 존재로서 존경했다.

반달리온마저도 그를 장래성이 있는 젊은이로서 인정하고 있었다.

그런 그가 출사표를 던진 것이다.

루할트는 이 일을 성공시킨다면 3세대의 잔존 세력은 물론 그들을 이끄는 반달리온까지 셀레스티아의 아래로 데려올 수 있다고 확신했다.

셀레스티아는 그의 결심과 각오를 받아들이지 않을 수 없었다.

"…알겠습니다, 루할트 경. 모래폭풍의 날개 기사단을 이끌어 반달리온의 진의를 확인……."

"잠깐!"

치프가 셀레스티아의 말을 가로막았다.

루할트가 깜짝 놀라 고개를 들었다.

"무슨 짓인가?"

"닥치고 따라와!"

치프는 다짜고짜 루할트의 팔을 잡아당겼다.

루할트는 저항했다.

"얘기라니, 무슨……! 왕녀 전하 앞일세!"

루할트는 끌려 나가지 않기 위해 몸을 비틀었다.

그러나 치프는 힘을 다해 그를 끌고 나갔다.

"됐으니까 밖으로 나오라고!"

"이런, 제길!"

치프가 힘으로 루할트를 끌어내는 것은 사실 불가능했다. 체중은 비슷했지만 근력의 격차가 너무 컸다.

하지만 루할트는 거친 말을 내뱉으며 치프와 함께 사장실 밖으로 나갔다.

사장실에 남겨진 셀레스티아와 파울라는 서로를 향해 어리둥절한 표정을 지었다.

반면 젝스는 아랫입술을 깨물었다. 알케온 역시 불쾌한 표정으로 팔짱을 낀 채 꼼짝도 하지 않았다.

루할트를 끌고 옥상으로 올라간 치프는 말하기에 앞서 음료를 들이켰다.

본관 옥상에서 주변을 감시 중이던 UNSMC 저격수 팀이 움찔하여 그들을 돌아봤다.

"원사님?"

"아, 미안. 못 들은 척하고 임무 계속해."

"알겠습니다, 원사님."

저격수들과 그들의 파트너들이 각자에게 주어진 방향으로 고개를 돌렸다.

"잘 들어, 친구. 반달리온은 포기해."

"무슨 소린가, 치프? 자네 때문에 반달리온이 흔들리고 있네! 만약 반달리온을 설득할 수 없는 상황이라면 그가 데리고 있는 동족들을 우리 곁으로 데려올 수 있는 기회일지도 모른다네!"

"그렇군. 그러면 오해하지 말고 들어."

치프가 루할트의 눈을 똑바로 바라봤다.

"아까 봤지? 놈은 위험한 방향으로 흔들렸어. 자기 자신에 대한 확신이 없는 녀석이라고."

"그건……."

"놈이 그런 상태인데, 놈이 보호하고 있다는 3세대들이 제정신이라는 보장이 있을까?"

"……."

루할트는 납득할 수 없다는 표정을 지으며 입을 다물었다.

치프가 다시 말했다.

"반달리온은 어느 시점 이후로 성격이 조금 바뀌었어. 그 시점이 언제인지 알아? 우리들이 빅시티에서 신을 잡았을 때야. 그 사건 이전의 반달리온과 이후의 반달리온은 뭔가 달라."

"…너무 과민하게 반응하는 거 아닌가?"

루할트는 치프의 설득을 얼른 받아들이지 않으면서도, 한편으로는 치프가 말한 시점을 전후한 반달리온의 모습을 비교해 봤다.

병원에서 처음 만났을 때의 반달리온과 빅시티에서 신을 제거한 이후의 반달리온은 분명 차이가 있었다. 그가 포프의 문제에 민감한 반응을 보이는 것도 신과의 사건 이후의 일이었다.

하지만 루할트는 최근 반달리온과 함께 행동하고 이런저런 이야기를 나누며 새롭게 발견한 그의 모습들을 냉혹하게 무시할 수가 없었다.

"그래, 네 말대로 내가 이상할 수도 있겠지!"

치프가 루할트의 말을 반쯤 인정했다.

"하지만 진 플레커의 경우를 생각해 봐! 그 여자는 생각보다

하찮은 이유로 포프를 노렸어! 그랜드 마스터의 경우는 어때? 그쪽은 아예 웃기지도 않는다고!"

치프의 목소리가 점점 커졌다.

"논리적으로 맛이 간 놈들이 세상에 몇이나 될 것 같아? 내가 만난 미치광이들 가운데 앞뒤가 맞는 스토리를 가진 놈들은 한 명도 없었어! 정말 뭔가 그럴싸했으면 그놈들이 미치광이라고 공인되지도 않았겠지!"

"반달리온 역시 미치광이에 불과하다는 건가?"

루할트가 물었다.

"맞아!"

치프가 단호하게 외쳤다.

그는 남은 탄산음료를 모두 마신 뒤 병을 내려놓았다.

"젠장, 다음엔 스포츠음료를 갖고 올라와야겠군. 거품이 목구멍까지 올라오고 있어."

"진정하게, 치프. 내 말을 들어주게."

루할트가 낮은 목소리로 그에게 말했다.

"그래, 자네가 말한 시점을 기준으로 반달리온에게 변화가 있었음은 인정하지."

"음."

치프는 거품 때문에 불편한 목을 잡은 채 고개를 위아래로 움직였다.

"반달리온이 그날 이후로 우리에 대한 적대적 행동을 멈춘 것은 단순히 계획의 일부일지도 몰라. 그의 계획이든, 아니면 그를 이용한 누군가의 계획이든 말일세. 자네라면 분명 계획이라고 생각하겠지."

"뭐, 그렇지."

치프는 루할트의 억양에 맞춰 조용히 대답했다.

루할트의 이야기가 계속됐다.

"반달리온이 해적들의 본거지를 소탕할 때 우리와 함께 가 준 것은 파괴본능을 해소하기 위한 가식이라고 치세. 그런데 그가 포프를 구한 것은 어떻게 설명할 건가? 장로님을 구하려고 한 것은? 그는 그 과정에서 실버로드에게 죽을 뻔했어."

루할트의 주장에도 불구하고 치프는 시큰둥한 표정이었다.

"녀석을 정말 믿나?"

"자네도 엠페라투스에게 도움을 받지 않았나?"

"그래, 그랬지. 심지어 녀석과 마주앉아서 스테이크를 먹기도 했어. 하지만 녀석을 믿진 않아."

그렇게 대답하는 치프의 모습에서, 루할트는 조금 전에 반달리온이 했던 이야기를 떠올렸다.

"그렇다면 어째서 엠페라투스와 결판을 내지 않는 건가?"

루할트의 질문은 우발적인 것이었다.

"반달리온과 똑같은 질문을 하는군. 너도 내가 재미를 위해서 판을 불리고 있다고 생각해?"

"궁금해서 말일세."

"그럼 그에 관해서 나도 좀 물어볼게, 루할트. 정말 궁금해서 말이야."

"말하게."

치프와 루할트가 서로를 똑바로 마주봤다.

UNSMC 저격수들은 그들의 이야기를 모두 듣고 있으면서도 자신들에게 맡겨진 구역으로부터 눈을 떼지 않았다. 실로 놀라운 집중력이었다.

"내가 지금 당장 엠페라투스를 이길 확률은 몇 퍼센트지?"

"……."

"혹시 100%가 아니라면, 부족한 확률을 채우기 위해서 대체 몇 명을 희생시켜야 하지? 나 혼자 죽으면 되나? 아니면 UNSMC 대원과 뎃디까지 죽으면 될까? 너도 희생하면 어때? 계산이 서면 얘기해 줘. 내가 가진 승리의 도가니 속으로 그 사람들을 다 갈아 넣을 테니까."

루할트가 옆으로 시선을 돌렸다. 정확히는 치프의 눈을 피한 것이었다.

"이제 됐지? 내가 녀석에게 싸움을 걸지 못하는 이유가 그거야. 이상한 쪽으로 넘겨짚지 말아줘."

"알겠네."

루할트는 한숨을 쉬어 마음을 진정시켰다.

"반달리온을 믿을 이유가 없다는 것은 인정하겠네, 치프."

루할트가 자신의 단말기를 꺼냈다.

"하지만 반달리온이 알려준 좌표의 장소만큼은 확인하고 싶군."

그는 지도를 열어 치프에게 보여주었다. 반달리온이 루할트의 단말기에 직접 표시해 준 장소가 좌표의 숫자와 함께 반짝반짝 빛났다.

"끈질기네."

치프는 어떻게 해야 루할트의 고집을 꺾을지 고민했다.

마치 그때를 노린 듯, 알케온이 옥상의 문을 열고 나타났다.

"표정들을 보니 결론을 내지 못한 것 같군. 시간 낭비는 적당히 해주게."

알케온이 둘을 가볍게 질책했다.

"루할트의 고집은 알아줘야지."

치프가 쓴웃음을 지었다.

알케온은 이해한다는 투로 고개를 끄덕거렸다.

"루할트. 충고하지."

"충고?"

"기사단의 주인은 왕녀 전하일세. 그분께서 자네에게 맡기신 기사단을 사적으로 사용할 생각은 말게."

"사적으로 사용할 생각은 없네, 알케온."

"만약 이것이 엠페라투스가 쳐놓은 함정이라면 자네만이 기사단까지 몰살될 수도 있네. 자네도 알다시피 모래폭풍 날개의 기사단은 우리에게 남겨진 유일한 군대야. 따라서 자네와 기사단이 떠나도록 놔둘 수는 없네."

알케온이 따지자 루할트의 미간에 주름이 졌다.

"자네마저 나를 막겠다는 건가?"

"생존 확률을 높이려면 엠페라투스의 힘을 경험한 자가 가야겠지. 내가 자네와 함께 가겠네. 그리하면 적어도 자네만큼은 살아 돌아올 수 있겠지."

알케온은 핀을 여러 개 꽂아 고정시킨 자신의 옆머리를 만지며 말했다.

"친구여……!"

알케온의 말에 감동한 루할트는 울 것 같은 표정을 지었다.

치프는 말없이 둘의 모습을 지켜봤다.

'이것들이…….'

그냥 말만 하지 않았을 뿐, 치프의 속은 불타 녹아내리고 있었다.

그때까지도 자세와 시선을 유지하던 저격수들이 순간 움찔했다.

데스디아가 턱걸이를 하듯 옥상 외벽에 매달린 채 치프와 루할트, 알케온의 모습을 지켜보고 있었기 때문이다.

"부사장님?"

저격수 중 한 명이 그녀를 부르자 치프가 깜짝 놀랐다.

치프와 시선을 마주한 데스디아는 본관 앞에 있는 알타이르 전사들을 한번 살핀 뒤 옥상 위로 뛰어 올라갔다.

"다들 죽고 싶어서 환장한 것 같으니 그냥 보내주는 게 어때?"

그녀가 차갑게 말을 던졌다.

"…그냥 날 도와서 이 친구들을 말려주면 안 될까?"

치프는 제발 도와달라는 표정으로 그녀에게 말했다.

"당신은 가끔 우리 어머니보다 더 유난을 떠는 거 같아."

"……."

치프는 정색했으나 그녀의 말에 동감한 UNSMC 저격수들은 웃음을 참기 위해 필사적으로 노력했다.

데스디아가 굳게 팔짱을 꼈다.

"목숨이 날아갈 수도 있는 상황이니 당신이 걱정하는 것도 이해는 해. 하지만 지금 저들을 믿지 못하면 앞으로도 믿지 못하게 될 거야."

"음……."

"그냥 정리해고 했다고 치고 기다려 봐. 돌아오지 못하면 딱 그 정도의 존재란 뜻이겠지. 당신이 손해 볼 건 없어. 이번 일이 끝나면 다시 만날 사이도 아니고."

쌀쌀맞게 내뱉은 데스디아는 시가를 물고 시원하게 불을 붙였다.

"하아……."

결국 치프는 멋대로 하라는 듯 손을 휘저었다.

조금 뒤, 본래의 모습으로 돌아온 루할트와 알케온이 나란히 날개를 펴고 회사를 떠났다.

"불의 길을 열겠네, 친구."

날개를 곧게 고정한 알케온의 몸 곳곳에서 플라즈마 불꽃이 일어났다.

그가 위치한 밤하늘이 노을처럼 붉게 빛을 냈다.

"부탁하네."

루할트가 집중하자 그의 두 눈이 붉게 빛을 냈다.

이윽고, 하늘에 불의 길이 열렸다.

두 영주는 날개를 바짝 접고 그 안으로 돌입했다.

＊　　　　＊　　　　＊

보라색의 거대한 드래곤, 엠페라투스는 자신의 발 앞에 쓰러진 잿빛의 드래곤을 내려다봤다.

"후후. 기분이 어떤가? 반달리온이여."

온몸이 짓뭉개진 반달리온은 그의 목소리에 가까스로 눈을 뜨고 엠페라투스를 올려다봤다.

"엠페라투스 님… 어째서……?"

"후후."

엠페라투스의 코와 입에서 뜨거운 김이 흘러나왔다.

라이트스톤에 의해 차가워진 그라니트 행성의 기온이 그의 입김을 공격적으로 부풀리고 있었다.

달빛을 머금은 그 하얀 김이 사라질 즈음, 엠페라투스의 목소리가 발성기관에서 울려 나왔다.

"어째서라니? 그저 자네가 멍청했던 것뿐일세."

"…3세대들은… 어찌됐습니까?"

그가 묻자 엠페라투스는 주변을 둘러봤다.

"그들은… 음?"

엠페라투스가 말을 멈추고 하늘을 봤다.

밤하늘에 찬란히 피어오른 거대한 불꽃이 고리 모양으로 바뀌었다. 그것은 알케온이 만들어낸 불의 길이었다.

루할트와 알케온이 플라즈마 불꽃을 헤치며 튀어나와 하늘을 날았다.

엠페라투스가 그들을 보며 미소를 지었다.

"후, 애송이들이 왔군."

회사를 나올 때부터 각오를 다지고 있던 둘은 엠페라투스가 흘리는 강력한 기운에 즉각 반응하여 땅을 내려다봤다.

둘은 엠페라투스와 그의 앞에 쓰러진 반달리온의 모습을 확인하자마자 날카로운 이빨을 드러내며 으르렁거렸다.

"엠페라투스! 죄악의 선조여!"

고성을 지른 루할트가 입을 벌리고 드래곤 브레스를 토했다.

그의 시퍼런 열핵 방사능 브레스가 검은색의 회오리바람을 휘감은 채 엠페라투스 쪽으로 날아갔다.

"젊은 것들은 이래서 좋아."

엠페라투스가 웃는 순간 루할트의 브레스가 휘청거렸다.

브레스의 빛줄기는 하늘의 별자리를 잇듯 이리저리 꺾이더니 하늘 저편으로 튕겨 나갔다.

"우오오오오!"

널브러진 반달리온의 모습에 격분한 루할트는 쉬지 않고 브레스들을 계속 뿜어냈다.

그러나 브레스들은 엠페라투스에게 닿지도 못하고 꺾여 사라지거나 하늘로 솟구쳤다.

루할트를 도와 엠페라투스를 공격하려 했던 알케온은 문득 입안에 모으고 있던 브레스를 거뒀다.

'이상해.'

그는 엠페라투스와 처음 만났을 때를 떠올렸다.

'그때는 비늘의 단단함으로 우리의 공격을 막아냈지만 지금은 주변에 적용되는 물리법칙을 일그러뜨려서 공격의 방향을 바꾸고 있어. 격이 완전히 다른 힘이야.'

알케온의 시선이 반달리온 쪽으로 향했다.

'그런데 왜 지면을 향해 튕겨내지 않는 거지? 혹시 반달리온

을 신경 쓰는 건가?'

하지만 그의 기대와 달리 엠페라투스는 앞발로 반달리온의 머리를 밟아 발성기관을 망가뜨렸다.

"이러면 더 재밌어질 것이다, 반달리온."

엠페라투스는 자신에게 쏟아지는 루할트의 브레스들을 사방으로 튕겨내며 껄껄 웃었다.

'저 저주받은 존재가 그럴 리 없지!'

자신을 책망한 알케온은 눈을 질끈 감았다 떴다.

엠페라투스의 거체가 그 틈에 그의 시야에서 사라졌다.

알케온은 경악했다. 공격을 준비하던 루할트도 마찬가지로 놀랐다.

어느새 알케온의 위쪽으로 이동한 엠페라투스가 알케온을 향하여 꼬리를 휘둘렀다.

"으윽!"

신음을 터뜨린 알케온의 몸이 일순간 플라즈마 불꽃에 휘감겼다.

엠페라투스의 철퇴와 같은 꼬리는 그 불꽃의 포스필드를 간단히 깨부쉈다. 대신 알케온은 공격을 완전히 피할 수 있는 찰나의 순간을 얻을 수 있었다.

엠페라투스로부터 거리를 벌린 알케온은 공격을 피한 것에 만족하지 않았다.

그는 몸 주변에 작은 플라즈마 불덩어리들을 무수히 만들어 엠페라투스를 향해 뿌렸다.

하늘에 뿌려진 불덩어리들은 이내 식인 물고기들처럼 엠페라투스를 노리고 날아갔다.

한 개의 불덩어리가 가진 위력은 치프가 지구에서 가져온 중형 공대지 미사일 한 발보다 강력했다.

하지만 그 정도로는 엠페라투스의 비늘을 뚫을 수가 없었다.

몸으로 불덩어리들을 들이받아 없애 버린 엠페라투스는 두 눈에서 검은색의 기운을 강렬하게 내뿜었다.

"애송이들!"

엠페라투스가 하늘을 찢을 기세로 외쳤다.

반격할 수단을 준비하던 루할트와 알케온이 갑자기 땅에 처박혔다.

몸에 급속으로 가해진 중력으로 인해 꼼짝도 못하게 된 두 영주는 자신들 사이에 사뿐히 내려와 앉는 엠페라투스를 노려봤다.

엠페라투스는 그들의 눈빛이 마음에 든 듯 만족스럽게 웃었다.

"네놈들, 죽음이 두렵지 않은가? 처음 만났을 때와는 다르군. 그때는 겁에 질려서 오직 나만을 바라봤지만 지금은 그렇지 않구나. 어떻게든 머리를 굴려보려고 노력하는 모습이 기특해. 정말 많이들 성장했어."

"입에 발린 소리는 집어치워라!"

루할트가 소리쳤다.

"어째서 반달리온을 공격했나!"

그가 묻자 엠페라투스의 표정이 싸늘하게 식었다.

"영주 루할트여. 기껏 한다는 소리가 그건가? 실망스럽군."

"대답해라! 그는 네놈을 존경했어!"

"존경이라… 후후."

엠페라투스가 씁쓸히 웃었다.

"반달리온이 내 앞에서 숙명이라는 말을 입에 담은 적이 있지."

쓰러진 채 그들의 이야기를 듣고 있던 반달리온은 그것에 언제였는지 떠올려 봤다.

'A—1730이 신과 싸울 때였지. 기억하고 계셨군.'

엠페라투스는 루할트에게 다가가서는 그의 목을 물었다.

"그만둬!"

알케온이 푸른색으로 눈을 빛내며 온몸을 불태웠다. 그러나 그의 불꽃은 엠페라투스의 눈에서 뿜어진 어둠에 끌려들어가 허무하게 사라졌다.

뭐하는 짓이냐고 문득 알케온을 노려본 엠페라투스는 물어서 올린 루할트를 알케온 곁으로 집어던졌다.

"어른의 말은 끝까지 들어라. 흠. 내 입에서 애송이의 냄새가 나는군."

엠페라투스가 혀를 내밀어 입가를 훑었다.

"그래, 숙명. 있지도 않은 개념에 취하여 기뻐하는 반달리온의 꼴은 그야말로 폭거였다. 감히 나와 치프 앞에서 숙명을 꺼내다니 말이야. 너무 어이가 없어서 오히려 재밌었어. 불쌍하기도 했고 말이다."

"……."

"애송이 영주들이여. 이제 네놈들에게 물으마. 운캄타르가 나와 싸울 때 제조하여 사용했던 무장이 무엇인지 아느냐?"

루할트와 알케온은 대체 무슨 소리를 하는 것이냐는 얼굴로 엠페라투스를 응시했다.

"무엇을 그리 어렵게 생각하는가? 무장제조 능력의 기본을 모르는가? 구조는 물론 작동 이론까지 이해해야만 하나의 무장을 만들고 그것을 자유자재로 다룰 수 있다. 그런 면에서 치프가 사용하는 무장제조 능력은 정말 비효율적이지. 수고에 비해 위력이 약해. 운캄타르가 사용한 것들에 비하자면 말이야."

반달리온은 희미한 의식을 추스르며 운캄타르와 엠페라투스의 싸움을 떠올렸다.

'확실히… 그때 운캄타르가 사용한 무장은 강력했지. 고향의 지각을 찢어발길 정도였으니까.'

반달리온의 입에서 피가 왈칵 쏟아졌다.

그는 멀리 떨어져 있는 루할트와 알케온에게 뭔가 이야기하고 싶었지만 거리도 멀고 발성기관이 망가진 터라 그럴 수가 없었다.

"그렇다면 답해주시오. 성왕 폐하께서 사용하신 무장은 무엇이오?"

질문한 자는 알케온이었다.

루할트는 자신처럼 마냥 분노할 줄만 알았던 알케온이 제법 냉정하게 탐구심을 발휘하는 모습을 보고 자못 놀랐다.

"힌트라는 걸 주마."

엠페라투스의 눈에서 피어오르던 어둠이 사라졌다.

그 어둠을 대신한 것은 백금색의 빛이었다.

루할트와 알케온은 셀레스티아와 동일한 느낌의 빛을 눈에서 발산하는 엠페라투스의 모습을 보고 자신들의 눈을 의심하지 않을 수 없었다.

사방에서 피어오른 붉은색의 입자들이 엠페라투스의 곁으로 모여들었다.

그 빛은 차근차근 형태를 갖췄다.

젊은 영주들의 눈에 가장 먼저 들어온 것은 한 쌍의 날개였다.

'날개 달린 자인가?'

루할트는 목을 들었다. 그는 그제야 자신들에게 가해지던 중력이 사라졌음을 깨달았다.

두 영주가 다시 일어나는 가운데, 드래곤의 형태로 완성된 빛이 이윽고 무게감마저 갖췄다.

영주들은 엠페라투스 곁에 나타난 붉은색 드래곤의 구체적인 모습을 보고 호흡조차 멈췄다.

그 드래곤이 파울라와 닮아도 너무 닮았기 때문이다.

'장로님······? 아냐, 두상과 외골격의 형태는 비슷하지만 덩치가 너무 달라.'

루할트는 바보처럼 벌리고 있던 입을 다물었다.

엠페라투스와 처음 만났을 때 만큼의 긴장감이 그의 거대한 육체를 전율시키고 있었다.

역시나 가볍게 몸을 떨고 있는 알케온은 눈을 부릅뜨고 그 드래곤의 모습을 자세히 살폈다.

'엠페라투스와 성왕 폐하를 제외하고, 우리가 지금까지 만났

던 그 어떤 동족보다 크군. 외골격의 두께는 물론 근육의 부피도 어마어마해.'

그들을 합친 것보다 더 놀란 자가 바로 반달리온이었다.

그는 입에서 피를 쏟으면서 머리를 들었다.

'설마, 그럴 리가? 저분은 분명 엠페라투스 님께⋯⋯!'

흩날리던 붉은색의 입자가 남김없이 사라졌다.

엠페라투스는 가만히 눈을 감고 있는 그 드래곤의 등판을 날개 밑으로 만져주었다.

"이 사내가 누구인지 아는가? 한때 운캄타르의 송곳니라고까지 불렸던 2세대 최강의 전사다. 나와 운캄타르 다음으로 많은 수의 신들을 사냥한 영웅이지."

엠페라투스의 설명에 루할트와 알케온이 함께 움찔했다.

"바라쿠스⋯⋯?"

알케온이 누군가의 이름을 읊조렸다.

역사상 엠페라투스가 입에 올린 조건에 정확히 부합하는 자가 그 바라쿠스라는 존재뿐이어서였다.

"투사 바라쿠스. 성왕 폐하의 둘도 없는 충신이자 파울라 장로님의 부친이며, 그대와 처절한 혈전을 벌였던 유일무이의 2세대 전사. 하지만⋯ 바라쿠스 님은 돌아가셨을 텐데?"

"그래, 분명히 내가 죽였다. 씹어서 섭취했지."

엠페라투스의 눈에서 다시 검은색의 빛이 터졌다.

"그리고 이 자리에 다시 내뱉었다."

"뭐라고⋯⋯?"

알케온이 당황하는 가운데, 루할트가 똑바로 일어나서 부상

부위를 재생시켰다.

"어서 일어나게, 알케온. 시련이 우리 앞에 있네."

"으음."

알케온은 떨리는 몸을 진정시킨 뒤 루할트의 옆에 나란히 섰다.

이윽고 루할트가 물었다.

"죽은 자를 되살렸단 말이오?"

"그렇다네. 간단하지?"

엠페라투스는 바라투스의 몸에서 자신의 날개를 떼었다.

붉은색의 육중한 드래곤, 바라쿠스가 지그시 감고 있던 두 눈을 떴다.

하얀색의 불빛이 그의 안구에서 맹렬한 기세로 쏟아져 나왔다. 그의 힘이 폭발하자 대기가 진동하고 땅이 고요해졌다.

그 근방에 있던 야생동물들이 일제히 숨을 죽인 것이다.

엠페라투스가 하늘로 날아올랐다.

"영주들이여, 네놈들이 지금 보고 깨달은 모든 것들을 왕녀와 치프에게 남김없이 전해라. 살아서 돌아갈 수 있다면 말이지. 하하하하!"

엠페라투스의 눈에서 뿜어진 검은색의 기운이 거대한 소용돌이를 이루더니 주변의 땅을 덮쳤다.

망가진 몸으로 바라쿠스를 바라보고 있던 반달리온은 그 기운에 휘말려 사라지고 말았다.

"아……!"

루할트가 탄식했다.

엠페라투스와 반달리온의 모습이 완전히 사라졌다.

아직 날개를 접은 상태인 바라쿠스가 루할트와 알케온을 향해 천천히 다가왔다.

"이름을 말하라. 젊은이들이여."

그가 말을 한다는 사실을 확인한 루할트와 알케온은 서로 시선을 맞춘 뒤 고개를 끄덕였다.

"난 영주 루할트라 하오. 운캄타르 성왕 폐하의 유일한 후계자인 별빛을 자아내는 커다란 눈송이의 날개 왕녀 전하를 모신다오."

"루할트와 마찬가지로 왕녀 전하를 모시는 영주, 알케온이라 하오."

"…모르는 이름들이군."

바라쿠스는 앞발을 들고 똑바로 일어났다.

막대한 근육질, 그리고 두꺼운 외골격으로 중무장된 바라쿠스의 육체는 루할트와 알케온이 어렸을 적에 꿈꿔왔던 영웅의 모습 그 자체였다.

엄청난 압박감이 둘을 짓눌러 왔다.

"루할트… 알케온……. 신의 언어로 만들어진 이름은 아니군. 상관없겠지. 싸움에 앞서 예를 갖추겠다, 루할트. 그리고 알케온이여."

다음 순간 자신들은 죽는다.

그 불길한 느낌이 알케온의 발성기관을 자극했다.

"파울라 장로님께서 당신을 기다리고 계시오!"

가장 먼저 바라쿠스의 공격을 받은 자는 알케온이었다.

머리에 가슴을 들이받힌 알케온은 하늘로 붕 뜨더니 날개를 펼칠 새도 없이 땅에 추락했다.

"자네들이 내 딸과 무슨 관계인지는 모르겠지만, 내 딸은… 아직 어려. 쓸데없는 말로 나를 자극하지 말고 싸우는 것에만 집중해라, 젊은이들이여."

상대에게 말이 통하지 않는다고 확신한 루할트는 눈을 붉게 빛내면서 검은색의 모래폭풍을 일으켰다.

"그래, 그래야지."

바라쿠스가 날개를 폈다.

그의 장대한 붉은색 날개 사이사이로 전류가 새어나와 지상으로 뚝뚝 떨어졌다.

"이 싸움은 엠페라투스 님을 위하여."

"칫!"

루할트가 즉각 열핵 방사능 브레스를 뿜었다. 모래폭풍이 그 빛나는 숨결을 쫓아 바라쿠스를 뒤덮었다.

루할트는 그 강력한 소용돌이 속에서 한 쌍의 눈빛이 빛나는 것을 봤다.

'이럴 수가……!'

날개로 열핵 방사능 브레스를 막아내며 모래폭풍을 비집고 나온 바라쿠스는 방금 공격을 하느라 지친 루할트를 쏘아봤다.

"싸우자. 영주 루할트."

103
투사가 모르는 것들

루할트, 그리고 알케온은 생각지 못한 위기 앞에서 서로 다른 생각을 했다.

　루할트는 어찌해야 바라쿠스를 제압하고 회사로 무사히 돌아갈 수 있을지를 고민했다. 반면 알케온은 바라쿠스를 따돌리고 회사에 소식을 전할 방법을 강구했다.

　그리고 그 생각의 차이는 지금 이 순간, 생사가 걸린 상황에서 충돌하려 하고 있었다.

　"이 자리를 피하세, 루할트!"

　쓰러져 있던 알케온이 대량의 불덩어리들을 바라쿠스 쪽으로 날려 보내며 소리쳤다.

　루할트를 바라보고 있던 바라쿠스는 포스필드를 펼쳐서 알케온의 불덩어리들을 막아냈다.

불덩어리들 중 절반은 일제히, 무차별로 바라쿠스를 때렸으나 나머지 절반은 바라쿠스의 시야를 방해하기 위해 머리만을 노리고 순서를 지켜 돌진했다.

알케온의 견제 덕분에 숨을 돌릴 수 있었던 루할트는 알케온의 옆으로 급히 이동하여 공격과 방어를 준비했다.

"자리를 피하다니? 무슨 소린가? 도망치자는 말인가?"

루할트는 친구의 의도를 확인하기 위해 물었다.

"그렇다네!"

알케온이 즉시 대답했다.

"이상한 고집은 버리게, 루할트! 상대는 비록 모조품이지만 이야기로만 들어왔던 그 바라쿠스야! 우리는 물리력에서도, 전투 경험 면에서도 그를 능가할 수 없어!"

"기사단을 부르겠네!"

루할트가 단호하게 말하자 알케온은 굉장히 어이없어했다.

"고집을 버리라니까! 시한부 모조품을 상대로 얼마나 큰 희생을 치를 생각인가? 바라쿠스는 건하운드들의 포대처럼 사라질 거야!"

"엠페라투스가 직접 불러낸 자가 아닌가? 시간이 지나면 사라진다는 보장이 어디 있지? 왕녀 전하께서 만드신 것들은 직접 파괴하기 전까진 영구히 유지된단 말일세!"

"그러면 더더욱 자리를 피해야지! 우리 둘만으로는 아무것도 할 수 없어! 승산이라는 걸 따져보게, 루할트여!"

"답답하군! 우리가 바라쿠스를 따돌릴 수 있을 거라 생각하나?"

"할 수 있어! 내가 불의 길을 열어주겠네! 자네는 회사로 돌아가서 보고하게!"

"…그럼 자네는?"

"막아야지, 멍청한 친구야! 지금은 상황 보고가 우선이야!"

서로를 보며 얘기하던 둘의 사이로 바라쿠스의 거체가 끼어들었다.

"적을 앞두고 잡담을 하나?"

바라쿠스의 두 눈이 하얗게 빛났다.

그가 접근하는 것을 느끼지 못했던 루할트와 알케온은 포스 필드를 사용하며 즉시 물러나려 했다. 하지만 둘은 바라쿠스가 한 바퀴 돌며 휘두른 꼬리에 맞아 그 자리에 쓰러지고 말았다.

바라쿠스는 땅을 구르는 두 영주들을 번갈아 봤다.

"판단력은 결여됐고, 감각은 둔하며, 방벽을 사용하는 속도는 끔찍하게 느리군. 네놈들, 둥지 밖에서 사냥을 한 일이 없는 수컷들인가?"

바라쿠스의 발성기관에서 목소리가 나오는 한편, 낮고 위엄 넘치는 울음소리가 그의 목에서 울렸다.

저주파가 실린 그 울음소리가 루할트와 알케온의 근육에 작용하여 그들의 힘을 빼놨다.

루할트가 다시 일어나기 위해 신음하는 한편, 알케온은 누군가를 떠올리며 지금의 위기를 극복하기 위해 필사적으로 생각했다.

'만약 치프라면 어찌했을까?'

그는 지금까지 자신이 보고 느껴왔던 치프의 행동을 되새겨

봤다.

'그 친구는… 엠페라투스 앞에서도 입을 멈추지 않았지.'

어떻게든 시간을 벌어야겠다고 마음먹은 알케온은 누구를 먼저 처리할지 고민하는 바라쿠스를 향해 네 발로 걸어갔다.

"투사 바라쿠스여. 당신은 운탐타르 성왕 폐하의 신하가 아니오? 어째서 엠페라투스의 말을 듣는 것이오?"

"죽음의 낭떠러지에서 헛소리를 하는군. 감히 엠페라투스 님을 욕하는 하는 것인가?"

"우리는 당신과 마찬가지로 운캄타르 성왕 폐하의 신하라오!"

알케온이 소리치자 바라쿠스가 성난 얼굴로 그에게 다가갔다.

"또 성왕이라는 호칭을 쓰는군. 운캄타르 님은 분명 지도자 중에 한 분이지만 왕은 아니시다."

바라쿠스는 알케온의 머리를 앞발로 잡고 손아귀에 힘을 주었다.

"우우욱……!"

알케온은 위턱과 아래턱이 부서질 것 같았지만 그래도 포기하지 않았다.

"우리에겐 왕이시오! 당신의 따님, 파울라 님께서 장로이신 것처럼 말이오!"

알케온의 발성기관이 강하게 울렸다.

"……."

바라쿠스는 앞발에 잡힌 알케온을 노려봤다.

가만히 있는 바라쿠스의 등판에 루할트가 날린 브레스가 꽂했다. 그러나 충전의 시간 없이 날려 버린 브레스였기에 바라쿠스의 외골격을 뚫기엔 한참 부족했다.

바라쿠스는 루할트를 깔끔하게 무시하고 알케온만을 봤다.

"네놈이 아까부터 주절거리는 파울라가 정말 내 딸인 파울라가 맞는가? 그 아이는 장로라고 불리기엔 한참 어린데?"

바라쿠스의 질문을 들은 알케온은 활로가 열렸음을 느꼈다.

"위대한 투사여! 당신은 긴 시간을 거슬러 이곳에 와 있소! 이 땅은 당신의 고향이 아니라 우리 3세대에게 맡겨진 새로운 땅이란 말이오!"

"3세대……?"

잠시 생각에 잠겼던 바라쿠스는 다른 앞발을 움직여 알케온의 아래턱을 잡은 뒤 뭔가를 쪼개듯 그의 입을 강제로 벌렸다.

바라쿠스가 눈여겨본 것은 알케온의 이빨들이었다.

"과연, 치열이 다르군."

그는 결국 알케온을 놓아주었다.

하마터면 턱이 빠질 뻔했던 알케온은 입을 열었다 닫는 것을 반복하며 뒤로 물러났다.

"들어주시오, 위대한 투사 바라쿠스여. 우리는……."

알케온은 자신들이 엠페라투스와 적대하고 있으며, 그 적대의 이유를 설명하려고 했다.

그러나 바라쿠스의 꼬리가 알케온의 등판을 때리는 것이 더 빨랐다.

알케온은 바닥에 쓰러졌고 그의 등 비늘은 사방으로 날아갔다.

바라쿠스의 날개 사이에서 발산되는 여분의 힘이 분노로 인해 점점 더 강해졌다.

"네놈들이 무슨 말을 해도 믿을 생각은 없다. 제대로 된 이름조차 갖지 못한 놈들의 말을 믿으라는 건가?"

"크읔……!"

입을 꽉 닫고 고통을 참던 알케온이 결국 피를 토했다.

"…나의 진짜 이름은 유성을 바라보며 하늘을 나는 불꽃의 날개라오."

"호오, 제법 멋진 이름이 뒤늦게 나오는군."

바라쿠스가 가볍게 감탄했다.

아마 치프가 이 자리에 있었다면 그 멋짐의 기준이 뭐냐며 따졌을 것이다.

"운캄타르 님께서는 신의 말을 버리자는 말씀을 자주 하셨지. 이름을 짓는 기준도 마련하셨지만 나부터도 그분의 말씀을 따르진 않았어. 그분 말씀대로 딸의 이름을 지었다가는 내 마누라가 딸의 이름을 기억하지 못해서 고생했을 테니까."

"파울라 장로님께 들은 적이 있소."

루할트가 조심스럽게 접근하며 말했다.

"무엇을?"

"장로님의 모친께서는… 예, 부족하신 만큼 사랑이 크신 분이었다고 말이오."

"……."

바라쿠스의 눈가가 꿈틀했다.

그 거대한 적색의 드래곤은 밤하늘을 봤다.

"내가 아는 별자리가 그 어디에도 없군. 비슷한 모양을 한 별자리가 있지만 그 형태가 달라. 자네들 말대로 여기는 내 고향이 아닌 것 같군."

바라쿠스는 갑자기 몰려온 쓸쓸함 때문에 한숨을 쉬었다.

"내 마누라는 비록 바보였지만 겁이 없었지. 그녀는 갓 태어난 파울라를 안고 엠페라투스 님께 갔어. 용맹함을 자부하던 나조차도 엠페라투스 님께는 쉽게 접근하지 못했는데 말이야. 결국 파울라는 엠페라투스 님의 축복을 받았고 난 엠페라투스 님에 대한 적대감을 풀었다네."

그가 다시 루할트와 알케온을 봤다.

"그분에 대한 은혜를 갚기 위해선 그분의 부탁대로 자네들을 죽여야 하는데… 내 마음이 조금 복잡해졌군. 이야기를 모두 듣고 자네들을 죽여도 상관없겠지."

"호, 호의에 감사드리오."

루할트와 알케온이 차례로 머리를 숙였다.

"내 딸은 지금 어디에 있나?"

그가 묻자 알케온이 당황했다.

"지금까지 무슨 일이 있었는지 궁금하지 않으시오?"

"난 자네들이 말이 진실인지 거짓인지 분별할 만큼 머리가 좋진 않거든."

알케온은 그의 솔직함 때문에 눈앞이 아뜩했다.

"그렇다면 내가 파울라 장로님을 모시고 오겠소. 10분만 기다려주시오."

"난 그 10분이라는 개념이 뭔지 모르겠는데?"

바라쿠스는 잔재주를 허용치 않겠다는 듯 으르렁거렸다.

"아……."

그와 자신들 간의 시간 단위가 다르다는 걸 깨달은 알케온은 고개를 흔든 뒤 다시 말했다.

"그냥 잠깐만 기다려 주시오! 반드시 돌아오겠소!"

"내가 왜 자네 말을 믿어야 하는가?"

"담보는 내 목숨이오!"

루할트가 외쳤다.

그는 바라쿠스 앞에 웅크리고 앉았다. 꼬리도 바닥에 바짝 대어 저항할 뜻이 없음을 분명히 했다.

"달이 저 산맥의 정상에 닿기 전에 내 친구가 돌아오지 않으면 나를 치시오!"

"…재미있는 젊은이들이군."

바라쿠스의 날개에서 흘러내려 오던 전류가 차츰 잦아들더니 아예 멈췄다.

"그럼 다녀와라, 유성을 바라보며 하늘을 나는 불꽃의 날개여."

그가 허락하자 알케온과 루할트가 동시에 한숨을 터뜨렸다.

"자넨 나에게 빚을 진 거야, 루할트."

알케온이 불의 길을 열기 위해 힘을 모으며 말했다.

"지금은 하늘을 지키는 검은색의 모래폭풍 날개라고 불러 주게."

"하아, 그래. 우리 모두 별명에 너무 익숙해졌군."

이윽고, 하늘에 불의 길이 열렸다.

바라쿠스는 그 불의 길을 보고 눈을 깜박거렸다.

"저것은 내 친구의 힘인데……?"

"설명은 나중에 하겠소. 곧 돌아오리다."

알케온이 날아올라 불의 길로 들어갔다.

불꽃의 고리가 사라지자 차가운 바람이 바라쿠스와 루할트에게 닥쳐왔다.

"여긴 고향보다 춥군. 이것이 3세대가 좋아하는 기후인가?"

바라쿠스가 콧김을 길게 뿜었다.

"라이트스톤이 이 행성의 기온을 낮추고 있소."

"라이트스톤은 또 누군가?"

"음… 아르마게일의 별명이오."

루할트는 진짜 아르마게일이 어디에 있고 지금 무엇을 하는지 알고 있었지만 바라쿠스가 언제 다시 엠페라투스의 곁으로 갈지 모르기에 그렇게만 말했다.

"아르마게일? 흠… 그렇군."

루할트는 바라쿠스가 떨떠름한 반응을 보이자 흥미를 느꼈다.

"아르마게일과 사이가 안 좋소?"

"어느 쪽이냐고 묻는다면 좋은 편일세. 나와 그 친구 모두 운캄타르 님의 총애를 받았지. 함께 온갖 역경도 헤쳐왔고 말일세. 하지만 그가 별자리의 형태마저 바뀔 만큼 긴 시간을 혼자 살아왔다면… 이미 내가 아는 아르마게일이 아닐지도 몰라."

대답을 들은 루할트는 바라쿠스를 물끄러미 바라봤다.

가만히 달을 지켜보던 바라쿠스가 문득 그를 응시했다.

"왜 그런 눈으로 나를 보나?"

"우리를 죽이겠다고 선언한 분 치고는 너무 상냥하게 말씀해 주셔서 그렇소."

"사적인 감정이 있어서 죽이려는 건 아니니까."

"…그게 더 문제라고 생각되오."

"후후."

바라쿠스가 가볍게 웃었다.

그의 웃음소리가 가실 무렵, 하늘에 불의 길이 다시 열렸다.

알케온이 먼저 그 안에서 빠져나왔다. 그 뒤를 이어 바라쿠스와 마찬가지로 붉은색의 비늘과 외골격을 가진 드래곤이 나타났다.

바라쿠스는 자신의 눈앞에 내려앉는 드래곤, 파울라를 잔뜩 찡그린 얼굴로 쳐다봤다.

"저 날개 달린 자가 파울라라고?"

"그렇소."

루할트가 대답했다.

"음……."

바라쿠스의 표정에 미묘한 긴장감이 감돌았다.

루할트는 어떻게든 될 것 같다고 생각했으나 한편으로는 어째서 엠페라투스가 그에게 세뇌를 걸지 않았는지 궁금했다.

'바라쿠스의 힘을 가진 꼭두각시를 내보낼 수 있었을 텐데, 어째서 그러지 않았지? 엠페라투스의 의도를 알 수가 없군.'

한편, 파울라는 바라쿠스를 보자마자 눈을 크게 뜬 채 마른 침을 삼켰다.

"…아버지?"

"으, 으음……."

루할트와 알케온 앞에서 위엄을 뿜어냈던 바라쿠스였지만 지금은 엄청나게 쑥스러운 표정으로 파울라를 대했다.

바라쿠스를 한참 동안 관찰한 파울라가 머리를 마구 흔들었다.

"아니, 그럴 리가 없소! 거짓말하지 마시오! 나의 부친인 바라쿠스는 내가 보는 앞에서 돌아가셨단 말이오!"

그녀가 격분하자 바라쿠스의 분위기도 180도 바뀌었다.

"내가 죽어? 헛소리를 하는군! 내 딸은 그대처럼 무식하게 큼지막하지 않아! 좀 더 작고 귀엽단 말일세!"

"무식하게 큼지막하다니, 폭언이오!"

비슷하게 생긴 드래곤들이 서로에게 소리를 질러댔다.

파울라의 목소리는 심하게 떨렸다.

루할트는 그녀가 공포에 질려 있음을 감지했다.

'바라쿠스를 두려워하고 계시는 건 아니야. 반달리온과 마찬가지로 왕녀 전하의 힘을 두려워하고 계시는 거겠지.'

파울라를 지켜보던 바라쿠스의 표정에 극심한 걱정이 떠올랐다.

"세뇌라니, 무슨 말이냐? 누가 널 괴롭히기라도 한 것이냐?"

바라쿠스가 걱정이 가득 담긴 목소리로 물었다.

"그만두시오! 당신은 내 아버지가 아니오!"

파울라가 입을 벌리고 드래곤 브레스를 충전했다.

"그래, 네가 원하는 대로 하자꾸나. 난 네 아빠가 아니야. 됐지? 이제 진정하고 말해보렴."

바라쿠스는 스스로를 부정해서라도 그녀의 이야기를 듣고 싶었다.

그러나 그의 헌신적인 태도는 파울라의 공포와 분노를 더욱 자극시켰다.

"그 모습으로, 그 목소리로 나에게 다가오지 마! 난 이제 누구도 믿을 수 없어!"

파울라의 입에서 새파랗게 빛나는 드래곤 브레스가 뿜어졌다.

드래곤 브레스는 바라쿠스의 머리에 직격하여 투구의 역할을 하던 외골격을 박살 냈다.

그럼에도 불구하고 파울라는 브레스를 계속 뿜어냈다. 그녀의 외골격이 체내에 축적되는 열을 배출시키기 위해 뜨겁게 달아올랐다.

결국 드래곤 브레스가 사방으로 흩어지며 폭발했다. 루할트와 알케온은 재빨리 하늘로 올라가 그 폭발을 피했다.

이윽고, 파울라의 드래곤 브레스 방사가 멈췄다. 주황색으로 달아올라 열을 방출하던 그녀의 외골격이 빠르게 식었다.

파울라는 숨을 몰아쉬며 앞을 봤다.

눈을 감은 채 가만히 서 있던 바라쿠스가 참았던 숨을 내쉬며 고개를 흔들었다. 그는 머리의 외골격을 잃고 비늘이 그을렸을 뿐, 특별한 부상을 입지는 않았다.

다시 눈을 뜬 바라쿠스는 앞발로 자신의 머리를 만지작거렸다.

"저기 있는 젊은 겁쟁이들과는 확실히 다르구나. 속은 좀 시원해졌느냐?"

"……"

"너와 나 사이에 존재하는 시간의 공백이 엄청나다는 것을 인정하마. 정상적인 상황은 결코 아니지. 난 네 말대로 바라쿠스의 기억을 가진 모조품임에 분명한 것 같구나."

바라쿠스가 씁쓸히 웃었다.

"그런데 내가 가진 바라쿠스의 기억 안에는 아버지로서의 마음가짐도 들어 있나보구나. 내키지 않겠지만 부디 얘기해 주렴. 난 네가 두려움에 떠는 모습을 두고 볼 수가 없단다."

"그럴 수 없소."

파울라가 머리를 흔들었다.

"당신에게 내 이야기를 털어놓는다고 해서 일이 해결되는 것도 아니지 않소?"

"두려움의 근본 정도는 지워 버릴 수 있을지도 모르지."

"하아……"

파울라의 발성기관에서 탄식이 터졌다.

"큰일은… 아니오. 그저 어미로서의 역할을 다하지 못했을 뿐이오."

"…잠깐, 어미라니?"

파울라의 얘기를 들은 바라쿠스가 당황하여 루할트와 알케온을 차례로 봤다.

하늘에 떠있는 루할트와 알케온은 옆으로 고개를 돌려 바라쿠스의 눈빛을 피했다.

"네가 애를 낳았다고?"

바라쿠스가 당혹감을 이기지 못하고 몸을 들썩이며 물었다.

"그렇소. 엠페라투스가 그대에게 말해주지 않았소?"

"전혀! 난 좀 전에 눈을 떴어! 엠페라투스 님께 전달받은 것은 저기 있는 놈들을 죽이라는 부탁뿐이었다고!"

"그 살벌한 부탁을 그냥 들어주려 하다니, 정말 꼭두각시구려."

"됐으니 얘기하렴. 대체 어디의 누구와 맺어져 애를 낳았단 말이냐? 저기 있는 저 젊은 놈들 중에 하나냐? 그런 것이냐?"

"그렇지 않소. 나와 저 젊은 영주들 사이의 나이 차이가 어느 정도인지 알긴 하시오?"

파울라는 지뢰를 밟은 사람처럼 표정을 구겼다.

"철없는 것을 봤나! 대지가 꽃씨의 나이를 따지며 싹틔움을 허락하더냐?"

"…정말 징그러울 정도로 아버지를 닮았구려."

그녀는 안절부절못하는 바라쿠스를 잠시 바라보다가 다시 말했다.

"내가 누구의 아이를 낳았는지 알아서 어쩌겠다는 것이오?"

"설마 아직 어린 너에게 함부로 애를 낳게 한 그 녀석을 용서하란 말은 아니겠지?"

"…됐소. 이제는 다들 아는 이야기이니 내 직접 밝히리다. 나는 운캄타르 성왕 폐하의 아이를 낳았소."

"응?"

바라쿠스의 표정이 굳어졌다.

그는 다시 루할트와 알케온을 봤다. 사실이냐고 묻는 듯한 그의 눈빛에 젊은 영주들이 고개를 끄덕거렸다.

"이해가 안 되는군. 그분과 우리들 사이에는 아이가 만들어질 수 없는데?"

"아르마게일 님의 도움을 받았소."

"그 망할 놈이!"

격분한 바라쿠스의 날개에서 붉은색의 전류가 터졌다. 부서졌던 외골격이 재생되고 부상 부위도 깨끗이 나았다.

그가 발산한 힘의 압력이 파울라는 물론 하늘에 있는 루할트와 알케온마저도 밀어냈다.

"아르마게일은 어디 있느냐! 당장 녀석의 가죽을 벗겨서 둥지의 깔개로 써야겠어!"

"하, 내 아버지도 아니면서 아버지인양 화를 내는구려."

파울라가 냉소적으로 말했다.

"으……! 하아…….."

바라쿠스는 이빨을 갈며 자신의 힘을 억눌렀다.

"그래, 좋다. 왕자님이냐, 아니면 공주님이냐?"

"왕녀 전하라오."

"공주님이라고?"

"문제라도 있소?"

"혈통이… 하아, 됐다. 운캄타르 님의 뜻이겠지. 알고 싶지도 않군."

바라쿠스가 앞발을 들고 일어나서는 팔짱을 꼈다.

"그래, 네 두려움의 원인을 알 것 같구나."

"그렇소?"

"산후 우울증이겠지. 분명해."

"……."

파울라는 기가 막혀 말을 못했다. 루할트와 알케온도 어이없어했다.

"이해한다. 네 엄마도 널 낳고 심하게 앓았거든."

"이보시오. 왕녀 전하는 어른이 다 되셨소."

"…오우."

바라쿠스가 멋쩍은 표정을 지었다.

"아까 네가 세뇌라고 말했는데, 설마 왕녀 전하께서 네 의식에 간섭하신 것이냐?"

그의 입에서 멀쩡한 지적이 나왔다.

"…그렇소. 하이시리스가 그분을 부추겼다고는 하지만 너무 쉽게 무너지셨소. 그리고 난 그 세뇌에 의해 동료를 공격하고 회사를 부수고 말았소."

"회사?"

"일종의 둥지 같은 것이오."

"흠."

바라쿠스가 콧김을 길게 뿜어냈다.

파울라의 표정이 다시 어두워졌다.

"왕녀 전하께선 동료들에게 허리를 굽혀 사과하셨소."

셀레스티아가 평상시에 인간의 모습으로 생활한다는 사실을 전혀 모를 뿐만 아니라 동료들이 누구인지, 또 어떻게 생겼는지 알 턱이 없는 바라쿠스는 허리를 굽혀 사과한다는 개념을 머릿속에 그리지 못했다.

파울라의 이야기가 계속됐다.

"하지만 그분과 함께 사과를 한 자는 내가 아니었소. 난 그분을 낳은 어미로서 아무것도 하지 못했다오. 앞으로도 그럴 것 같아 두렵소. 세뇌도 두렵고……."

"그렇구나. 하이시리스라……."

바라쿠스는 두 번 다시 듣기 싫었던 그 이름을 읊조리며 파울라와 루할트, 알케온을 천천히 훑어봤다.

'영주라는 놈들을 상대할 때도 느꼈지만 이 자리에 있는 모든 자들이 정신적으로 구석에 몰려 있군. 날개 달린 자로서의 자존심 따위는 느껴지지가 않아. 싸움에 대한 경험도 미천해.'

그는 엠페라투스가 자신을 이곳에 나타나게 만든 이유를 생각해봤다.

'하이시리스가 관계되어 있는 만큼 보통 일은 아니겠지. 아르마게일도 관여되어 있고, 또 운캄타르 님께서 후세를 보신 것도 그렇고……. 이래저래 알아봐야 할 것들이 많군.'

바라쿠스는 팔짱을 풀고 네 발로 땅을 디뎠다.

"파울라. 저 젊은 영주들로부터 너의 직책이 장로라는 이야기를 들었단다. 혹시 네가 2세대로서 왕녀 전하를 비롯한 3세대들을 이끌고 있는 것이냐?"

"나의 실패를 비웃는 것이오?"

파울라의 우울한 대답을 들은 바라쿠스가 눈살을 구겼다.

"산후 우울증이 생각보다 오래 가는구나."

"헛소리를 두 번이나 하는구려."

파울라가 그를 쏘아봤다.

"저 젊은 놈들을 데리고 회사라는 곳으로 돌아가거라."

"우리를 이대로 놔주겠다는 말이오?"

"그럼 이 아빠가 데려다줄까?"

"아빠라니……!"

"언제까지 죽이라는 말은 듣지 못했으니 오늘은 그냥 놔줘도 되겠지."

"회사로 쳐들어올 생각이라면 그만두시오. 후회할 것이오."

파울라가 경고했다.

"왜? 지금 내 눈에는 나를 막을 만한 존재가 보이지 않는데?"

"회사에는 있소. 엠페라투스와 두 번이나 싸워서 승리를 거둔 사내라오."

치프의 이야기였다.

엠페라투스와 싸워서 이겼다는 말에 바라쿠스가 깜짝 놀랐다.

"엠페라투스 님을? 아니, 날개 달린 자 중에서 그렇게 강력한 자가 있단 말인가?"

"날개 달린 자가 아니라오. 지구인이라오."

"지구인? 흠, 뭔지 모르겠지만 만나보면 알겠지. 아무튼 화를 내면서까지 강조하는 걸 보니 그 존재에게 어지간히 의지하며 살아온 것 같구나. 그러니 이토록 나태한 거겠지."

그의 지적에 파울라와 루할트, 알케온이 움찔했다.

"자아, 애들은 자야 할 시간이다. 돌아가도록 해."

"다음에 만났을 때는 아버지와 같은 말투조차 쓰지 마시오.

정말 불쾌하니까."

파울라가 날아오르며 으르렁거렸다.

바라쿠스가 고개를 갸우뚱했다.

"파울라, 하나만 묻자꾸나."

"무엇이오?"

"넌 아빠를… 바라쿠스를 싫어했느냐?"

"너무 좋아해서 당신을 혐오하는 것이오."

그녀가 차갑게 응답했다.

"…그렇구나."

바라쿠스가 옅게 웃었다.

알케온이 불의 길을 열었다.

파울라가 먼저 불의 길을 향해 뛰어들었다. 루할트와 알케온
이 차례로 그녀의 뒤를 따라갔다.

불의 길이 사라진 뒤, 바라쿠스는 날개로 몸을 감싸며 숨을
내쉬었다.

"음… 아, 회사라는 곳의 위치를 물어봤어야 했는데!"

당황하던 바라쿠스가 순간 뒤로 돌아서며 브레스를 쐈다.

브레스가 적중한 장소를 중심으로 거대한 폭발이 일어났다.
달빛만이 내려오던 들판 위로 화염을 머금은 버섯구름이 올라
왔다.

사방으로 밀려났던 공기가 버섯구름 쪽으로 되돌아왔다. 바
라쿠스는 그 폭풍을 버티며 폭발 장소를 노려봤다.

"찰나에 가까운 충전으로 이만한 위력을 내다니, 정말 바라
쿠스답군. 자네는 역시 재밌어."

엠페라투스가 화염을 헤치며 걸어 나왔다.

"오, 엠페라투스 님. 실례했습니다."

"자주 있었던 일이지 않나? 오랜만에 당하니 반갑기까지 하군."

"면목 없습니다."

바라쿠스가 쓴웃음을 지었다.

엠페라투스의 거체에는 상처가 전혀 없었다.

"저들의 보금자리가 어디인지 알려주겠네."

"예?"

엠페라투스의 말에 바라쿠스가 의아해했다.

"그곳에 가서 하고 싶은 일을 하게. 그것이 자네를 되살려 낸 이유일세."

"되살려 내시다니… 혹시 엠페라투스 님께서는 제가 어떻게 죽었는지 알고 계십니까?"

"그렇다네. 내가 죽여서 섭취했지."

엠페라투스가 뻔뻔하게 말했다.

"호오……."

바라쿠스의 두 눈이 밝게 빛을 냈다가 이내 잠잠해졌다.

"그렇다면 말이 되지요. 당신의 추종자라는 것들에게 죽지 않아서 다행입니다. 그런데 저는 왜 죽이셨습니까?"

"말하자면 길고 복잡한데, 아무튼 자네는 정말 멋지게 싸웠다네. 날개 달린 자로서 나를 물러나게 할 뻔한 것은 자네가 처음이었어. 난 자네의 그 잠재력이 너무 아까웠지. 그래서 자네를 한 번 죽인 뒤에 내가 가지고 있기로 했다네."

엠페라투스가 눈웃음을 지었다.

"그것이 당신의 능력 중에 하나이지요. 그런데 저를 세뇌하실 수도 있으셨을 텐데 말입니다."

"그러게 말일세. 깜박했군."

"흠."

콧김을 살짝 뿜어낸 바라쿠스는 엠페라투스의 몸을 자세히 살펴봤다.

그의 눈에 가장 먼저 띈 것은 엠페라투스의 몸 곳곳에 박혀 있는 수정들이었다.

"몸에 달고 계신 것은 아무래도 운캄타르 님의 날개 뼈인 것 같군요."

"그 친구와도 생사를 걸고 크게 싸웠지. 이것들은 내가 그에게 패했다는 증거일세."

"과연."

바라쿠스가 고개를 끄덕거렸다.

"생사를 걸고 싸우셨다고 말씀하셨으니… 아무래도 엠페라투스 님 역시 죽었다가 되살아난 존재인 것 같군요."

"그것이 자네와 나의 공통점이라네. 재밌지 않나?"

"공통점이라고 하셨습니까? 하하하!"

바라쿠스가 크게 웃었다. 하지만 그의 미소는 오래 가지 않았다.

"그렇게 말씀하시면 안 됩니다, 엠페라투스 님."

바라쿠스가 정색을 하며 엠페라투스에게 걸어갔다. 서로 간의 거리가 멀진 않았기에 둘은 금방 코끝이 닿을 만큼 밀착했다.

바라쿠스의 눈이 밝게 발광했다.

"저는 죽을 때의 기억이 없습니다. 파울라의 말로는 자신이 지켜보는 가운데 제가 죽었다고 하더군요. 저는 제 아이에게 그토록 끔찍한 기억을 남겨주고 죽은 아버지일 뿐입니다. 멋대로 개성을 발산하다가 죽었을 게 뻔한 당신과는 비교하지 말아주십시오."

바라쿠스와 엠페라투스의 이마가 충돌했다. 서로 물러나지 않고 버티다가 결국 들이받은 것인데, 둘은 그 상태로 잠시 힘을 겨루기까지 했다.

양측의 머리 외골격에서 불똥이 튀었다.

"아시겠지만 파울라가 운캄타르 님의 아이를 낳았다고 하더군요."

"불쾌한가?"

"당신들처럼 험한 운명을 가진 자들에게 있어서 후세라는 것은 과분합니다."

"자네가 우리를 그렇게 싫어할 줄은 몰랐군."

"싫어하진 않습니다. 굳이 말하자면 두려움에 가깝지요."

"흠."

엠페라투스가 바라쿠스를 밀어붙이자 바라쿠스의 머리 외골격에 금이 갔다.

하지만 바라쿠스가 이를 악물더니 엠페라투스와 힘의 균형을 맞췄다.

"바라쿠스여. 어째서 그 두려운 존재에게 이토록 도전적인 태도를 보인단 말인가?"

"결혼하여 아이를 가지기로 마음먹었을 때는 이보다 더한 용기가 필요했습니다."

엠페라투스는 바라쿠스와 맞댄 이마를 통해 그의 생각을 읽고 있었다.

지금, 바라쿠스는 자신의 부인과 처음 만난 순간부터 갓 태어난 파울라를 만났을 때까지의 추억에 몰두해 있었다.

엠페라투스는 그 상태의 바라쿠스가 얼마나 무서운 존재인지 잘 알고 있었다.

"하아, 인정하지."

엠페라투스가 먼저 뒤로 물러났다.

"자네를 이긴다는 건 정말 힘든 일이군."

"엠페라투스 님. 당신께서 파울라에게 직접 축복을 내려주시지 않았다면, 또 저 대신 파울라와 자주 놀아주지 않으셨다면 저는 어떻게든 당신을 죽였을 겁니다. 누군가와 싸워서 이기고 지는 게 그렇게 중요한 문제입니까?"

바라쿠스가 타이르듯 말했다.

"미안하군."

엠페라투스는 바라쿠스를 보며 슬쩍 웃었다.

"자네는 정말 매력이 있는 친구야. 운캄타르를 이해하는 것도 부족해서 나마저도 잘 알고 있으니까."

"두 분이 워낙 비슷하셔서 말이죠."

격해졌던 바라쿠스의 표정이 서서히 안정되었다.

"그보다, 하이시리스가 이 땅에 나타났다고 들었습니다. 자세한 얘기를 해주십시오."

"싫다네."

"……."

"이걸 줄 테니 어서 자네 딸에게나 가보게."

그라니트 용역의 위치 정보를 담은 빛의 입자가 엠페라투스의 눈앞에 나타나 바라쿠스를 향해 움직였다.

"자네처럼 영리한 자라면 무엇을 어떻게 해야 하는지 금방 파악하겠지."

"대단히 무책임하시군요."

바라쿠스는 입을 벌려 그 빛의 입자를 섭취했다.

그렇게 섭취한 정보를 분석하던 바라쿠스가 움찔했다.

"이 행성은 우리들의 고향과 크기가 똑같군요. 바다의 면적… 아니, 전체적인 물의 양이 비슷합니다. 단순한 우연입니까?"

"그것 역시 자네가 알아서 파악하게. 요즘 나에게 설명을 요구하는 자들이 너무 많아서 피곤하거든. 하지만 남은 시간이 많진 않으니 서두르게."

엠페라투스가 날개를 펼치고 떠올랐다.

"날개 달린 자들에게 답이 없다고 판단되면 나를 부르게. 그럼 수고하게, 투사 바라쿠스여. 좋은 결과가 있기를 빌지."

엠페라투스가 하늘에서 사라졌다.

그가 있던 밤하늘을 가만히 바라보던 바라쿠스는 흰 콧김을 아주 길게 내뿜었다.

"부르다니, 어떻게 말입니까? 당신이라면 몰라도 저에게는 멀리 떨어진 상대와 이야기를 나눌 수단이 없습니다."

답답함을 드러낸 바라쿠스는 자신의 붉은색 날개를 한껏 펼쳤다.

"회사라는 곳까지 가려면 하루 종일 날아야겠군. 그 젊은 것들이 괜히 불의 길을 사용한 게 아니었어."

투덜거린 그가 전속력으로 날아올랐다.

바라쿠스가 있던 장소를 중심으로 고리 모양의 충격파가 일어나 넓게 퍼졌다. 바라쿠스는 그만한 부피와 무게를 가진 생명체였다.

'배고프고 잠이 오는군. 밤에 돌아다닌 적이 거의 없으니 이렇겠지. 동이 트기 전에 도착하면 좋겠는데… 그 회사라는 곳에 먹을 것이 있을까? 음… 아냐, 파울라의 영양 상태는 괜찮았어. 먹을 것 정도는 충분하다는 뜻이겠지.'

그의 투덜거림은 계속됐다.

엠페라투스에게서 회사가 있는 위치만을 제공받은 바라쿠스는 그곳에 대하여 온갖 상상을 다 해봤다.

'다른 건 다 모르겠는데, 엠페라투스 님을 이겼다는 그 지구인이라는 것은 대체 뭐하는 존재지? 혹시 그 강력함을 이용하여 날개 달린 자들을 사육하는 사악한 존재인가?'

자신들이 그저 고기를 얻기 위하여 공룡들을 기른 적이 있었음을 잘 기억하고 있는 바라쿠스는 기분이 언짢았다.

'설마. 파울라는 물론 그 젊은 것들조차도 누군가에게 학대를 당한 흔적은 없었어. 사육을 당한다면 나태함 따위를 풍기진 못할 거야. 왕녀 전하까지 계시다고 하니 어느 정도는 상식

적으로 돌아가고 있겠지. 그런데 아예 다른 종족끼리 한 장소에서 지낸다는 것이 정말 가능한가?'

동이 틀 때까지 그의 고민은 끝나지 않았다.

104
파울라의 이상형

파울라와 루할트, 알케온이 무사히 돌아왔다는 말만 듣고 바로 잠들었던 치프는 새벽 5시 무렵에 눈을 떴다.

'누가 잡아가도 모를 정도로 푹 자버렸군.'

옆 침대에서 자고 있는 사만다를 잠깐 살핀 그는 욕실에 들어가서 세수와 양치질로 잠을 쫓았다.

'오늘 정오 무렵에 위스콘신이 돌아온다고 했지? 공항에서 위스콘신과 접촉하면 곧바로 그랜드 마스터의 모선을 찾아 나서야겠어. 중요한 순간에 뒤통수를 맞는 건 사양이야.'

욕실에서 옷을 갈아입고 밖으로 나온 치프는 단말기로 날씨를 확인한 뒤 검은색 야전 상의를 위에 걸쳤다.

마침 사만다가 끙끙대며 몸을 일으켰다. 그녀는 피로 때문에 눈을 뜨지도 못하고 있었다.

"사만다, 일어났니? 식사하러 갈래?"

치프가 다가와서 묻자 사만다가 고개를 저었다.

"음… 조금 더 자야겠습니다."

"하하, 그래. 넌 자고 있을 때 제일 예뻐."

치프이 그 말에 낯이 간지러웠는지 사만다는 이불을 얼굴까지 끌어 올리며 다시 누웠다.

알케온에게 든든한 음식을 주문하리라 마음먹으며 숙소를 나온 치프는 훈련장 쪽을 보자마자 그 결심을 거둬야만 했다.

평상시엔 새벽에 일어나 성실하게 아침 식사를 준비하던 알케온이었지만 지금은 루할트와 함께 훈련장에 널브러져 잠을 자고 있었다.

치프는 그 거대한 드래곤 둘이 노숙하는 모습을 참담한 표정으로 지켜봤다.

"대체 밤에 무슨 일이 있었기에 저런 꼴이지? 집에 가스레인지를 켜고 나온 사람처럼 헐레벌떡 돌아와서는 장로님을 모시고 다시 사라지기까지 하고……."

중얼거리던 치프는 고개를 흔들었다.

이리저리 생각하기 귀찮아서였다.

"쯧, 다들 무사히 돌아왔으니 됐지. 아무튼 이대로는 식당에 가서 칼로리 스틱을 씹을 판이로군."

살짝 짜증을 내는 그에게 아침 운동을 마친 데스디아가 다가왔다.

분홍색의 두꺼운 운동복을 걸친 그녀는 치프의 표정을 보고 의아해했다.

"표정이 왜 그래?"

데스디아가 물었다.

"미안, 뎃디. 배고프지 않아?"

치프가 자신의 안구 위를 마사지하며 물었다.

"같이 식사하면 좋지. 하지만 그 전에 씻고 싶은데……."

그녀는 훈련장에서 자고 있는 알케온을 보자마자 치프의 불쾌함을 이해했다는 듯 고개를 끄덕였다.

"흠. 아무래도 오늘 아침에는 당신과 사이좋게 칼로리 스틱을 씹게 되겠군."

"에이… 즉석 음식이 있겠지, 설마."

"없어."

그녀가 단호하게 말하자 치프가 눈을 휘둥그레 떴다.

"없다니?"

"셸리가 식당을 복구시키면서 냉장고는 물론 냉장고 안에 있던 음식들까지 전부 되살려 놨잖아?"

치프는 음식들을 되살렸다는 표현이 맞느냐며 데스디아에게 묻고 싶었지만 아침부터 사소한 지적을 하긴 싫었기에 그냥 고개를 끄덕거렸다.

"응. 그런데?"

"알케온이 찝찝하다면서 전부 갖다 버렸어. 회사 밖에 살고 있는 작은 공룡들과 곤충들이 그것들을 깔끔하게 처리했지. 포장용 비닐까지 말이야."

"아……."

치프가 두 손으로 자신의 얼굴을 감쌌다.

데스디아는 절망에 빠진 치프의 모습을 재밌게 감상하며 자신의 이마에 맺힌 땀을 수건으로 닦았다.

"군용 음식도 배고플 때 먹으면 괜찮을 거야, 뎃디."

그가 신음하듯 말했다.

데스디아가 한숨을 쉬었다.

"이봐, 치프. 나도 달걀프라이 정도는 할 수 있어. 고기도 구울 수 있고."

죠니가 사실 스파게티의 달인이라는 얘기를 꺼내려 했던 치프는 그녀의 말을 듣고 움찔했다.

"그거 재밌을 것 같은데?"

"…맛있을 거 같다고 해주면 안 되나? 아무튼 식당에 가서 기다려."

"으흠."

고개를 끄덕인 치프는 천천히 식당으로 걸어갔다. 데스디아는 땀에 흠뻑 젖은 운동복을 매만지며 숙소로 향했다.

경비를 돌던 UNSMC 대원들이 치프를 보고 경례했다.

"좋은 아침입니다, 원사님."

"응, 좋은 아침."

치프가 대강 손을 올려 경례했다.

"혹시 식당으로 가십니까? 알케온 팀장이 일어날 때까지는 칼로리 스틱만 씹어야 할 텐데요?"

대원 중 한 명이 묻자 치프가 싱긋 웃었다.

"뎃디가 무려 달걀프라이를 해주겠다고 하더군. 하하, 분명 망하겠지."

"호오."

대원들의 헬멧 밖으로 흥미가 섞인 웃음소리가 흘러나왔다.

잠시 후, 가벼운 옷차림으로 식당에 들어간 데스디아는 30명이 넘는 UNSMC 대원들이 식당 구석에 모여앉아 칼로리 스틱을 씹는 모습을 발견했다.

당황한 그녀는 조리대 앞자리에 앉아 있는 치프 쪽으로 눈을 돌렸다.

"이 시간에 사람이 이렇게 많았나? 경비조의 교대 시간은 한참 뒤일 텐데?"

그녀가 조금 큰 소리로 말했다.

"저희는 신경 쓰지 마세요, 부사장님."

"칼로리 스틱이 오늘따라 맛있네요."

경장갑 전투복 차림의 대원들이 그녀를 안심시켰다.

'이것들이……!'

자신이 곧 구경거리가 될 것임을 직감한 데스디아는 모두 쫓아내고 싶었으나 조리대 앞에 앉아 있는 치프의 모습이 너무 처량해보여서 차마 그러지 못했다.

조리대 안으로 들어간 데스디아는 소매를 걷고 앞치마를 둘렀다. 알케온이 쓰던 앞치마였기에 그녀가 입기엔 너무 짧았지만 전체적인 폼은 그럭저럭 괜찮았다.

'달걀프라이 따위로 모욕당할 생각은 없어.'

데스디아는 조리대 밑 냉장고에서 달걀을 꺼냈다.

뒤이어 그녀가 든 것은 식칼이었다.

치프는 미친 듯이 가만히 있었으나 UNSMC 대원들의 머릿속은 축제 분위기에 빠졌다.

'설마 저걸로 달걀 껍질을 쪼개시겠다는 말은 아니겠지? 아니, 가능하신 분이긴 하지만.'

'가스 밸브 걱정을 하면서 왔는데, 프라이팬은 대체 언제 꺼내시는 거지?'

'햄에그를 기대했던 나는 대체 얼마나 순진한 사람인 거야?'

'누가 가서 사만다를 깨워! 걔는 적어도 음식에 확률을 적용하진 않는다고!'

이윽고, 데스디아가 잔뜩 긴장한 얼굴로 달걀 껍질에 식칼을 댔다.

치프가 여태껏 참고 있던 웃음을 터뜨리려는 찰나, 미확인 대형 생물체 접근을 알리는 경보가 회사 내에 울려 퍼졌다.

"아쉽군."

데스디아가 쓴웃음을 지으며 달걀과 식칼을 내려놓았다.

"그러네. 준비하자, 뎃디."

아쉽다는 표정으로 말한 치프는 식당 밖으로 뛰어나가는 UNSMC 대원들을 지켜보며 단말기를 들었다.

"킹, 대형 생물체 접근이라는데?"

—옙, 원사님. 알래스카의 레이더에 확실히 잡혔습니다.

죠니와 교대하여 순양함 알래스카를 맡은 킹이 밝은 목소리로 대답했다.

—4,500킬로미터 안에서 희미하게 잡혔고, 1,000킬로미터 내에 들어오면서 그 존재가 확실해졌습니다. 드래곤이며, 꽤 대형입니다.

대형이라는 말에 치프의 눈썹이 위아래로 움직였다.

앞치마를 풀고 치프의 옆에 앉은 데스디아는 자신도 들을 수 있도록 해달라고 손짓했다.

치프는 그녀가 들을 수 있도록 단말기를 테이블 위에 놓았다.

"꽤 대형이라는 말이 좀 의아하군. 어느 정도나 큰데?"

치프가 물었다.

—엠페라투스에 비하자면 조금 작고 반달리온보다는 훨씬 큽니다. 왕녀 전하와 비슷한 것 같군요.

"그래? 혹시 기록에 없는 새로운 드래곤인가?"

—그렇습니다. 하지만 신체의 형태로 따졌을 때 90% 이상 일치하는 드래곤이 존재합니다.

"누구지?"

—장로님이십니다.

"흠."

치프는 호기심 반, 걱정 반의 표정으로 데스디아를 봤다. 어떻게 생각하느냐는 질문이기도 했다.

그녀는 자신이 파울라에게 가보겠다는 손짓을 한 뒤 곧바로 식당을 나섰다.

"장로님과의 관계는 이쪽에서 알아보도록 하지. 특이사항은 없나?"

—레이더 파장을 느끼는 것 같지만 드래곤 쪽에서 대응을 하지 않고 있습니다.

"대응을 하지 않고 있다고?"

치프의 입장에선 놀라운 이야기였다.

알래스카보다 레이더 성능이 훨씬 좋은 위스콘신이 있을 때도 300킬로미터 반경 밖의 드래곤들을 포착하는 것은 대단히 어려운 일이었다.

1년 정도 레이더에 적응한 3세대의 생존자들은 위스콘신의 레이더 영역 1,000킬로미터 반경 내에서 작은 새의 크기로 잡힌다.

레이더에 대해서 이론의 영역까지 확실히 이해하고 있는 반달리온이나 실버로드는 훨씬 더 위협적이었다.

그들이 집중할 경우에는 100킬로미터 반경 안에 들어와야만 가까스로 포착이 가능했다.

엠페라투스는 레이더에 아예 잡힌 적이 없어서 그의 대응 능력이 어느 정도 수준인지 정확히 알 수는 없었다.

그런데 오늘 나타난 새로운 드래곤은 레이더에 대한 대응을 전혀 하지 않고 있었다. 엄청난 자신감의 표현이거나 레이더에 대해 전혀 모르는 것, 둘 중에 하나였다.

"킹, 정말 그렇게 생각하나?"

—전술 위성까지 동원해 봤지만 그냥 좀 불쾌해하는군요. 출근하다가 소나기를 맞은 사람처럼 말이죠.

"흠… 지금은 어디까지 왔지?"

—회사까지 일직선으로 날아오다가 멈췄습니다.

"우리를 경계하는 건가?"

—아뇨, 지금은 아침 식사를 하고 있습니다. 대형 공룡 몇 마리를 잡아서 강가로 끌고 온 뒤 구워 먹으려고 하네요. 위성 영상을 보내겠습니다.

치프는 단말기의 화면 상단에 위성에서 촬영한 영상이 떠오르자 눈을 크게 뜨고 영상을 살폈다.

붉은색의 덩치 좋은 드래곤 하나가 완전히 해체된 공룡 두 마리로부터 고기를 적출하고 있었다.

그 드래곤은 깨끗한 자갈들 위에 고기들을 얹은 뒤 드래곤 브레스를 살짝 뿜어 그 고기들을 구웠다.

드래곤이 위치한 강가의 상류에는 과실이 짓밟힌 대량의 과일나무가 마치 댐처럼 쌓여 있었다. 그 댐을 통과하며 유속이 느려진 강물은 과즙이 섞이면서 붉은색으로 변했다.

"누군지는 몰라도 캠핑에 꽤 능숙해 보이는데? 뭔가 전문적이야."

―그보다 덩치가 어마어마하군요. 눈으로 확인되는 근육의 양이 여태껏 확인된 그 어떤 드래곤보다도 막대합니다. 체중도 엄청날 것 같네요.

"그러게 말이지."

영상 속의 붉은색 드래곤은 잘 구워진 공룡의 고기를 천천히 뜯어 먹다가 옆에 흐르는 강물을 들이켜서 목을 축였다.

과일나무 댐을 통과한 그 강물은 일종의 주스와도 같은 역할을 하고 있었다.

"난 저런 행동 양식을 본 적이 없는데?"

―저도 처음입니다, 원사님.

치프는 턱을 만지작거렸다.

"뭔가 구수한 느낌의 드래곤이군."

―알래스카를 회사 쪽으로 이동시킬까요?

"과연 저 드래곤이 회사로 올까?"

치프가 묻자 킹은 잠깐 동안 말을 하지 않았다.

―일단은… 그럴 거라 생각합니다.

"그럼 저 드래곤이 우리 회사의 위치는 어떻게 알았을까? 여긴 철새 도래지도 아니라고."

―정확히 설명을 드릴 수는 없지만 느낌이 그렇군요.

"흠."

치프는 루할트와 알케온이 드러누워 있는 훈련장 쪽으로 시선을 돌렸다.

"어제 알케온이 갑자기 돌아와서는 파울라 장로님을 모시고 훌쩍 사라졌지. 관련이 있을 것 같아."

―무슨 일이 있었는지 보고하지도 않았죠.

"정확히는 아무도 묻지 않았지. 난 자느라 정신이 없었고 말이야."

―무사히 돌아온 것만으로도 모두 만족했으니까요.

"흠… 아무튼 기다려 보자고. 목표를 계속 감시하고, 특이사항이 발견되면 보고해 줘."

―알겠습니다, 원사님.

통신을 마친 치프는 새벽에 안드레이가 촬영하여 회사의 공용 클라우드 스토리지에 올려놓은 루할트와 알케온의 영상과 사진들을 자신의 단말기로 옮겼다.

치프는 영상과 관련된 보고를 안드레이로부터 직접 받지는 못했지만 '안드레이라면 당연히 촬영하여 업로드 했을 것이다'라고 믿고 있었다.

치프는 그 믿음의 결과를 세밀하게 살펴봤다.

'둘의 부상 부위 사진과 동영상이 모두 존재하는군. 그리고 둘 다 다쳤어. 알케온의 부상이 특히 심해.'

그는 루할트와 알케온의 손톱과 꼬리, 입을 찍은 사진을 단말기 화면에 띄웠다.

'하지만 둘의 공격이 어딘가에 적중한 흔적은 없어. 루할트의 입가에 잔류하고 있는 방사능 수치의 기록을 봐서는 드래곤 브레스를 수차례 사용한 것 같은데… 그다지 의미는 없겠지. 아무튼 저들의 손톱이나 입가에서 다른 드래곤의 비늘 조각 같은 것은 나오지 않았어.'

치프는 디저트가 들어 있는 냉장고로 걸어가서 캔 커피를 꺼내 마셨다.

자기 자리로 돌아온 그는 다시 생각에 잠겼다.

'상황은 틀림없이 일방적이었겠지.'

치프는 아까 영상으로 봤던 그 붉은색 드래곤을 떠올렸다.

'둘은 파울라 장로님을 닮은 그 드래곤과 싸웠던 걸까? 원래는 반달리온이 목표였을 텐데?'

10여 분 뒤, 군복이 아니라 청바지에 체크무늬 셔츠 차림의 안드레이가 식당으로 들어왔다.

"아, 원사님. 기다리셨습니까?"

치프에게 징계를 받아 식당을 맡은 안드레이는 빠른 걸음으로 조리대에 들어갔다.

"경보를 듣고 이곳으로 온 건가?"

"그렇습니다. 알케온 팀장이 의식을 회복할 기미가 보이지 않습니다. 그래서 그의 도구라도 미리 옮겨두기 위해 이곳에 먼저 들렀습니다."

안드레이는 알케온이 자신의 요리 도구를 얼마나 소중히 여기는지 알고 있었다.

"그렇군. 마침 잘됐네. 자네가 어제 찍어서 올린 것들에 대해서 이야기를 들어볼까 했거든."

"예? 원사님, 그럼 대형 생물체 경보는 어찌됐습니까?"

"아직 진행형이야. 하지만 그다지 나쁜 일이 벌어질 것 같진 않아, 안드레이."

"그렇습니까?"

치프는 자신이 마시던 캔 커피를 들고 좌우로 흔들었다.

"이거 정말 맛이 없네."

"아, 제가 따뜻한 커피를 드리겠습니다. 샌드위치는 어떻습니까?"

"햄을 잔뜩 얹어서."

"알겠습니다."

안드레이는 어제 아침에 볶아냈던 커피콩을 원두 전용 냉장고에서 꺼내 분쇄기에 넣었다.

그가 앞치마를 두르는 한편, 치프는 다시 사진을 살피며 물었다.

"자네가 찍어서 올린 사진을 보니까 루할트와 알케온이 좀 다친 것 같던데, 직접 봤을 때의 느낌은 어땠나?"

"굳이 비유를 하자면 어른한테 덤비다가 혼이 난 아이들 같았습니다. 당한 흔적이 너무 일방적이더군요."

대답한 안드레이는 순식간에 분쇄된 가루의 크기를 확인한 뒤 에스프레소 기계에 넣었다.

"본인들에게 진술은 들었나?"

"듣지 못했습니다. 제가 훈련장에 도착했을 때, 그들은 이미 피로에 지쳐서 쓰러진 상태였습니다. 말 그대로 눕자마자 잠에 빠진 것 같더군요."

"그렇군. 파울라 장로님과는 얘기해 봤고?"

"감정적으로 격해지신 상태라서 말을 붙일 틈이 없었습니다."

"흠⋯⋯."

안드레이는 에스프레소 기계의 운전 상황을 관찰한 뒤 어제 저녁에 미리 준비해 놓은 샌드위치 빵의 반죽을 꺼내서 오븐에 넣었다.

"내 샌드위치는 반죽부터 시작하나?"

"오래 걸리진 않을 겁니다."

아보카드를 꺼내 으깨려고 했던 안드레이는 도마 위에 올라가 있는 식칼과 그 옆에 누워 있는 달걀을 보고 움찔했다.

"누군가가 달걀을 껍질째 자르려고 했던 것 같군요."

"조만간 그와 관련된 동영상이 비싼 값에 돌 거야."

"흠."

안드레이는 아보카드와 양파, 그리고 소스 재료들을 꺼내 신속하게 다듬었다.

"대체 누가 루할트와 알케온을 일방적으로 두드린 걸까?"

"알케온 팀장의 등판과 머리의 부상으로 추정컨대, 대단히 큰 드래곤이었을 겁니다. 반달리온이 제법 크긴 하지만 앞발⋯ 아니, 손의 크기가 알케온 팀장의 머리를 한 손으로 쥘 수 있을

정도로 크진 않습니다. 아마도 엠페라투스와 비교가 가능할 정
도로 큰 드래곤이겠지요."

"엠페라투스 본인은 아닐까?"

"아닐 겁니다. 엠페라투스였다면 알케온 팀장에게 굳이 파울
라 장로님을 데려오라고 하진 않았을 겁니다. 지금까지 파악한
그의 성격대로라면 하인케스 사장과 알케온 팀장의 시체를 여
기까지 가져와서 던져놓고 파울라 장로님을 만났겠지요. 번잡
한 것은 싫어하는 성격이니 말입니다."

안드레이는 양파를 썰고 쇠고기를 가는 등 부지런하게 움직
이면서도 정확하게 대답했다.

잠시 후, 파울라를 데려온 데스디아는 방금 만들어진 샌드위
치를 옆에 놓고 에스프레소 커피를 즐기는 치프의 모습을 목격
했다.

조리대에서 다른 음식을 준비하던 안드레이가 그녀와 눈을
마주쳤다.

"좋은 아침입니다, 부사장님. 어서 오십시오, 장로님."

"좋은 아침일세, 안드레이."

인사를 한 데스디아는 치프 옆에 놓인 샌드위치를 뚫어지게
쏘아봤다. 샌드위치 빵 밖으로 잘 구운 고기와 칠리소스, 탱탱
하게 구워진 양파가 먹기 좋게 흘러내리고 있었다.

'내가 이런 식으로 패배감을 느낀 것은 처음이군.'

치프는 그 샌드위치와 커피를 들고 넓은 자리로 이동했다.

"앉으세요, 장로님. 뎃디도 어서 와."

"음."

머리를 흔들어 잡념을 날린 데스디아는 파울라와 함께 자리에 앉았다. 안드레이는 데스디아가 마실 탄산수와 파울라가 마실 오렌지주스를 준비했다.

치프는 맞은편에 앉은 파울라를 봤다.

"대형 생물체 접근 경보는 들으셨죠?"

"…듣지 못했다네. 부사장이 깨우지 않았다면 계속 잤을 것이네."

"그럼 어제 무슨 일이 있었는지 말씀을……."

"내 아버지일세."

"예?"

파울라가 말을 끊으며 즉답하자 치프와 데스디아 모두 놀랐다.

컵에 담긴 탄산수와 오렌지주스를 쟁반에 담아 가져오던 안드레이마저 잠깐 걸음을 멈췄다.

"부친이시라니… 설마 지금 회사로 오고 있는 큼지막한 드래곤이 장로님의 부친이라는 말씀이신가요?"

"큼지막하지 않아!"

파울라가 소리를 질렀다.

"네?"

치프가 당황했다. 파울라 자신도 놀라서 우왕좌왕했다.

"아, 아닐세. 미안하군. 아버지는… 아니, 아버지의 모습을 한 그 모조품은 분명 덩치가 크지."

"……."

치프는 파울라가 어째서 '큼지막하다'라는 말에 반응했는지 이해하기 힘들었다.

"모조품은 또 뭔가요?"

치프의 질문이 이어졌다.

파울라는 앞에 놓인 오렌지주스를 단숨에 마셨다.

그녀는 그 차가움으로 마음을 진정시킨 뒤에야 가까스로 대답할 수 있었다.

"내 부친은 엠페라투스와 싸우다가 돌아가셨다네. 그리고 엠페라투스는 죽어 쓰러지신 아버지를 섭취했지. 그런데 어젯밤에 아버지와 똑같이 생겼을 뿐만 아니라 성격까지 동일한 모조품이 우리들 앞에 나타났다네."

"허……."

치프는 이게 무슨 소리냐는 표정으로 데스디아를 봤다.

그녀는 눈을 감은 채 탄산수를 마실 뿐이었다.

"모조품이 나타났다고 말씀하셨는데요, 죄송하지만 좀 더 구체적으로 들을 수 있을까요?"

"영주들의 말로는 엠페라투스가 그 모조품을 다시 뱉었다고 하더군. 입으로 뱉었다는 것인지, 아니면 건하운드의 포대를 만들어내듯 자신의 곁에 구축을 한 것인지 자세히 듣지는 못했네만……."

바라쿠스의 일 때문에 잠을 설치다가 두 시간 전에야 겨우 잠들 수 있었던 파울라는 말을 하다 말고 두 손으로 이마를 감싸 쥐었다.

엠페라투스로부터 '섭취'라는 말을 수차례 들었던 치프는 고민에 빠졌다.

'설마 엠페라투스가 자신이 섭취한… 아니, 취득한 존재의 정보를 그대로 꺼내어 재구축할 수 있단 말이야? 그렇다면 엠페라투스도 무장제조와 비슷한 능력을 사용할 수 있다는 뜻인데?'

치프는 물론 데스디아도 그와 똑같은 고민을 했다.

단지 겉으로 드러내지 않고 있을 뿐이었다.

'작년에 라이트스톤에게 들었던 이야기가 떠오르는군.'

데스디아는 자신의 검고 긴 머리카락을 뒤쪽으로 쓸어 넘기며 그때 들었던 이야기를 떠올려 봤다.

'그는 과학자들이 재구축 치료기를 이용하여 죽은 자를 살리기 위한 시도를 수차례 했지만, 무슨 수를 써도 데이터화할 수 없는 한계점 때문에 결국 실패로 끝났다고 말했지. 그 한계점이 영혼이라고 했던가?'

그녀는 무의식적으로 치프의 샌드위치를 집어 들고는 절반을 뜯은 뒤 자신의 입에 넣었다.

건강하게 턱을 움직여 샌드위치를 씹은 데스디아는 맛이 꽤 마음에 들었는지 나머지 절반도 깔끔하게 입에 넣었다.

'상대가 엠페라투스라는 사실을 기반으로 다시 생각해 봐야겠군.'

데스디아는 테이블에 미리 놓여 있던 티슈로 입가와 손끝을 닦았다.

치프는 그제야 자신의 샌드위치가 사라졌음을 깨달았지만 귀를 쫑긋거리며 샌드위치를 우물거리는 데스디아의 모습이 너무 복스러웠기에 그냥 가만히 있었다.

샌드위치를 삼킨 데스디아가 자신의 생각을 말했다.

"장로님께서 모조품이라 부르는 그 존재 말입니다만, 단순한 모조품으로 치부할 수는 없을 것 같습니다."

"무슨 말이오?"

파울라가 의아해했다.

"기억하시겠지만 포프는 우리가 보는 앞에서 죽었습니다. 그리고 엠페라투스의 힘에 의해 되살아났지요. 그렇다면 포프도 엠페라투스가 만든 모조품입니까?"

"……"

"엠페라투스가 말하는 그 섭취라는 것이 영혼을 보존시키는 기술이라면 어느 정도는 말이 됩니다. 만들어낸 육체에 영혼을 이동시켜 다른 모습으로 생활하는 것은 날개 달린 자들의 대표적인 능력 중에 하나이지 않습니까?"

"…부사장의 말은 이해하오."

파울라는 금방이라도 울 것 같은 표정으로 식당의 유리벽 밖을 봤다.

밖에서는 UNSMC 대원들과 해병대원들이 대공포 포대 및 미사일들을 분주히 옮기고 있었다.

"사실 나도 그가 내 아버지라는 것을 직감했다오. 하지만 아버지께서 돌아가시고 섭취되는 모습을 직접 목격했기에 그 모든 것을 받아들일 수가 없구려. 대체 어쩌면 좋은지……"

데스디아는 혼란과 슬픔을 이기지 못하고 있는 파울라의 모습을 그냥 지켜보기가 힘들었다.

동생의 사망으로 고통스러워하던 어머니, 헤이파의 모습이 떠올랐기 때문이다.

"죄송합니다, 장로님. 제 이야기가 지나쳤습니다."

"하아……."

파울라는 결국 고개를 푹 숙이고 흐느꼈다. 셀레스티아의 일을 기점으로 금이 가기 시작한 그녀의 마음이 결국 무너지고만 것이다.

데스디아는 파울라의 옆으로 자리를 옮긴 뒤 그녀를 껴안고 다독여 주었다. 파울라는 데스디아의 어깨에 얼굴을 묻은 채 한참 동안 흐느꼈다.

치프는 조심스럽게 커피 잔을 들어 입에 댔다.

'엠페라투스는 대체 무슨 생각이지? 영혼마저 사라진 자를 재구축 치료로 되살리는 것은 불가능하지만 영혼이 깨끗하게 보존된 존재라면 얘기가 다르다는 걸 우리에게 보여주고 싶었나? 하지만 생물체를 재구축해서 내가 얻을 게 있을까? 혹시 앞으로 나올지 모를 사망자들을 그렇게 취급하라는 뜻은 아니겠지?'

치프는 엠페라투스가 대체 무엇을 전달하려 하는지 이해하기 힘들었다.

＊   ＊   ＊

식사를 마치고 몇 시간을 더 비행하여 회사가 보이는 곳까지 접근한 바라쿠스는 이동을 멈추고 들판으로 내려왔다.

그가 지상에 내려오자 근처에 있던 공룡들과 곤충들, 조류들이 사방으로 흩어졌다.

바라쿠스는 그 작은 생물들에게 신경 쓰지 않고 회사를 자세히 살펴봤다.

'지구인이 뭔가 했더니 인간이 아닌가? 동굴 하나를 놓고 무리를 지어서 다투던 놈들이 이제는 동굴을 직접 만들어서 거주하고 있군. 머리와 몸을 보호하기 위해 걸친 것들도 그럴싸해졌어.'

그는 이어서 순양함 알래스카가 있는 빅시티 방향을 돌아봤다.

'인간들은 그렇다 치고, 새벽부터 내 몸에 쏟아지는 이 불쾌한 느낌은 대체 뭐란 말인가? 신이 나를 주시할 때의 느낌과 비슷하군.'

그 느낌이 레이더 전자파라는 것을 모르는 바라쿠스는 목에 힘을 잔뜩 주고 연신 몸을 털었다.

'아무튼… 어쩌지? 파울라가 날 마중 나오는 것까지는 기대하지 않았지만 이건 예상 밖이야.'

그는 자신에게 쏟아지는 살기들이 두렵지는 않았지만 그 밀도가 지나치게 촘촘했기에 상당히 조심하고 있었다.

'빈틈이 안 보여. 인간들이 저런 수준까지 진화하다니, 시간이 정말 많이 흐르긴 했군.'

그렇게 서서 시간을 보내던 바라쿠스의 눈꺼풀이 서서히 닫혔다.

'아, 밤을 새어가며 날아온 것도 부족하여 식사까지 하니 잠이 오는군. 낮은 기온도 한몫하고 있지만… 역시 난 마음껏 잠을 자야 하는 존재야.'

바라쿠스는 눈을 뜨고 머리를 흔들어봤으나 몰려오는 잠을 쫓지는 못했다.

점점 흐려지는 그의 의식에 찬란한 빛이 쏟아졌다.

깜짝 놀라 눈을 뜬 바라쿠스는 회사 쪽에서 날아올라 자신을 향해 다가오는 백금색의 드래곤을 주목했다.

'운캄타르 님? 아냐, 느낌은 비슷하지만 체구가 작아. 누구지?'

그는 파울라에게 들었던 이야기를 떠올렸다.

'설마 파울라의 딸인가? 오, 세상에. 파울라가 운캄타르 님의 자식을 낳았다는 말이 사실이었군.'

그는 회사 쪽으로 천천히 걸어가며 자신에게 다가오는 그 백금색 드래곤, 셀레스티아를 자세히 봤다.

'나와 파울라의 흔적은 거의 보이지 않지만 종합적인 면에서 따지자면 운캄타르 님의 자손이 분명해. 어찌 저렇게 아름답단 말인가?'

그는 공격할 의사가 없다는 뜻을 분명히 하기 위해 날개를 펴지 않았다.

꼬리의 끝도 땅을 향했지만 네 발로 지축을 흔들고 땅을 파헤치며 질주하는 그 모습에는 힘이 넘쳤다.

이윽고, 속도를 줄이고 멈춘 바라쿠스 앞에 셀레스티아가 내려왔다.

감동하여 셀레스티아의 자태를 지켜보던 바라쿠스의 눈에 뭔가 이상한 것이 들어왔다.

'인간이라고?'

셀레스티아의 손 위에는 경장갑 전투복을 걸친 치프가 서 있었다.

'저 인간은 또 뭐지? 저 아이의 애완동물인가?'

바라쿠스는 치프를 살펴봤다.

날개 달린 자들이 애완동물을 기르는 것은 2세대 때에도, 그리고 3세대 때에도 보편적인 일이었다. 바다나 큰 강 근처에 둥지를 둔 자들은 직접 만든 연못에서 대형 어류들을 기르기도 했다.

어쨌든 바라쿠스에게 있어서 치프의 첫인상은 꽤 나쁜 편이었다.

'인간 같은 작은 생물은 애완용으로 부적합하지. 호흡기에 들어갈 수도 있고, 아차 하면 깔아뭉개기도 쉽고. 여자아이들에게 어울리는 생물은 아니야.'

그것이 치프의 첫인상을 판가름한 요소였다.

그렇지 않아도 긴장하고 있던 셀레스티아는 바라쿠스가 치프를 쏘아보고 있자 상당히 당황했다.

"저어… 하, 할아버지?"

할아버지라는 말에 바라쿠스가 눈을 부릅떴다.

'할아버지라고? 그 호칭이 이토록 심장에 해로울 줄이야!'

그녀의 부름에 들뜨고만 바라쿠스는 파울라와 재회했을 때보다 훨씬 더 멋쩍은 표정을 지었다.

셀레스티아의 손바닥 위에 서 있는 치프는 그가 상당히 신이 났음을 직감했다.

"흠."

치프가 헛기침을 하자 바라쿠스의 표정이 풀어졌다.

"아… 이런. 사과드립니다, 왕녀 전하. 투사 바라쿠스가 운캄타르 님의 자손께 인사를 올립니다. 무례를 용서하십시오."

바라쿠스가 턱을 바닥에 대며 인사했다.

"아닙니다, 할아버지."

셀레스티아가 밝게 웃은 뒤 고개를 숙였다.

"별빛을 자아내는 커다란 눈송이의 날개가 조부님께 인사를 드립니다. 진심으로 환영합니다, 할아버지."

"감사합니다, 왕녀 전하."

바라쿠스가 고개를 들고 목을 일으켰다.

"이쪽은 우리들의 은인인 치프입니다."

은인이라는 그녀의 소개에 바라쿠스의 코끝이 꿈틀거렸다.

'은인……? 설마 저 인간이 엠페라투스 님을 상대로 두 번이나 싸웠고 결국 승리했다는 자인가?'

치프가 헬멧을 벗고 바라쿠스와 마주 봤다.

"UNSMC 원사인 A—1730입니다. 반갑습니다, 바라쿠스 님."

"아… 그래, 반갑군."

바라쿠스는 UNSMC가 무엇이며 A—1730은 또 어디에 쓰는 이름이냐며 질문하듯이 치프를 바라봤다.

'그보다 인간이 날개 달린 자의 언어를 사용할 수 있단 말인가?'

번역기의 존재를 모르는 바라쿠스는 정신이 혼미했다.

치프는 다시 헬멧을 썼다.

"초면에 실례되는 질문을 할까 합니다, 바라쿠스 님. 따님께서 걱정하셔서 말이죠."

"얘기하게."

"바라쿠스 님은 모조품입니다, 아니면 진짜입니까?"

"정말 내 딸이 걱정할 만한 질문이로군. 그렇다면 나도 실례를 하겠네."

바라쿠스의 눈이 밝게 빛났다.

"자네가 엠페라투스 님과 싸워서 이겼다는 말을 들었네. 설마 눈속임은 아니겠지? 인간들은 나뭇가지를 들고 다니던 시절에도 우리의 눈을 절묘하게 속이고 다녔거든."

"아쉽네요. 진짜 바라쿠스 님이라면 좀 더 너그럽게 믿어주실 줄 알았는데 말이죠."

"호오."

치프와 바라쿠스 사이에 나쁜 공기가 흐르자 셀레스티아가 당황했다.

"하, 할아버지? 치프? 일단 회사로 들어가서 얘기를 나누면 어떨까요?"

"왕녀 전하? 얘기라니, 무슨 말씀이십니까? 날개 달린 자가 저 좁은 장소에서 어찌 몸을 쉴 수 있단 말입니까?"

"아, 제가 보여 드릴게요!"

셀레스티아는 치프를 땅에 내려준 뒤 백금색의 빛을 찬란하게 뿜으며 인간의 모습으로 변했다.

그녀가 육체를 바꿔서 치프의 곁에 서는 것을 본 바라쿠스는 당혹감에 빠진 나머지 바보처럼 입을 벌린 채 가만히 있었다.

"나, 날개 달린 자가… 어째서 본래의 모습을 버리고 인간의 모습을 이용하는 겁니까? 당신은 한 종족의 왕녀입니다! 날개 달린 자들의 자존심이란 말입니다! 아무리 은인이라도 해도 인간과 어깨를 나란히 하다니, 말도 안 됩니다!"

그가 소리를 질렀다.

"예? 하, 할아버지! 오해하지 마세요!"

셀레스티아는 더 이상 말을 하지 못했다.

바라쿠스를 납득시킬만한 말이 당장 떠오르지 않아서였다.

날개를 펼친 바라쿠스는 몸 밖으로 발산되는 기운만으로 하늘과 땅을 흔들었다.

"치프라고 했지? 아까 잠깐 봤던 네놈의 면상이 떠오르는군. 그야말로 정복자 나부랭이의 얼굴이었어."

"과민하시네요."

"흥, 엠페라투스 님께서 왜 나를 되살리셨는지 이해가 가는군. 네놈이 만든 규칙에 얽매여 고통받고 있는 나의 혈육들, 그리고 동포들을 구해내겠다! 오늘 이후 날개 달린 자들이 인간의 모습으로 돌아다니는 일은 없을 것이다!"

분노를 터뜨리는 바라쿠스의 날개로부터 붉은색의 전류가 일어났다.

치프는 마치 전류의 망토를 두른 듯한 바라쿠스의 모습에 내심 감탄했다.

'실버로드나 반달리온은 아무것도 아니었군. 진짜 2세대가 내 앞에 나타난 거야.'

셀레스티아가 손을 뻗어 바라쿠스를 제지하려 하자 치프가 고개를 저었다.

"의식의 간섭을 쓰면 안 돼, 셀리."

"치프?"

"네 엄마가 상심하실 거야."

"……."

"걱정하지 마. 저분께서 인간에 대해 이해하실 수 있도록 도와드리면 되니까 말이야."

말은 그렇게 했지만 치프는 바라쿠스와 싸운다는 기대감에 흠뻑 물들어 있었다.

그 증거가 헬멧의 바이저 속에서 빛나는 치프의 오른쪽 눈이었다.

셀레스티아는 이대로 치프에게 모든 것을 맡겨야 하는지, 아니면 치프의 말을 무시하고 개입을 해야 하는 것인지를 놓고 격하게 갈등했다.

'아냐, 말려야 해!'

흔들리던 셀레스티아가 개입을 결심했다.

그녀가 결심한 계기는 바로 바라쿠스의 표정이었다.

그 고대의 투사는 자신보다 한참 작은 생물인 치프와 마주보며 환희하고 있었다.

'이 녀석은 인간의 영역을 한참 초월한 싸움꾼이야. 날개 달린 자와의 싸움에도 익숙한 것 같군. 게다가 격전에 굶주려 있어. 엠페라투스 님을 이겼다는 말이 허풍은 아닐지도 모르겠군.'

바라쿠스는 치프가 어떤 존재인지 직접 느껴보고 싶었다.

치프와 바라쿠스 사이에 흐르는 공기가 팽팽하게 긴장됐다.

그 긴장감의 한가운데에 서 있는 셀레스티아는 결국 치프의 충고를 무시하고 바라쿠스를 향해 손을 뻗었다.

"제 이야기를 들어주세요, 할아버지!"

그녀의 손에서 비롯된 백금색의 바람이 바라쿠스를 덮쳤다.

그 바람은 생물의 의식에 개입하는 왕의 힘, 즉 왕의 패권이었다.

그러자 바라쿠스의 날개에서 흐르는 붉은색의 전류가 셀레스티아의 힘에 반응하여 바라쿠스의 몸 전체를 휘감았다.

"흠!"

바라쿠스의 기합과 동시에 셀레스티아가 발산한 왕의 패권은 산산이 깨져 흩어지고 말았다.

"앗?"

왕의 패권이 무력화되자 셀레스티아는 짧은 비명을 지르며 그 자리에 주저앉아 버렸다.

'어라?'

치프 역시 셀레스티아의 힘이 도중에 깨져 나가는 것을 보고 의아해했다.

사만다가 셀레스티아의 힘에 맞설 수 있다는 얘기만 몇 번 들었을 뿐, 그다지 믿진 않았던 치프는 그녀의 힘이 실제로 무력화되는 것을 보고 매우 당황했다.

콧김을 뿜은 바라쿠스는 셀레스티아를 내려다봤다.

"왕녀 전하."

"네?"

"터무니없는 말괄량이시로군요. 왕의 패권을 혈육에게 사용하시다니요?"

"……."

"가족과 친구들에게는 두 번 다시 그 힘을 사용하지 마십시오. 그렇지 않아도 파울라가 왕녀 전하의 그 만용 때문에 슬퍼하고 있습니다."

"예… 할아버지. 정말 죄송합니다."

셀레스티아가 넋이 나간 얼굴로 사과했다.

치프의 눈에서 빛나던 빛이 사라졌다.

"그거, 어떻게 하신 거죠?"

"그거라니?"

치프로부터 전의가 사라진 것을 느낀 바라쿠스는 김이 샜다는 표정을 지으며 반문했다.

"셀리의 힘을 무력화시킨 거요. 아저씨처럼 튕겨내는 존재를 본 적이 없거든요."

셀리라는 별명과 아저씨라는 호칭에 살짝 짜증이 난 바라쿠스는 대답을 할까 어쩔까 고민했다.

'뭐 이런 놈이 다 있지? 날개 달린 자들을 이렇게 얕보는 인간은 처음이군.'

그는 결국 날개의 전류까지 거두며 한숨을 쉬었다.

"자네가 어디까지 알고 있는지 잘 모르겠지만, 왕의 힘은 신에게서 비롯된 것일세. 운캄타르 님과 엠페라투스 님은 신의 직계일 뿐만 아니라 그들을 죽이고 섭취하는 과정에서 왕의 힘을 갖게 되셨지."

"아저씨는요?"

"나 역시 신들과 싸우는 과정에서 미약하게나마 힘을 얻게 됐지. 아르마게일의 말로는 내가 신의 힘에 감염됐다고 하더군."

"감염이요?"

"신들과 싸우는 과정에서 그들의 피, 육편, 입자를 너무 자주 뒤집어쓴 게 원인이었지. 내 또래의 친구들은 그 감염에 의해 일찌감치 죽고 말았는데, 난 운이 좋았는지 건강을 유지할 수 있었고 결혼해서 애도 볼 수 있었다네."

"오⋯⋯."

치프의 입에서 가벼운 탄성이 흘러나왔다.

바라쿠스와 셀레스티아는 그가 왜 그랬는지 알지 못했다. 반면 치프는 '마지막 퍼즐'이 이제야 맞춰졌다는 생각에 매우 기뻐하고 있었다.

"그렇다면 아저씨께서도 왕의 힘을 사용하시는 게 가능하신가요?"

치프가 묻자 바라쿠스는 머리를 천천히 흔들었다.

"운캄타르 님이나 엠페라투스 님처럼 본격적으로 사용하진 못한다네. 그저 가볍게 대응하는 수준에 불과하지. 하지만 그 덕분에 신과의 싸움에도 부담 없이 참여할 수 있었다네."

"감염은 물론 신의 세뇌도 이겨낼 수 있으셨을 테니까요."

"그렇지. 흠⋯ 자네, 싸움만 잘하는 줄 알았더니 머리도 그럭저럭 돌아가는군."

바라쿠스가 몸을 일으키고는 팔짱을 단단히 꼈다.

치프가 어깨를 으쓱했다.

"아저씨야말로 현명하시네요. 다른 2세대들은 저만 보면 싸우자고 달려들었거든요."

"그 2세대가 누군지는 몰라도⋯ 어?"

바라쿠스가 문득 하늘을 봤다.

그의 머리 위, 수 킬로미터 상공 위에 총 아홉 척의 우주 전함이 떠 있었다.

선수를 땅으로, 선미를 하늘로 각각 향한 그 강철의 전쟁 도구들은 함포의 포신을 바라쿠스에게 모조리 맞춘 채 가만히 있었다.

전함들의 크기는 회사의 하늘을 지키던 위스콘신보다 훨씬 컸다. 최신형 전함의 설계도를 기반으로 구축된 것들이어서 형태 역시 좀 더 단단하고 공격적이었다.

바라쿠스는 우주 전함에 대한 지식이 전혀 없었지만 그들이 싸움을 위해 디자인된 물건임은 어렵지 않게 느낄 수 있었다.

'저건 뭐지? 저 쇳덩어리들로부터 느껴지는 힘이 너무 익숙해. 설마 무장제조에 의한 산물인가?'

바라쿠스는 셀레스티아를 다시 봤다.

'왕녀 전하가 만든 것들은 아니야. 힘의 특색이 조금 달라. 그리고… 위험해. 저 정도의 무장들이 머리 위에서 만들어지는데도 내가 느끼지 못했어.'

셀레스티아에게 고정되어 있던 바라쿠스의 시선이 치프 쪽으로 움직였다.

'상대의 감각이 어디까지 미치는지 볼 수 있는 녀석이었군. 인간이 이 정도의 공감 능력을 발휘할 수 있다니, 놀라워.'

치프가 허리에 손을 얹으며 말했다.

"머리 위가 불편하시면 치워 드릴까요?"

"역시 자네가 만든 것들이군."

바라쿠스가 꼬리를 들더니 그 끝으로 하늘에 있는 전함들을 쿡쿡 찌르듯 가리켰다.

"무장제조 능력이라고 하더군요."

"허허."

치프의 대답을 들은 바라쿠스가 헛웃음을 터뜨렸다.

"수컷 대 수컷으로서 힘자랑을 할 때가 아니었군. 왕녀 전하와 자네, 자네의 친구들, 그리고 이 행성에 얽힌 이야기들을 들어야겠어. 전부 말일세."

바라쿠스는 충동에 따라 움직이는 단순한 성격이었다. 회사로 오는 도중에 식사를 즐긴 것도 그냥 배가 고파서 그런 것뿐이었다.

그러나 상황이 개인적이지 않다고 직감했을 때, 바라쿠스는 언제든지 냉정을 되찾고 경험을 바탕으로 한 혜안을 발휘할 수 있었다.

그것이 바로 투사 바라쿠스의 진면목이었다.

"다 들으시면 엠페라투스가 싫어지실걸요?"

치프가 걱정을 섞어 말했다.

"괜찮다네. 젊은 영주들의 입에서 하이시리스의 이름까지 나온 마당에, 이 일이 개인적인 호불호의 문제로 끝난다면 다행이겠지."

"그럼 저희랑 함께 가시죠. 환영합니다, 어르신."

치프가 만든 전함들이 입자로 변하여 사라졌다. 바라쿠스는 오로라처럼 하늘을 물들이며 흩어지는 대량의 입자들을 지켜봤다.

'무장제조… 반갑긴 해도 두 번 다시 보고 싶진 않았는데 말이지.'

바라쿠스가 가만히 있는 사이, 셀레스티아가 드래곤의 모습으로 변했다.

"제가 안내하겠습니다, 할아버지."

그녀가 치프를 손에 올리고 날아오르자 바라쿠스는 그녀를 따라 회사로 향했다.

바라쿠스는 앞서가는 셀레스티아를 바라보며 운캄타르 및 또래의 친구들과 함께 하늘을 날았던 과거를 회상했다.

'내가 살던 곳은 떠들썩했지만 이 행성은 너무 쓸쓸하군.'

그는 회사로 오는 도중에 수많은 둥지들을 발견했다.

그러나 둥지 안에는 날개 달린 자들이 하나도 없었다. 심지어 공룡들이 둥지를 차지하고 있기까지 했다.

'빈 둥지에 남아 있는 흔적들이 너무 이상했지. 모든 흔적들이 동시에 끊겨 있었어. 같은 날, 같은 시각에 모든 이들이 증발되기라도 했단 말인가?'

두려움 섞인 의구심을 품은 채 회사 본관 앞에 천천히 착륙한 바라쿠스는 건물 아래에 쫙 깔려 있는 드럼통들을 목격했다.

드럼통 안에는 검은색의 액체에 몸을 담그고 있는 알타이르 전사들이 있었다.

"저들은 뭔가? 설마 왕녀 전하를 위한 발효 음식은 아니겠지?"

"전쟁 포로입니다! 드시면 안 돼요!"

셀레스티아의 손에서 내려온 치프가 큰 소리로 외쳤다.

"음······."

바라쿠스는 알타이르 전사들에게 머리를 가까이 했다.

그의 거대한 머리가 가까이 다가왔음에도 불구하고 알타이르 전사들은 겁을 먹기는커녕 인상을 구기며 저항 의지를 드러냈다.

'처음 보는 종족인데… 나를 보고도 전혀 놀라지 않는군. 자신보다 큰 생물체가 다가오면 경계해야 하는 것이 정상일 텐데? 대체 어떻게 된 세상이지?'

알타이르 전사들을 관찰하던 바라쿠스는 자신을 향해 달려오는 누군가를 느끼고 눈을 그쪽으로 돌렸다.

화염과도 같은 머리카락의 소유자, 파울라가 당혹감에 휩싸인 얼굴로 자신을 바라보고 있었다.

"뉘시오? 몸이 참 큼지막하구려."

바라쿠스가 묻자 파울라가 달리기를 멈추고 그를 노려봤다.

"그딴 허언을 내뱉기 위해 여기까지 왔단 말이오?"

"미안하구나, 파울라. 내 딸이 왜 그리 작고도 큼지막한 모습을 하고 있는지 이해가 안 되서 말이지."

"한 번만 더 큼지막하다고 지껄이면 발성기관을 뽑아버리겠소!"

파울라가 오른손 주먹을 휘두르며 고함을 질렀다.

"음… 아무튼, 난 어쩌면 좋지? 이대로는 얘기 도중에 네 친구들이 내 코와 입으로 빨려 들어갈지도 몰라."

바라쿠스가 고민했다.

"무슨 말이오? 임시로 사용할 신체를 만들어서 생활하는 기술을 모르시오?"

파울라가 묻자 바라쿠스는 쓴웃음을 지었다.

"아빠가 살던 세상에서는 그럴 필요가 없었거든."

"…가르쳐 주겠소."

파울라는 임시로 사용할 인간형 육체를 설계하고 만들어내는 기술과 본체를 보관하는 방법을 구체적으로 설명해 주었다.

연신 고개를 끄덕이며 딸의 이야기를 듣던 바라쿠스는 문득 주변을 봤다.

모자 대신 검은색의 두꺼운 후디를 입은 젝스와 카키색 야전 상의를 입은 사만다, 회색의 재킷을 입은 포프, 그리고 분홍색 스웨터를 입은 데스디아가 그의 주변에 서 있었다.

그의 눈에 가장 먼저 띈 사람은 데스디아였다.

'액체에 절여지고 있는 아가씨들과 동족인 것 같군. 정령과의 친화력이 대단해. 아르마게일이 인간을 대상으로 실험하여 만들었던 정령술사보다 훨씬 안정적이군.'

바라쿠스가 한시라도 빨리 배워야 할 것들을 정리하고 있던 파울라는 그의 시선이 자신의 동료들에게 가 있자 다시 인상을 썼다.

"내 친구들에 대한 소개는 나중에 하겠소."

"그렇다면 내 소개를 네 친구들에게 해주렴."

"……."

파울라는 대답 대신 눈을 더 크게 부릅떴다. 바라쿠스는 알겠다는 듯 머리를 끄덕거렸다.

"그래, 우리가 어디까지 했지? 임시로 쓸 육체의 제작법은 대강 알 것 같아."

"그럼 실행해 보시오."

"흠."

눈을 감은 바라쿠스가 정신을 집중했다.

그의 날개에서 붉은색 전류가 흐르고 외골격이 주황색으로 달아올랐다. 주변의 공기가 화끈하게 달아오르자 데스디아는 휘파람을 불어 사만다 일행을 자신의 뒤로 물러나게 했다.

하지만 아무 일도 일어나지 않았다.

"허, 이런."

눈을 다시 뜬 바라쿠스는 멋쩍게 웃었다.

파울라는 한숨을 쉬었다.

"됐소. 내가 설계한 육체가 있으니 그걸 사용하시오."

"다른 이가 설계한 육체를 써도 괜찮은 것이냐?"

"물론 초인적인 능력을 사용할 수는 없소. 다소 답답하겠지만 참으시오."

파울라가 두 손을 바라쿠스 쪽으로 내밀었다.

그녀의 두 손에서 주황색 빛이 일어났다. 그 힘에 동조한 바라쿠스의 몸에서도 동일한 빛이 올라왔다.

이윽고, 바라쿠스의 거체가 사라졌다.

그 자리에 대신 서 있는 것은 중절모를 쓰고 코트를 차려입은 흰 수염의 신사였다.

"오."

중량감에서 갑자기 벗어난 탓에 자신도 모르게 감탄을 한 바라쿠스는 손으로 자신의 얼굴을 만지작거렸다.

치프의 지시에 따라 바라쿠스를 가만히 구경하던 UNSMC와 해병대들은 바라쿠스의 인간형 모습을 보고 동시에 움찔했다.

'어디서 많이 본 얼굴인데?'

'수백 년 전에 활동했던 영화배우 아닌가?'

'장로님께서 1대 제임스 X드를 알고 계실 줄은 몰랐군.'

'미친 재현도네.'

그들은 눈앞의 상황을 진심으로 즐기고 있었다.

한편, 사장실의 유리벽을 통해 바라쿠스를 지켜보던 치프는 단말기가 진동하자 곧바로 귀에 댔다.

"예, 닥터. 바쁘셨나요?"

그가 말한 닥터는 아르마게일의 별칭이었다.

―알타이르 아가씨들 중에 한 무리가 나무로 만든 달구지를 굳이 끌고 가겠다고 버텨서 말일세. 그들을 설득하느라고 땀을 좀 흘렸지. 지금은 사람과 물자의 적재가 완료됐네. 위스콘신의 출항은 3시간 뒤일세. 다들 자네를 만난다는 기대감 때문에 정신이 없군.

"하, 빅시티 공항으로 마중 나가기 전에 미용실에 좀 들러야겠네요."

―조심하게. 가문 단위로 자네를 노리고 있어. 각 가문의 첫째들과 가문에 속한 유명 전사들, 그리고 그 전사들의 밑에서 수련하는 무명의 전사들이 하나의 그룹을 이루고 있다네. 한 가문의 인원이 많게는 70명도 넘어.

아르마게일의 설명을 들은 치프의 얼굴에서 핏기가 조금 빠졌다.

"대체 몇 명이 오는 거죠?"

―보면 알 것이네. 아무튼, 무슨 일인가?

"닥터의 친구가 여기에 와 있죠."

치프는 아르마게일이 바라쿠스라는 이름을 들었을 때 어떻게 반응하게 될지 매우 궁금했다.

―친구? 친구 누구?

"바라쿠스라는 분이신데요?"

―그럴 리가! 바라쿠스는 죽었어!

아르마게일의 고함이 치프의 귀를 때렸다.

"바라쿠스 아저씨는 지금 본관 앞에서 숀 코X리 모습의 인간형 육체를 시험하고 계시죠. 모습은 비슷한데, 역시 특유의 표정까지는 재현을 못하시네요."

―농담하지 말게! 바라쿠스가 되살아난 것도 부족해서 거기에 있다니! 대체 일이 어떻게 돌아가는 건가?

아르마게일이 계속 고함을 질렀다. 치프는 귀가 아플 지경이었다.

"엠페라투스가 그분을 살해한 뒤에 섭취했다고 들었는데요, 엠페라투스 말로는 다시 뱉었다고 하더군요."

―다시 뱉다니? 바라쿠스가 무슨 껌인 줄 아나?

아르마게일의 비유를 들은 치프는 소리 없이 쓴웃음을 지었다.

"저야 모르죠. 그래서 연락드린 거예요. 바라쿠스 아저씨를 믿어도 될까요? 만약 엠페라투스가 재구축한 모든 것들이 가짜라면 저는 포프부터 의심해야 해요."

―으으음……

아르마게일이 한숨을 쉬었다.

―좋아, 일단 내가 갈 때까지 그를 잘 감시하게. 그리고 조심하게. 만약 그가 최전성기 시절의 육체를 가진 채 되살아났다면

왕녀 전하라고 해도 그를 막기 힘들 것이네.

"그런가요?"

―당연하지! 바라쿠스는 2세대들을 이끌고 신을 상대한 자일세! 패거리와 함께 동족에게 시비를 걸던 반달리온이나 실버로드 같은 자들과는 비교하지 말게!

"주의하죠. 그럼 세 시간 뒤에 빅시티 공항에서 뵙겠습니다."

―알겠네. 그럼 그때 보세.

아르마게일과의 통화를 마친 치프는 단말기를 바지에 넣으며 셀레스티아를 봤다.

"네 할아버지, 정말 괜찮을까?"

그가 묻자, 풀이 죽은 표정으로 가만히 앉아 있던 셀레스티아는 고개를 끄덕거렸다.

"할아버지로부터 엠페라투스의 기운을 느끼진 못했어. 아니, 내가 감지를 하지 못했을지도 몰라. 지금이라도 다시 살펴볼까?"

그녀의 자신감은 바닥을 기고 있었다. 아까 바라쿠스의 의식에 개입하려다가 실패한 뒤 꾸중을 들었기 때문이다.

특히 파울라가 슬퍼하고 있다는 바라쿠스의 말은 그녀의 마음을 뿌리까지 흔든 상태였다.

"셸리, 네가 네 할아버지를 진정시키려고 한 건 나쁘지 않은 선택이었어. 그러니까 진정해."

치프는 농구공을 드리블을 하듯 오른손을 활짝 편 채 위아래로 움직였다.

"모르겠어, 치프. 난 정말 나쁜 아이인가 봐. 할아버지께도, 그리고 엄마에게도 뭐라고 얘기해야 할지 떠오르지 않아. 저번

일도 사과드리지 못했는데, 또……."

셀레스티아는 끌어 올린 무릎 사이에 얼굴을 묻으며 괴로워했다.

치프는 다시 밖을 봤다. 파울라가 인간의 모습을 한 바라쿠스를 끌고 본관 안으로 들어오고 있었다.

"할아버지랑 엄마가 이제 곧 올라오실 거야."

"……."

"넌 아무런 의심을 품지 말고 그분을 대하도록 해. 지금은 이 행성에서 무슨 일이 있었는지 잘 말씀드리는 것만으로도 충분하거든."

치프가 조용조용 말했다.

"정말 의심하지 않아도 될까?"

그녀가 고개를 들고 물었다.

"괜히 어설프게 의심했다가는 단번에 들킬걸? 네 할아버지는 눈치가 좋아."

"응……."

셀레스티아는 머쓱하여 다시 고개를 숙였다.

"너무 부정적으로 생각하지 마. 계산할수록 이상해지는 게 인간관계거든."

치프가 그녀를 응원해 주었다.

조금 뒤 인간의 모습을 한 바라쿠스가 파울라의 안내를 받아 사장실로 들어왔다.

엘리베이터를 처음으로 경험한 바라쿠스는 매우 당황한 얼굴이었다.

"인간의 동굴에 신경 쓸 일은 평생 없을 줄 알았는데, 흥미가 생기는군. 기계를 타고 공중으로 올라간 건 처음이야."

사장실에 바라쿠스가 들어오자 셀레스티아가 소파에서 일어났다.

"여기 앉으세요, 할아버지."

"아, 예. 왕녀 전하."

파울라는 바라쿠스를 직접 맞이하는 셀레스티아의 모습을 보고 살짝 뿌듯함을 느꼈다.

뒤따라 사장실에 들어온 데스디아는 소파 앞쪽 바닥에 배를 대고 엎드리려 하는 바라쿠스의 모습을 발견했다.

"그, 그렇게 앉으시면 안 돼요, 할아버지! 의자에 앉으셔야 해요!"

셀레스티아가 끌어안듯 그를 부축하여 일으켰다. 파울라도 얼굴이 빨개진 채 셀레스티아를 도왔다.

"인간들의 흉내를 내기란 참으로 힘들군요."

바라쿠스가 답답해했다.

'생활양식의 설명부터 시작해야 하나? 양변기 사용법은 누가 가르쳐 주면 되는 거지?'

데스디아는 눈앞이 아뜩했다.

105
왕의 오류

정오가 다 될 무렵, 치프는 잠깐 벗어뒀던 경장갑 전투복을 다시 입고 탈의실을 나왔다.

바라쿠스는 몇 시간 전과 달리 의자에 다리를 꼬고 앉아 여유롭게 홍차를 마시고 있었다.

하지만 차를 한 모금 마실 때마다 혀를 길게 내밀어 입가를 훔치는 버릇만은 아직 버리지 못한 상태였다.

'며칠 지나면 나아지시겠지.'

왼손에 헬멧을 든 치프는 바라쿠스에게 다가갔다.

"실버로드의 죽음까지 들으셨죠? 어떻게 생각하시나요?"

"음……."

찻잔을 내려놓은 바라쿠스는 우중충한 표정으로 한숨을 쉬었다.

"파울라와 함께 잠들었다는 장로역의 2세대 동포들이 마음에 걸리는군. 그들까지 탈란바토르 속으로 빨려 들어갔을까?"

그가 묻자 파울라가 고개를 끄덕거렸다.

"사건 이후 장로들이 잠든 곳으로 가봤지만 남은 자는 없었습니다, 아버지."

"그렇구나."

바라쿠스는 오른손으로 눈꺼풀 위를 덮었다.

"치프. 방금 어떻게 생각하느냐고 물었지?"

"예."

"전 우주적 희귀 동물이 됐으니 차라리 동물원으로 들어가는 게 낫겠군. 엠페라투스 님… 아니, 엠페라투스라는 놈을 용서할 수가 없어."

그가 한탄했다.

"그가 대체 무슨 의도로 나를 되살렸는지, 또 무엇을 계획하는지 알 수 없지만 옛 고향에서 벌인 대살육만은 용서할 수 없군. 동족끼리 서로를 먹다가 죽어갔다는 게 말이 되는가?"

"아까 설명드렸던 것처럼 이 행성에서도 대살육이 일어났었죠. 그 모든 걸 없었던 일로 만들어버린 엠페라투스의 능력은 여전히 신기하지만 말이에요."

치프가 가볍게 눈썹을 움직였다.

"내 기억과 그의 능력이 일치한다면 행성 전체를 쥐락펴락해도 이상할 것이 없지. 그가 대체 왜 나를 죽이고 옛 고향을 파멸로 몰아넣었는지 모르겠어. 그는 우리들에게 있어서 다가가기 어려운 아버지이자 영웅이었는데……."

바라쿠스가 안타까워했다.

치프는 오크들의 행성으로 가는 도중에 엠페라투스에게 들었던 이야기의 일부를 꺼내보기로 했다.

"운캄타르가 2세대와 3세대 사이에서 갈등하고 있기에 그걸 도와줬다고 하더군요."

그의 말을 들은 바라쿠스가 움찔했다. 그뿐만 아니라 사장실에 있는 사람들 전부가 놀란 얼굴로 치프를 돌아봤다.

"갈등이라니? 운캄타르 님이?"

바라쿠스가 묻자 치프가 고개를 끄덕이며 설명했다.

"운캄타르는 식량 부족을 일으킬 만큼 번성하는 2세대에게 절망해 버렸다고 하더군요. 그래서 창세의 보석으로 새로운 세상을 만들고, 그곳에서 3세대를 퍼뜨리려 했는데… 거기서 엠페라투스가 운캄타르를 붙잡고 어쩔 거냐고 물어봤나 봐요."

"흠."

한숨소리를 낸 바라쿠스는 고개를 움직여 치프의 다음 이야기를 재촉했다.

"운캄타르는 다 포기하고 떠나겠다는 말을 차마 할 수는 없었고, 그래서 엠페라투스가 친구를 돕는답시고 선택한 방법이 대살육이었다고 하더군요."

"그건 엠페라투스에게서 들은 이야기인가?"

"맞아요."

"허어……."

바라쿠스는 기가 막힌 듯 신음 소리를 내며 등받이에 등을 바짝 댔다.

"식량 부족이라니, 무슨……? 아르마게일이 언젠가는 식량이 부족해질 거라며 나에게 투덜거린 적이 있었다네. 그건 나도 인정했지. 하지만 먼 미래의 일이었다네. 우리들의 머릿수에 비해서 고향은 너무 넓고 풍족했거든."

연거푸 고개를 저은 바라쿠스는 참담한 표정으로 파울라를 봤다.

"아빠가 죽은 이후에 대살육이 시작됐다고 했지?"

"예."

"흠… 그가 나를 죽인 이유를 정말 모르겠군. 그리고 2세대 전체의 영원성까지 건 싸움이라니, 터무니없어."

그는 흰 머리가 듬성듬성한 자신의 정수리를 손가락으로 만졌다.

"엠페라투스가 나를 되살린 이유는 또 뭐지? 내가 자신의 적이 될 걸 모르진 않았을 텐데?"

"그러게요?"

치프도 의아해했다.

그때 치프의 단말기가 요란하게 진동했다.

단말기를 꺼내어 시간을 확인한 치프는 입을 동그랗게 모았다.

"오, 이런. 저는 가봐야겠네요. 남은 이야기는 돌아와서 들을 테니 좀 쉬세요, 어르신."

"음, 나도 좀 지치는군. 한시라도 빨리 이 작은 몸에서 벗어나고 싶어."

바라쿠스는 두 손으로 자신의 온몸을 긁었다.

"발 위에 뭔가를 또 씌우다니! 게다가 이 발굽은 뭔가? 구두? 양말? 인간의 몸은 대체 얼마나 나약해진 거지?"

"하하."

짧게 웃은 치프는 사장실 안에 있는 모두에게 손을 흔든 뒤 밖으로 나갔다.

단말기를 보며 뭔가 생각을 하던 데스디아는 문이 닫히는 소리를 듣자마자 퍼뜩 정신을 차리고 자리에서 일어났다.

"미안, 셀리. 나도 가봐야겠어."

"넷디?"

"생각해 보니 치프가 감당을 못 할 것 같아."

"뭘?"

"알타이르의 문화 말이야. 전장에 나온 전사들은 매우 거칠거든."

사장실에 모인 모든 이들은 데스디아가 대체 무엇을 걱정하는지 궁금했다.

치프와 함께 알타이르 행성에 가봤던 사만다는 당시 이상한 대접을 받거나 납득 못 할 정도로 괴이한 문화를 접하진 않았기에 더욱 의아해했다.

그녀까지 나간 뒤, 파울라가 바라쿠스에게 말했다.

"원하시는 것이 있으시면 말씀해 주십시오, 아버지."

"너의 재롱을 보고 싶구나."

"……."

부녀 사이의 공기가 삽시간에 냉각됐다.

"흠, 일단 잠을 좀 자야겠지. 밤새 날아왔거든."

"그 모습으로 주무시겠습니까, 아니면……."

"물론 본모습이지. 답답해서 몸이 터져 나갈 것 같아!"

바라쿠스는 조끼의 단추를 풀고 넥타이를 치아로 물어 당겼다. 파울라는 다급히 그의 어깨를 때려 제지시킨 뒤 사장실 바깥으로 잡아끌었다.

"야만적이시군요! 따라오십시오!"

"본모습으로는 그리도 허약하더니 그 모습으로는 천하에 둘도 없는 장사로구나!"

"아, 예! 큼지막해서 죄송하군요!"

"큼지막하다는 말은 안 했어!"

둘은 사장실을 나가면서도 서로에게 소리를 질러댔다.

"하아……."

셀레스티아가 땅이 꺼져라 한숨을 내쉬었다. 그녀는 바라쿠스와 파울라를 그만큼 어려워하고 있었다.

젝스가 그녀에게 다가가 어깨를 주물러 주었다. 셀레스티아는 그 작은 위안이 대단히 기뻤다.

*　　　*　　　*

데스디아와 함께 수송기를 타고 그라니트 공항에 도착한 치프는 수송기에서 내리자마자 헬멧을 벗고 활주로를 걸었다.

"저기, 뎃디. 회사에서 기다리겠다며?"

치프는 자신과 나란히 걷고 있는 데스디아를 보며 물었다.

전투복 오른쪽 어깨에 검은색 망토를 두른 데스디아는 터번을 매만지며 치프를 흘겨봤다.

"내가 언제 그랬지?"

"……."

치프는 잠깐 걸음을 멈추고 데스디아를 훑어봤다.

"착각인지 모르겠는데, 네가 오늘만큼 긴장한 걸 본 적이 없는 것 같아."

"그래, 말 그대로 당신 착각이니 더 이상 고민하지 마."

"흠."

치프는 다시 걸음을 옮겼다. 데스디아도 그와 어깨선을 맞춰 걸어갔다.

"아, 궁금해서 그러는데… 한 가지 물어봐도 돼?"

"뭐지?"

"아침에 달걀프라이를 해준답시고 식칼을 꺼낸 거 말이야. 농담이었지?"

질문을 들은 데스디아는 기가 막힌 듯 한숨을 터뜨렸다.

"그건 알타이르 군대식의 달걀프라이야. 정령으로 달군 칼날 위에 흰자와 노른자를 흐르게 하여 굽는 것이지. 밖에서 급히 먹기엔 딱 좋아. 물론 아무나 만들 수 있는 음식도 아니지."

답을 들은 치프는 말없이 데스디아를 처다봤다.

"못 믿겠으면 어머니께 여쭤봐."

불쾌한 표정을 지은 데스디아가 손으로 하늘을 가리켰다.

전함 위스콘신이 공항을 향해 내려오고 있었다.

치프는 점점 가까워지는 위스콘신을 보며 밝게 웃었다.

"위스콘신을 보는 게 이렇게 기쁠지는 몰랐군."

데스디아도 위스콘신에 시선을 둔 채 천천히 고개를 끄덕거렸다.

"맞아. 저 함선이 자리를 비운 동안 긴장감을 풀 수가 없었지. A—1729도 잡아놨으니 이틀 정도는 푹 쉬고 싶어."

"휴가?"

"그래, 휴가."

데스디아는 두 팔을 넓게 펼쳐 자유와 휴식에 대한 갈망을 표현했다.

"그럼 나랑 어디 여행 갈래? 단둘이서."

"응… 응?"

치프의 제안에 데스디아가 깜짝 놀랐다.

"진심인가?"

"물론이지. 아, 너에게 줄 선물도 가져왔어."

치프는 군복 허벅지에 달린 주머니를 열고 안쪽을 뒤적거렸다.

그가 꺼낸 것은 약간 색이 바란 은색의 비녀였다.

데스디아는 그 비녀가 무엇인지 잘 알고 있었다.

"그거, 내가 이 행성에 처음 온 날 레투가의 차에서 내던진 거잖아?"

"그래. 겨우 찾아냈어. 나름대로 열심히 씻었는데, 본래의 색으로 돌리기는 힘들더라고."

"아, 세상에. 이럴 수가. 하하."

비녀를 건네받은 데스디아는 그것을 두 손으로 꼭 쥐며 행복해했다.

"그때 내던졌던 마음이 다시 돌아오는 것 같군. 소중히 간직하지."

"기뻐하는 모습을 보니 다행이네."

"당연하지. 세상에 단 하나밖에 없는 물건을 갖게 됐으니까."

데스디아는 치프에게 건네받은 비녀를 고이 품 안에 넣었다.

"당신, 여행은 어디로 가고 싶어? 어디든 따라갈게."

"겨울 낚시."

"……."

"뎃디, 몰랐지? 회사에서 차로 1시간 정도만 달리면 작은 물가가 있어. 아직 물이 얼진 않았는데, 물속에 있는 고기들이 팔팔하거든!"

맑은 실망감이 데스디아의 눈가에 잠깐 스쳐 지나갔다.

하지만 그녀는 크게 아쉬워하지 않았다. 그녀는 그것이 치프의 스타일이라는 것을 잘 알고 있었다.

"그렇군. 그럼 밤은 거기서 보내나?"

"아니, 집에 와야지."

"……."

"새벽에 출발해서 당일 날 낚시를 즐기고, 그날 저녁에 출발해서 다시 집에 오는 코스야. 끝내줄 것 같지 않아?"

"흠."

데스디아의 표정은 이내 평소처럼 무뚝뚝해졌다.

"미안, 치프. 난 낚시를 싫어해."

"어……."

치프의 들은 표정이 실망감으로 가득 찼다.

"하지만⋯⋯."

데스디아가 그에게 다가가 팔을 벌린 뒤 부드럽게 껴안아 들어올렸다.

눈높이가 맞춰진 두 남녀는 서로의 눈을 가만히 지켜봤다.

"치프, 당신이 세상에서 가장 어처구니없는 곳으로 걸어간다고 해도 상관없어. 난 끝까지 당신과 함께야."

"정말 상심할 수도 있어, 뎃디."

치프가 진지한 표정으로 경고했다.

"어리석군, 치프. 어차피 우린 평균 수명부터 안 맞아."

"그렇구나."

그녀의 각오를 납득한 치프는 팔을 뻗어 그녀를 껴안았다.

쌍안경으로 둘의 모습을 지켜보던 죠니는 치프와 데스디아의 힘찬 포옹을 보고 매우 뿌듯해했다.

"청문회엔 제가 대신 나가죠, 원사님."

죠니 뿐만 아니라 그의 곁에 있던 UNSMC 대원들 모두가 껄껄 웃었다.

둘의 애정 행각은 위스콘신이 활주로에 착륙하는 것과 동시에 끝났다.

지면에 완전히 착지한 위스콘신은 4층 건물 높이의 출입문 여러 개를 동시에 개방하고 램프웨이를 내렸다.

서로 거리를 둔 치프와 데스디아는 땅에 닿는 램프웨이를 가만히 지켜봤다.

출입문 안쪽에서 생물학적인 냄새가 풍겨오자 치프의 미간이 좁아졌다.

"여기 오기 전에 달구지 얘기를 들었는데, 설마 알타이르 사람들이 애완동물들을 잔뜩 데려온 건 아니겠지?"

"기마병들은 각자의 말을 데려왔을걸?"

데스디아가 씩 웃으며 대답했다.

"맙소사."

모든 준비가 끝나자 위스콘신 소속 해병들이 먼저 나와서 램프웨이 좌우에 도열했다.

알타이르 전사로서 첫 번째로 그라니트 행성에 발을 댄 나온 사람은 헤이파와 탈리케이아였다.

"어머님!"

치프와 나란히 서 있던 데스디아가 헤이파를 향해 걸어갔다.

램프웨이에서 내려온 헤이파는 딸과 마주하자마자 서로를 꼭 껴안으며 반가워했다.

"네가 왜 이리 반가운지 모르겠구나, 첫째야. 별일 없었지?"

"걱정하지 않으셔도 됩니다, 어머님."

"무슨 일이 있긴 했구나. 실망할 틈이 없는 행성이로고."

첫째 딸을 꼭 껴안은 헤이파는 뒤이어 치프 앞으로 갔다.

"자네는 어떤가? 일단 겉으로는 멀쩡해 보이는군."

"저는 괜찮아요, 여사님. 하지만 재밌는 일이 몇 가지 있죠."

"기대하지."

헤이파는 자신의 딸이 그랬던 것처럼 치프를 안아 들어 올려 시선을 맞춘 뒤 꼭 껴안았다.

치프는 데스디아에게선 느낄 수 없었던 가슴의 감촉 때문에 매우 머쓱했지만 헤이파와의 재회 자체는 정말 반가웠기에 팔을 뻗어 그녀의 등을 토닥여주었다.

"치프, 다음은 나야!"

소리친 사람은 탈리케이아였다.

데스디아와 포옹하고 있던 탈리케이아는 치프와 헤이파가 서로 떨어지자마자 작은 소용돌이처럼 다가오더니 치프를 낚아채듯 껴안아 올렸다.

치프는 경장갑 전투복 때문에 꽤 무거운 자신을 마치 인형처럼 들어 올리는 알타이르 여성들의 체력에 새삼 감탄했다.

"우웅, 치프. 나 보고 싶지 않았어? 응? 응? 몸에서 뎃디 냄새가 잔뜩 나네?"

"아, 그게 말이지……."

"으흥, 괜찮아! 난 치프의 둘째 부인이 되어도 좋고 셋째 부인이 되어도 좋아! 나도 치프랑 함께 오랫동안 살아갈래!"

그녀의 선언에 치프가 경악했다.

"너무 성급하면 안 돼, 탈리."

"이건 알타이르 전사로서의 야망이야! 대답을 듣지 않아도 상관없어! 여왕 폐하의 허가도 받았다고!"

"그보다 일단 내 허가를 받아야… 읍!"

탈리케이아가 치프의 입술에 자신의 입술을 댔다.

둘이 키스하는 순간 램프웨이를 내려오던 탈리케이아의 가문 사람들, 즉 클라두스 가문의 구성원들 수십 명이 일제히 박수를 치고 뿔피리를 불며 탈리케이아의 청혼을 널리 알렸다.

"흠."

특별 다처제에 대해 알타이르의 여왕과 미리 말을 맞췄던 데스디아였지만 막상 보니 불편했는지 입 모양을 구겼다.

램프웨이 위에서 도사리고 있던 수십 명의 전사들이 활주로로 내려갔다.

그들은 치프와 탈리케이아 쪽으로 곧장 향했다. 그들을 인솔하던 검은색 단발머리의 왕족 여성이 대표로 치프 앞에 섰다.

"처음 뵙겠습니다, A—1730 치프. 저는 올라루스 가문의 장녀인 카렐리 조마 올라루스입니다. 어머님께 당신의 이야기를 들었습니다. 직접 뵙게 되어 영광입니다."

"근위대 사령관님의 따님이시죠? 역시 어머니를 닮으셨네요."

치프는 탈리의 어깨를 손으로 톡톡 두드려 자신을 내려달라고 부탁했다.

입을 비죽 내민 탈리케이아는 올라루스 가문의 장녀를 쏘아보며 치프를 내려주었다.

"치프 님. 당신께서 어머님과의 약속대로 실버로드와의 싸움에 사용했던 갑옷을 우리 가문에 양도해 주셨다는 말씀을 들었습니다."

어차피 버릴 물건이었다고 말할 뻔했던 치프는 입이 간지러웠지만 힘껏 참았다.

"약속이었고, 또 사령관님께는 나름 도움도 받았으니까요."

"그에 대한 보답으로 이제부터 혼약의 행사를 하겠습니다. 이 카렐리, 평생의 동반자가 될 각오를 당신께 바칩니다. 그러니 저와 함께 맹세의 키스를……."

"아, 잠깐!"

탈리케이아가 카렐리와 치프 사이를 몸으로 가로막았다.

"이게 무슨 짓입니까? 라샤이드 탈리케이아?"

"나와 뎃디는 혼약에 어울리는 공훈과 명분이 있다! 하지만 카렐리, 그대는 아니지! 실제로 치프를 도운 사람은 그대의 모친이신 근위대 사령관님이 아닌가?"

탈리케이아의 지적에 카렐리의 단발이 짐승의 귀처럼 펄럭 움직였다.

"혼약은 개인의 문제가 아니라 가문의 문제입니다! 십이지장 씹어 먹는 소리는 그만하고 물러서십시오! 턱걸이 라샤이드여!"

올라루스 가문의 장녀, 카렐리의 입에서 거친 소리가 나왔다.

"뭐가 턱걸이란 말인가? 그대는 장염을 이유로 라샤이드의 시련에서 일찌감치 탈락한 자가 아닌가? 일찌감치라는 말도 부족하군! 첫날 오후였어! 그때도 오크가 변을 보는 소리를 목구멍에서 토해내며 집에 가더니 오늘도 그러는군!"

양측이 알타이르다운 욕설을 기어코 내뱉자 치프의 얼굴은 사색이 됐다.

"라샤이드 탈리케이아여! 하모르 가문의 장녀가 시련의 끝에서 스스로 사퇴하지 않았다면 지금의 당신은 존재하지 않았습니다! 지금 당장 그 건방진 주둥이와 대가리에 겸손이라는 단어를 꽂으십시오!"

"하모르의 장녀에게 무슨 일이 있었는지 모르면 가만히 있어! 아무튼 치프와 함께 목숨을 건 전투를 경험해 보지 못한 자들은 들어라! 피와 명예를 모르는 상스러운 접근은 나와 클라두스 가문에서 용납하지 않겠다!"

탈리케이아가 선언하자 카렐리가 속한 올라루스 가문 사람들은 물론 아직 램프웨이에서 내려오지 못한 수많은 가문 관계자들이 엄청난 야유를 보냈다.

몇몇은 둔기 등으로 위스콘신의 바닥을 우렁차게 두드렸다. 또 어떤 이들은 독한 술을 입에서 뿜고 거기에 불을 붙이며 경고의 메시지를 대신했다.

그들의 과격한 행동은 빅시티 공항 건물에서 대기 중인 일반인들을 겁에 질리게 만들었다.

보다 못한 해병들이 그녀들에게 다가갔다.

"여, 여긴 민간용 공항입니다! 소란을 피우시면 안 됩니다!"

해병들 중 한 명의 손이 알타이르 전사의 허리에 닿았다.

"어딜 건드리느냐!"

해병이 입은 장갑복 위에 알타이르 전사의 주먹이 꽂혔다.

저 멀리 날아간 해병은 위스콘신의 내벽에 충돌하여 바닥에 떨어지고 말았다. 헬멧과 장갑복으로 몸을 보호하지 않았다면 큰일이 났을 상황이었다.

"동맹에게 무슨 짓인가!"

다른 알타이르 전사가 방금 폭력을 휘두른 전사의 턱에 주먹을 날렸다.

그렇게 폭발한 싸움은 삽시간에 확산되어 가문끼리의 집단 패싸움으로 번졌다.

1,000명이 넘는 알타이르 전사들이 서로 싸우는 모습은 실로 장관이었다.

고기와 야채, 그리고 달구지를 끄는 대형 짐승들이 좌우로 날아가는 것은 양념거리조차 아니었다.

그들은 서로 무기만 들지 않았을 뿐, 위스콘신의 철제 벽에 상대방의 머리를 가져다 찧고 그 위에 날아 차기를 또 날리는 등 폭력의 수위는 엄청났다.

탈리케아이아와 카렐리도 어느 순간 서로를 들어 엎고 그를 되받아쳤다.

"네가 남자였다면 당장 거세했을 것이다, 카렐리!"

"없는 걸 만들어 붙여서라도 네년을 거세해 주마, 탈리케이아!"

그야말로 난투극이었다.

"아… 역시나."

데스디아가 손으로 이마를 짚으며 한탄했다.

방금 전까지 알타이르 여성들과의 신체 접촉 때문에 당황했던 치프는 지금 절망하고 있었다.

'이것이 알타이르의 문화……?'

그는 숨이 턱 막혔다.

"하하, 젊은 애들의 혈기란 어쩔 수 없지. 다들 힘이 넘치는군!"

헤이파는 껄껄 웃기만 할 뿐, 그들의 싸움을 대놓고 즐겼다.

수송기 근처에서 그 거대한 폭동을 목격한 UNSMC 대원들은 할 말을 잃었다.

"상사님. 갈색 여성들이 뛰노는 파라다이스는 어디 간 거죠?"

"저거 그냥 세기말입니다만?"

"……."

할 말을 잃은 죠니는 헬멧을 벗고 두 손으로 얼굴을 감쌌다.

"다 끝났어. 우린 망한 거야."

그가 신음했다.

치프는 무중력 프로레슬링에서나 봤던 화려한 기술들이 공항 활주로에서 마구 펼쳐지는 것을 보고 입도 뻥긋하지 못했다.

'헬멧을… 써야겠지?'

그는 손에 들고 있던 헬멧을 급히 썼다.

알타이르 전사들은 옷이 다 찢어져 나체가 되는 것도 불사하고 격투를 이어나갔다.

5분 정도 가만히 있던 헤이파가 결국 박수를 한번 쳤다.

박수에서 비롯됐다는 게 믿어지지 않을 만큼 큰 폭음이 공항을 흔들었다. 지상에 주차되어 있던 차량들 대부분이 충격에 반응하여 도난 방지용 신호음을 냈다.

"동작 그만!"

박수 소리, 그리고 헤이파의 목소리에 주먹과 발을 우뚝 멈춘 전사들은 서로를 노려보며 물러났다.

"치프!"

데스디아가 급히 헤이파의 뒤쪽으로 달려갔다.

박수의 압력에 날아가고만 치프가 활주로 위에서 몸을 뒤틀고 있었다.

데스디아의 부축을 받아 일어난 치프는 헬멧을 쓴 채로 머리를 흔들었다.

'헬멧을 쓰지 않았다면 고막이 나갔을 거야. 아니, 그 이상의 일을 당했을지도 몰라. 내장까지 멋대로 움직이는 것 같군.'

치프는 헬멧을 벗고 심호흡을 했다. 대비되지 않은 충격으로 인해 놀라 버린 육체를 진정시키기 위해서였다.

데스디아는 안쓰러운 표정을 지은 채 치프의 등을 만져주었다.

"당신, 괜찮나? 위스콘신의 의무실로 데려다줄까?"

"괜찮아. 대비를 못했을 뿐이야."

치프는 특수 합금으로 보호된 전투복의 손등으로 자신의 입술을 압박하며 구토를 참았다.

헤이파는 고생하는 치프를 보기가 굉장히 미안했다.

그러나 그녀는 예전과 달리 냉엄한 표정을 유지했다.

하나같이 젊고 거친 알타이르 전사들을 총괄하는 입장에서 나약한 모습을 보여줄 수는 없었기 때문이었다.

'내가 여기서 나약한 모습을 보인다면 통제가 힘들겠지.'

이번에 그라니트 행성으로 온 알타이르 전사들, 즉 의용군의 대부분은 이름 있는 무관 가문의 딸과 그 가문에 속하여 수련하는 무명의 전사, 즉 종사(從士)들이었다.

알타이르에서 가문의 명예는 최고의 가치인데, 그로 인해 가문 사이의 경쟁은 대단히 치열했다.

조상들의 업적을 읊다가 싸움이 나는 것은 흔한 일이었고, 복장의 재봉선이나 실의 색, 심지어는 눈썹의 길이를 가지고 트집을 잡아 싸우는 일도 있었다.

고향에서도 그러는 판에, 가문의 명예와 명성에 실질적인 영향을 끼칠 것이 분명한 그라니트 행성에서 그들이 주먹을 주고받은 것은 대단히 당연한 일이었다.

그러나 정작 헤이파에게 부담을 주는 자들은 따로 있었다.

바로 몰락한 가문의 딸들인데, 그들은 이 기회에 가문을 재건하겠다는 사명감을 품고 있었기에 정말 살기등등했다.

'여왕 폐하께서 이러한 분위기를 부추기셨지.'

아랫입술을 살짝 깨문 헤이파는 1시간 전, 알타이르 행성을 출발할 때 일어난 일을 떠올렸다.

많은 이들의 예상을 깨고 위스콘신과 전사들을 직접 배웅하러 나온 알타이르의 여왕은 '왕실과 조정에서도 그대들의 의협심과 업적을 기릴 것이다'라는 말로 전사들의 가슴에 불을 지폈다.

워치프가 되는 것을 제외하고, 알타이르의 무관이 출세를 할수 있는 최고의 기회는 파병이었다.

워치프 선발의 경우에는 단 하나의 가문이 영광을 차지하지만 파병의 경우에는 목숨이 걸린 전쟁인 만큼 수많은 가문이 혜택을 볼 수 있었다.

그러나 파병은 작년에 데스디아가 이끄는 군단이 몰살당한 사건 이후 잠정적으로 중단되었다. 군단을 전멸시킨 원흉이 바로 그동안 파병을 의뢰해 왔던 우주연합이기 때문이었다.

결국 알타이르의 무관 가문들은 딸들의 큰 출세에 대해 당분간 마음을 비우기로 했다.

각 가문에서 이번 의용군 모집에 적극적으로 협조한 이유는 치프에 대한 의리와 우주연합에 대한 증오심 때문이었다.

치프의 아이를 가질 기회 같은 것은 사실 젊은이들만의 로망내지는 트로피에 불과했다.

각 가문의 지도자 대부분은 혼혈아를 받아들일 준비도, 각오도 없었다. 몇몇 보수적인 가문은 눈뜨고 볼 수 없는 괴물이 태어나는 게 아니냐며 두려워하기까지 했다.

브라토레 가문, 그리고 탈리케이아가 속한 클라두스 가문만이 '우리는 그 무엇도 사랑할 준비가 되어 있다'라며 용기를 내고 있었다.

그러나 여왕의 선언으로 인해 이번 의용군 활동은 파병 이상의 의미를 가진 기회의 장이 되었다.

헤이파는 여왕의 그 기습적인 선언을 자신에 대한 압박으로 받아들이고 있었다.

'의용군에 큰 문제가 발생한다면 나에게 책임이 부과되겠지. 이 의용군이 제아무리 탈리 휘하의 군단으로 재편됐다 하더라도 내가 참가한 이상 어쩔 수 없어. 여론부터가 그럴 테니까.'

하지만 헤이파는 그 압박을 피할 생각도 없었다.

'딱히 폐하를 탓하고 싶진 않아. 책임을 질 어른이 필요하긴 하거든.'

출발하는 순간부터 그러한 각오를 굳혔던 헤이파는 허리에 찬 주머니에서 시가를 꺼냈다.

'너와 다시 만나는 순간이 앞당겨질지도 모르겠구나, 둘째야.'

헤이파가 생각에 잠긴 사이, 가까스로 정신을 차린 치프가 허리에 미리 차고 있던 소형 스피커를 켜고 단말기를 입에 댔다.

"여러분, 제 목소리 들리시죠?"

"들립니다!"

대답을 한 알타이르 전사들이 비명을 지르며 즐겁게 환호했다. 단말기를 들고 치프의 사진을 찍는 사람도 부지기수였다.

치프와 UNSMC 대원들은 그들의 소녀스러움과 아까 봤던 난투극 사이에서 상당한 간격을 느꼈다.

어찌됐건 밝게 웃은 치프는 다시 단말기를 입에 가까이 했다.

"이 그라니트 행성에 오신 모든 분들께 진심으로 감사드립니다. 좋은 추억만을 안겨 드리고 싶지만 상황이 그렇지가 않네요. 우리는 누군가를 잃을지도 모를 싸움을 앞두고 있습니다. 많이 먹기 대회 같은 것으로 싸움의 승패가 좌우된다면 정말 좋을 텐데 말이죠."

치프가 가벼운 농담을 던졌다. 크고 작은 웃음소리가 알타이르 전사들 사이에서 터져 나왔다.

"여러분들도 아시다시피 오크들의 왕이 적잖은 수의 부하들을 이끌고 이 행성에 들어와 있습니다. 놈들은 아주 단순하고 추악하죠. 게다가 다른 종족의 이해를 바라지도 않아요. 놈들을 거름으로나마 쓸 수 있다는 것은 그나마 다행이네요. 물론 전 그 거름으로 만들어진 채소를 굳이 찾아 먹을 생각은 없지만요."

알타이르 전사들과 UNSMC 대원들, 그리고 위스콘신의 해병들이 동시에 쓴웃음을 지었다.

"그러니 놈들이 우주적인 희귀 생물로 지정되어 법의 보호를 받거나, 이름도 들은 적이 없는 이상한 단체에서 웃기지도 않는 시비를 걸며 우리를 방해하기 전에 싹 쓸어버립시다!"

치프가 집중을 요구하듯 왼팔을 들었다.

"여러분! 이곳에 계신 여러분들의 선택과 용기는 제대로 기록되지 않을 수도 있습니다! 하지만 저는 장담합니다! 여러분들은 어떤 작은 개척지의 용감한 구원자들이 아니라, 위대한 연합군의 초대 영웅으로서 영원히 기억되고 사랑받을 겁니다!"

그의 선언에 알타이르 전사들 전원이 주먹을 들어 올리며 힘차게 환호했다. 알타이르 특유의 길고 높은 휘파람 소리가 공항시설 전체에 울려 퍼졌다.

데스디아는 그의 즉흥적이고 짧은 연설이 과연 어떻게 기록되어 세상에 전해질지 궁금했다.

"아, 다들 여권은 가져오셨죠? 출입관리국 직원들이 저기 출장을 왔으니 차례대로 가서서 승인을 받아주세요. 참고로 워킹홀리데이 비자입니다."

"에······."

알타이르 전사들은 이 자리에서 웬 비자 타령이냐는 표정으로 치프를 쳐다봤다.

"여러분의 환멸은 이해하지만 법이 그래요. 혹시라도 여권을 가져오지 않으신 분들은 저기에 서 있는 아저씨 앞으로 모여주세요."

치프가 죠니 쪽으로 손을 뻗었다.

죠니는 자신에게 사람들의 시선이 집중되자 헬멧을 벗고 오른팔을 들었다.

"뭐야, 저 큰 턱은?"

"저렴하게 생긴 자가 저렴한 향수를 뿌리고 왔군."

"지구의 옛날 영화에서 저런 사람 자주 봤어. 주인공 친구고, 흑인 다음으로 일찍 죽지."

예상 못한 악담이 곳곳에서 터졌지만 죠니는 미소를 유지했다.

'내가 먼저 마음을 열고 다가가면 조금이나마 나아지겠지. 일단 여권을 빼먹고 온 아가씨들부터 차근차근 상대하자고.'

그러나 여권을 잊고 온 알타이르 전사는 한 명도 없었다.

헤이파와 탈리케이아, 그리고 각 가문의 관리 능력을 얕잡아 봤던 치프는 활주로에 쓸쓸히 서 있는 죠니의 모습을 이따금씩 바라보며 알타이르 전사들을 안내했다.

레투가의 지시에 따라 긴급 출장을 나온 출입관리국 직원들은 비전투 인원까지 합산하여 1,500명 가까이 되는 알타이르 행성인들의 여권을 최대한 빨리 확인했다.

1시간 정도 흐를 무렵, 안내를 하던 치프의 곁으로 해병 한 명이 달려왔다.

"원사님. 긴급 상황입니다."

그는 치프에게 자신의 단말기를 보여주었다.

치프는 알타이르 전사들의 눈을 피해 단말기의 내용을 확인했다.

'위스콘신의 유인 전술 정찰기로 직접 찍은 오크들의 캠프로 군. 종류를 알 수 없는 기만 수단 때문에 전술 위성이나 무인 정찰기로는 자세한 자료를 수집하기가 힘들었는데, 마침 잘됐어.'

그는 단말기 화면에 떠있는 사진들을 이리저리 확대하고 사진에 첨부된 수치들을 확인했다.

'뭐지? 캠프 안에 오크들이 없잖아? 곤충과 소형 공룡들만이 캠프 안에서 돌아다니고 있어. 놈들이 이곳에 올 때 사용한 우주선도 그대로 있군. 관측 결과 우주선 내의 연료는 전부 뽑아

서 들고 갔어. 오크들이 저 모든 것들을 버렸나? 버렸다면 어디로 이동한 거지?'

단말기 화면을 살피는 치프의 눈매가 점점 가늘어졌다.

"치프, 무슨 일이지?"

데스디아가 그에게 다가와 물었다.

"오크들을 이 행성으로 끌어들인 장본인이 드디어 움직이는 것 같아."

치프의 대답에, 알타이르 전사들과 출입관리국 직원들이 한꺼번에 동작을 멈추고 그를 봤다.

데스디아의 표정에 전의가 떠올랐다.

"그들이 노리는 장소는 어디지? 회사인가? 아니면 빅시티?"

"잘 모르겠어. 캠프에서 사라져 버렸거든."

"사라졌다고?"

"그래. 하지만 어딘가가 공격당하기 직전이라는 신호임에는 분명해. 알다시피 오크들이 사탕수수를 재배하기 위해 이 행성에 온 건 아니잖아?"

치프는 화면을 끈 단말기를 해병에게 돌려주며 한숨을 내쉬었다.

"하아, 감이 안 잡히니 불안하네."

치프가 고민하는 모습을 바라보던 데스디아는 헤이파를 돌아봤다.

팔짱을 낀 채 가만히 서 있던 헤이파가 팔을 풀고 말했다.

"자네 말대로 오크들이 어디를 어떻게 공격할지는 알 수 없다네. 하지만 누가 공격당할지는 좀 알 것 같군."

헤이파의 말에 치프가 눈을 크게 떴다.

"오크들이 누구를 노릴까요?"

"민간인이지."

"이 행성에서 민간인이 있는 곳은 빅시티밖에 없는데요?"

"놈들의 활동 영역을 굳이 그라니트 행성만으로 한정 지을 필요는 없다고 생각하네만?"

사실 헤이파의 대답은 예상에 지나지 않았다.

하지만 오크들이 민간인을 노릴 것이라는 이야기만큼은 치프도 공감했다.

'오크들이 일반적인 도시를 습격한다면 분명 피해가 엄청날 거야. 설마 지구는 아니겠지?'

치프는 깊은 고민에 빠졌다.

＊　　　　＊　　　　＊

오크들의 왕, 매드룩스는 때가 잔뜩 탄 황색의 모피 망토를 휘날리며 복도를 걸었다. 워로드 계급의 오크 두 명과 워스컬 계급의 오크 여섯 명이 그의 뒤를 따라갔다.

복도는 그들의 외모나 복장상태와 달리 매우 깨끗했다.

금속으로 마감된 복도의 형태는 물론 복도 곳곳에 안정적으로 빛나는 조명들은 이 장소가 오크들의 문화와는 거리가 있는 곳임을 말해주고 있었다.

오크들은 복도 끝에 마련된 큰 문에 당도했다.

문이 열리자 오크의 왕이 투덜거리며 안으로 들어갔다.

"신에 가까운 자여. 우리는 대체 언제까지 금욕적인 생활을 해야만 하는 것이오?"

신에 가까운 자라고 불린 사내, 라이트스톤은 벽에 걸린 대형 모니터로부터 등을 돌려 오크의 왕과 마주봤다.

"오크의 왕, 매드록스여. 난 당신과 당신의 군대가 이 행성에 온 첫 날에 인스턴트 여군 1,000명을 제공했소."

"인스턴트인지 뭔지 모르겠지만 그 계집들은 사흘을 버티지 못했소. 꽤 튼튼해서 마음에 들었는데, 사흘째 아침이 되니 먼지가 되어 사라지더구려."

매드록스가 지저분한 송곳니를 드러내며 불만어린 표정을 지었다.

"사용 기한이 짧다는 경고는 분명히 했소. 어차피 정령 교감과 관련된 수술을 받느라 아랫도리를 쓸 시간도 없지 않았소?"

"쯧."

"실망하지 마시오, 왕이여. 드디어 당신들의 욕구를 채워줄 시간이 되었기에 이곳으로 부른 것이외다."

라이트스톤이 부드럽게 말하자 매드록스의 주름진 회색 얼굴이 단숨에 밝아졌다.

"때가 온 것이오?"

"그렇소. 며칠 후에 당신들이 갈 곳에는 깨끗한 물과 식량, 그리고 건강한 여자들이 잔뜩 있을 뿐만 아니라 지구의 것과 거의 동일한 수준의 군함까지도 충분히 마련되어 있소. 당신들이 그곳을 가져도 좋고, 멸망시킨 뒤에 이곳으로 돌아와도 상관없소."

"호오, 예상 밖이구려. 난 당신이 이 그라니트 행성을 엉망으로 만들기 위해 우리를 끌어들였다고 생각했소만?"

매드록스가 손가락 끝으로 땅을 찍었다.

라이트스톤의 매끈한 헬멧 밖으로 낮은 웃음소리가 났다.

"이 행성에서 엠페라투스와 대결하고 싶다면 말리지 않으리다."

"그렇다면 우리가 가야 할 곳은 어디요?"

"여길 보시오."

라이트스톤은 아까 자신이 보고 있던 대형 모니터를 가리켰다.

모니터 안에는 은색과 황금색이 적절히 섞인 구체 모양의 인공행성이 빛을 내고 있었다.

매드록스는 물론 그의 부하들의 안색이 이상해졌다.

"우주연합 수도? 당신, 제정신이오? 저곳의 방어 시설이 얼마나 강력한지 정녕 몰라서 그러는 것이오?"

매드록스가 따지자 라이트스톤은 코웃음을 쳤다.

"그 방어 시설을 부수기 위해 내가 여태껏 돌려댄 것이 바로 행성 냉각 장치라오."

"……"

"길은 내가 열어드리리다, 왕이여. 저곳에 가서 모든 것을 빼앗고 유린하시오."

우주연합 수도 공격.

거의 명령에 가까운 라이트스톤의 그 제안에 매드록스는 식은땀을 흘릴 정도로 당황하고 있었다.

"행성 냉각 장치? 그게 대체 뭔지 잘 모르겠소만, 그 물건이 우주연합 수도의 방공망과 함대를 정말 부술 수 있다면 한번 증명해 보시오. 총 전력의 1,000분의 1이라도 날릴 수 있다면 당신의 도박에 어울려 주겠소."

매드록스가 증명을 요구하자 라이트스톤이 코웃음을 쳤다.

"여기서 시간을 더 끈다면 당신과 당신의 백성들은 전부 거세되어 공룡들의 식사거리가 될 것이오."

"그건 또 무슨 소리요?"

"보여 드리다."

라이트스톤이 자신의 단말기를 조작하여 모니터에 출력되는 영상을 다른 것으로 교체했다.

모니터에 가장 먼저 떠오른 것은 빅시티 공항에 자리 잡은 전함, 위스콘신이었다.

그 오래된 전함의 모습을 본 매드록스와 그의 부하들은 긴장하여 마른침을 삼켰다.

"저 우주선의 화력에 잘못 걸리면 거세로 끝나지 않을 것 같소만?"

"내가 왕에게 보여주고 싶은 것은 저 고철이 아니오."

라이트스톤은 단말기 화면에 뜬 다이얼을 조작하여 모니터의 영상을 확대했다.

모니터에는 1,000명이 넘는 알타이르 전사들이 천막 앞에 줄지어 서 있는 모습이 뚜렷하게 잡혔다.

매드록스는 금방 쓴웃음을 지었다.

"알타이르의 계집들이……!"

"그렇소. 아시다시피 그라니트 행성에서는 알타이르 전사들의 신체 능력이 엄청나게 증가한다오."

"알고 있소."

매드록스가 불쾌한 표정으로 말했다.

라이트스톤은 두 팔을 살짝 벌렸다.

"그대들 역시 수술 덕분에 정령 교감 능력을 사용할 수 있소. 그러나 후천적으로 부여된 능력이기에 당신들은 숙련도 면에서 저들을 따라갈 수 없소."

"큭……!"

"그중에서 헤이파 브라토레는 내가 저들에게 적용한 규칙까지 초월할 정도로 능력이 뛰어난 돌연변이라오. 더불어 그녀의 첫째 딸도 모친처럼 강해지고 있다오. 현명한 오크의 왕이여, 이 행성에서 그녀들을 이길 자신이 있소?"

라이트스톤의 헬멧에서 헤이파의 이름이 나오자 매드록스와 그 부하들이 살짝 흥분했다.

"위대한 브라토레를 임신시키는 것은 우리 종족 전체의 꿈이오."

매드록스가 한마디 내뱉자 십여 초 간 침묵이 흘렀다.

"아아, 그렇소? 그렇다면 이제라도 늦지 않았소. 장래희망을 우주연합 정복으로 바꾸시오. 내가 도와드리리다."

라이트스톤이 비웃음을 곁들여 대꾸했다.

하지만 매드록스는 진지했다.

"신에 가까운 자여. 알타이르 침공 때 그대가 우리에게 제공했던 약을 다시 주시오. 그 약만 있으면 알타이르 전사들을 무력화시킬 수 있지 않소?"

"하아……. 미련을 버리지 못하는구려."

한탄한 라이트스톤은 고개를 저었다.

"그렇소. 그 약의 효과는 확실하오. 당신들의 적수가 알타이르 전사들뿐이었다면 나는 그 약을 얼마든지 제공했을 것이오. 그러나 지구의 군대가 그들을 돕고 있기에 제대로 먹히진 않을 것이오."

"……."

"그러니 마음 편하게 우주연합 수도나 때려 부수시오. 준비는 2주 내로 완료될 것이오. 그때까지 그대들이 갖고 놀 인스턴트 여군은 얼마든지 제공해 드리겠소."

"우주연합의 수도라……."

매드록스가 중얼거렸다.

그가 왕으로서 뭔가를 궁리하고 있자 라이트스톤은 가만히 그의 이야기를 기다렸다.

"만약 우리가 우주연합 수도를 점령한다고 해도 문제가 있소. 다른 행성의 군대, 예를 들어 지구의 함대가 우리를 노린다면 우리는 수도에 갇힌 채로 놈들에게 두들겨 맞을 것이오. 이에 대한 대책은 있소?"

"그대들이 내 계획대로만 움직여 준다면 우주연합 수도는 온전한 상태로 그대들의 새로운 보금자리가 될 것이오. 그 강력한 방공망과 함대가 모두 당신들의 것이 된단 말이오."

라이트스톤이 힘 있게 말했다.

매드록스의 얼굴에 미소가 올라왔다.

"하긴, 신용을 잃을 대로 잃은 우주연합을 위해 군대를 투입

할 행성 따위는 어디에도 없겠지. 좋소, 받아들이리다. 우리가 수도까지 타고 갈 배는 어디 있소?"

"배는 필요 없소."

라이트스톤이 부드럽게 말했다.

"그런 오래된 개념을 사용하는 순간, 그대들은 우주연합의 수도에 도착하기는커녕 그라니트 행성의 게이트조차 통과하지 못할 것이오."

라이트스톤이 오른손을 꽉 쥐었다. 그가 낀 금속제 장갑에서 맑은 쇳소리가 났다.

"나를 믿으시오. 그대들에게 안정적인 학살의 장소를 제공하리다."

"후후."

매드록스의 미소가 더욱 진해졌다.

"신에 가까운 자여. 그대가 진짜로 부수고 싶어 하는 것은 대체 무엇이오? 난 이 행성이 최대치인 줄 알았는데?"

"개인감정은 그렇소만, 다행히도 나의 이성은 굳건하오."

"흠?"

매드록스가 팔짱을 끼며 그를 봤다. 무슨 소리냐는 행동이었다.

"오크의 왕이여, 궁금하지 않소? 우주연합이 붕괴한 직후 어떠한 세상이 도래할지 말이오."

106
불사의 직속 부하

"신에 가까운 자여. 당신은 장사꾼 내지는 학자여서 그런지 몰라도 낭만을 갖고 있는 것 같구려. 붕괴 이후의 세상은 아주 재밌거나 얼토당토 하지 않을 것이오."

매드록스는 팔을 풀고 두 주먹을 꽉 쥐었다.

비록 그의 팔에는 수많은 싸움이 남긴 흉터와 노쇠에 의한 주름이 가득했지만 부풀어 오르는 근육의 크기는 오크답게 막대했다.

"이 세상은 진공 상태라는 것을 허락하지 않소. 새로운 강자와 그 강자가 앞세운 규칙이 우주연합의 빈자리를 채우려 할 것이오. 법률과 세금 같은 것만 유지된다면 세기말 분위기의 상황 따윈 일어나지 않소."

"호오, 왕으로서의 경험담이오?"

"다른 종족의 행성을 침공하고 약탈하는 것은 쉬운 일이 아니오. 알타이르의 파병 함대를 속이는 것부터 정치와 전략에 대한 감이 없으면 불가능하오. 그런 면에서 우리 종족은 나태한 종족들에게 신이 내리는 처벌과도 같소."

"……."

"신에 가까운 자여. 그대와 나의 생각이 좀 다른 것 같구려. 우리가 우주연합 수도를 점령한다고 해서 우주연합 전체가 간단히 붕괴되진 않을 것이오."

매드록스는 도끼인지, 검인지 알기 힘든 무기를 꺼내어 바닥에 그림을 그렸다.

"잔당들은 게이트를 통해 재빨리 소집하여 우리와 맞설 것이오. 다행이도 우주연합은 오래 전부터 신용을 잃어왔소. 우주연합이라는 세력을 유지해 주는 것은 오로지 게이트의 독점권뿐이었소."

동그라미를 그려서 우주연합의 잔당을 표시한 매드록스는 뒤이어 사각형을 꽤 크게 그렸다.

"지구로 대표되는 강대 세력들은 그들을 돕지 않을 것이오. 그러나 우주연합의 잔당들이 독점권을 포기하겠다고 선언하면 상황은 뒤집힌다오."

매드록스는 검으로 동그라미에 X표를 쳤다.

"알타이르 파병 함대는 지금까지 정의의 실현이라는 말랑말랑한 이유를 내세워 우리를 쫓았소만, 독점권이 걸린 순간부터는 지구와 같은 호전광들이 굶주린 맹수마냥 우릴 쫓을 것이오."

매드록스는 강대 세력을 뜻하는 사각형 한가운데에 자신의 무기를 꽂았다.

"우리는 철저하게 사냥당할 것이고, 우주연합이 남긴 빈 공간은 강대 세력들이라는 이름의 밀물들이 깔끔하게 채울 것이오. 그대가 원하는 대혼란은 얼마 못 가겠지."

"그대가 말하는 사건의 흐름은 게이트의 정상적인 작동을 전제로 하고 있소, 오크의 왕이여."

라이트스톤의 지적했다.

매드록스는 인정한다는 듯 고개를 끄덕인 뒤 무기를 뽑아 거두었다.

"그 게이트를 어떻게든 할 수 있다는 것이오?"

"들으시오, 오크들의 왕이여. 게이트의 독점권이라는 것은 서류 몇 장과 서명, 생체 인증 따위로 주고받을 수 있는 것이 아니라오. 옥좌와 연결되어 게이트를 관리하는 자를 확보해야만 비로소 독점권을 가질 수 있다오."

"옥좌……?"

매드록스는 옥좌라는 말을 듣고 매우 큰 의자를 떠올렸다. 그가 알고 있는 옥좌는 오로지 그것뿐이었다.

"오크의 왕이여. 우주연합의 수도를 침공하여 군부의 아르마다를 잡으시오. 실은 아르마다가 우주 전체에 설치된 게이트를 총괄하는 자라오. 그는 문지기일 뿐이기에 게이트를 가지고 복잡한 장난을 칠 수 없지만 열고 닫는 것 정도는 손쉽게 할 수 있소."

"호오……."

"성공한다면 대혼란은 아주 길게 갈 것이오. 게이트의 편리함에 찌들어 우주를 여행하는 즐거움을 잊어버린 자들이 그대들을 방해할 수 있을 거라 생각하시오?"

"하하, 신에 가까운 자여. 그대는 정말 터무니없는 그림을 그리고 있었구려."

매드록스가 감탄했다.

"가벼운 스트레스 해소에 불과하오."

라이트스톤은 메마른 목소리로 대답했다.

*   *   *

태양이 서쪽 지평선에 가까워질 무렵, 알타이르 전사들을 태운 위스콘신이 회사 앞 들판으로 내려왔다.

장벽 밖으로 사륜 바이크를 끌고 나온 파울라는 회사의 북쪽 장벽 밖으로 달려갔다.

북쪽 장벽 밖의 들판은 나무가 없고 짧은 수풀만 존재했다.

그곳에는 드래곤의 모습을 한 바라쿠스가 엎드린 채 곤히 자고 있었다. 날개로 몸을 단단히 덮은 그의 모습은 꼭 거대한 돔 구장 같았다.

"아버지, 일어나십시오! 알타이르에서 손님이 왔습니다!"

"음……."

바라쿠스는 날개 밖으로 머리를 배꼼 내밀었다.

잠이 덜 깬 바라쿠스는 가까스로 눈을 떴다.

눈앞에 인간의 모습을 한 파울라가 보이자 그는 조심스럽게 숨을 내쉬었다.

"조심하렴. 그 모습으로 너무 가까이 오면 아빠의 콧속으로 빨려 들어갈지도 몰라."

"혹시 코로 다른 생물을 흡입하신 일이 있으십니까?"

"너도 어렸을 때 자주 그랬단다. 그래서 재채기를 부르는 풀들을 둥지에 잔뜩 쌓아놔야만 했지."

"……."

파울라는 왼손으로 바이크의 핸들을 잡은 채 오른손으로 얼굴을 덮었다.

그사이 잠에서 완전히 깨어난 바라쿠스는 그리 멀지 않은 들판의 한가운데에 착륙한 위스콘신을 살펴봤다.

"굉장한 크기의 기계 덩어리구나. 치프라는 놈이 내 머리 위에 띄워놨던 것들보다 조금 더 큰 것 같군."

그는 위스콘신의 뒤쪽에 위치한 램프웨이들로부터 짐을 실은 달구지들을 끌고 내려오는 알타이르 전사들을 봤다.

그 전사들 역시 바라쿠스를 주시했다. 하지만 특별히 적대감을 드러내는 자는 아무도 없었다.

"저 종족은 정말 신기하구나. 난 통에서 절여지고 있는 알타이르 여자들이 특별한가 싶었는데, 저기 있는 여자들까지도 나를 전혀 두려워하질 않는군."

"걸음마를 시작할 때부터 사냥터를 구경하는 종족이라 그럴지도 모릅니다. 선천적으로 감이 좋고 담력도 대단하지요."

파울라가 설명했다.

"음… 어쩌지? 인사를 하러 가야 하나?"

바라쿠스가 살짝 걱정했다.

"저 알타이르 전사들의 최고 책임자가 있습니다. 우선 그녀와 만나시지요."

파울라가 말한 최고 책임자는 헤이파였다.

그녀는 헤이파를 신뢰하고 있었다. 그리고 헤이파와 바라쿠스가 대화를 할 때 발생할지 모를 재밌는 일들을 상상하고 있기도 했다.

그때, 위스콘신에서 달려온 군용 트럭 한 대가 그들 앞에서 천천히 정차했다.

트럭에서 내린 사람은 치프와 데스디아, 헤이파, 그리고 아르마게일이었다.

아르마게일을 한눈에 알아보지 못한 바라쿠스는 데스디아와 헤이파를 신기하다는 표정으로 쳐다봤다.

'골격은 물론 몸의 혈관 구조도 거의 동일한 개체가 모녀 사이라니, 놀랍군. 아르마게일이 봤다면 당장 해부하자고 했을 거야.'

아르마게일이 바라쿠스와 다른 일행들 사이에 자리를 잡았다.

"아무래도 나를 떠올리고 있는 것 같군. 투사 바라쿠스여."

"음?"

바라쿠스는 대체 누구냐는 눈빛으로 아르마게일을 응시했다.

"뉘신지 모르겠소만, 당신의 그 말투만큼은 내 뒷골에 확 꽂히는구려."

"후후."

아르마게일은 웃음소리를 내면서 자신의 단말기를 꺼냈다.

"내가 누구인지 당장 알아보지 못하는 게 다행이로군."

그는 단말기의 윗부분을 바라쿠스 쪽으로 맞춘 뒤 문자를 보냈다.

―난 아르마게일일세. 자네가 진짜 바라쿠스라면 좋겠어.

아르마게일의 문자를 감지한 바라쿠스는 발성기관을 통하여 질문을 하려 했다.

하지만 아르마게일은 고개를 흔들었다.

―미안하네, 바라쿠스. 아직은 내 정체를 숨기고 싶군.

아르마게일과의 대화를 어떻게 이어나갈까 고민한 바라쿠스는 단말기에서 자신을 향해 문자가 송신되는 느낌을 재현해 보기로 했다.

―누구로부터 숨기고 싶다는 말인가?

아르마게일의 단말기에 글자 크기가 제각각인 문자가 수신되었다.

―허허, 글자는 이상하지만 맞춤법은 확실히 지키는군.

아르마게일이 바라쿠스를 향해 엄지를 치켜들었다.

―내 질문에 대답이나 하게, 아르마게일이여. 왜 정체를 숨기려 드는가? 라이트스톤이라는 존재 때문인가?

―그 친구도 문제고, 엠페라투스도 문제고. 둘 다 내가 여기에 있다는 사실을 알면 눈이 뒤집힐걸?

―엠페라투스에 대한 이야기는 파울라와 그 아이의 친구들에게 들었다네. 아르마게일이여.

아르마게일은 단말기에 수신되는 바라쿠스의 문자가 순식간에 깔끔해지고 문장의 완성 속도까지 빨라지는 것을 보고는 감탄을 숨기지 않았다.

—바라쿠스여. 이렇게 표현하자니 매우 미안하네만, 자네는 역시 2세대 가운데에서 가장 우수한 종이야.

—그래, 그 역겨운 표현! 자네는 진짜 아르마게일이 분명하군! 엠페라투스에게 축복을 받고 온 내 딸을 보자마자 해부해 보면 안되겠냐고 물었지? 그때가 떠오르는데, 어쩌면 좋을까?

—그때 운캄타르 님이 자네를 말리지 않았다면 난 틀림없이 죽었겠지. 후후, 엠페라투스가 모르는 일을 떠올리고, 또 그에 대해서 진심으로 분노하다니, 역시 자네는 진짜 바라쿠스야.

아르마게일은 싱글싱글 웃으며 단말기의 화면을 두드렸다.

—손님들이 있으니 자세한 이야기는 나중에 나누세, 바라쿠스여. 괜찮겠나?

—알겠네.

바라쿠스는 아르마게일을 쏘아보며 그에게 코를 가까이 댔다.

"응? 왜 그러나?"

"자네가 나와 내 딸에게 저지른 실례를 정산하고 싶어서 말이지. 떠오른 김에 끝내자고."

"아, 해부 말인가?"

바라쿠스는 강렬한 콧김으로 아르마게일을 쓰러뜨렸다. 흙먼지를 잔뜩 뒤집어쓴 아르마게일은 쓰러진 채 일어나지 못했다.

"이제야 속이 좀 시원하군."

턱 밑으로 파울라의 머리를 쓰다듬어 준 바라쿠스는 이윽고 헤이파에게 고개를 돌렸다.

"바라쿠스라고 하오. 실례지만 당신이 알타이르 전사들의 최고 책임자인 것 같소만?"

"그렇습니다. 헤이파 트리시아 알타이르 브라토레라고 합니다."

헤이파가 묵례를 했다.

"따님을 뵙기 위해 이곳에 오셨다고 들었습니다, 바라쿠스 님."

"이곳에 오게 된 계기는 그렇소. 하지만 나를 되살리고 회사의 위치를 알려준 존재는 엠페라투스라오. 날개 달린 자들에게 답이 없다고 판단되면 자신을 부르라고 말하더이다."

바라쿠스의 대답을 들은 헤이파는 자신의 옆에 서 있는 치프의 데스디아를 돌아봤다.

"골치 아픈 이야기를 매우 솔직하게 하시는 분이로구나."

"……"

둘은 대답 없이 가만히 있었다.

"흠. 판단하는 입장으로서 이곳에 오셨다면 그 결과를 듣고 싶군요. 이 땅의 날개 달린 자들은 어떤 것 같습니까?"

"내 딸은 어른이 되어도 여전히 귀엽소."

바라쿠스의 진담에 파울라의 얼굴이 빨개졌다.

'장로도 제법 귀여운 표정을 지을 수 있었군.'

헤이파가 씩 웃었다.

"부모에게 있어서 아이들이란, 그야말로 하나의 세상이지요."

"동감하오."

고개를 끄덕인 바라쿠스는 특유의 직감과 경험으로 헤이파의 말을 해석했다.

'자식을 잃은 적이 있나보군. 낯선 존재를 앞두고 자식과 세상이라는 단어를 가볍게 연결시키진 못하지.'

바라쿠스는 날개를 펴서 정리한 뒤 똑바로 일어났다.

"이 땅의 날개 달린 자들은, 단순히 말하자면 이상한 어른들에게 희생된 자들이라오."

그의 해석에 가장 뚜렷이 반응한 사람은 치프였다. 다른 이들은 신선한 해석이라고만 생각하고 있었다.

"그렇게 생각하십니까?"

헤이파는 그의 생각을 좀 더 자세히 확인하고 싶었다.

"그렇소. 그냥 평화롭게 살아온 것이 죄는 아니지 않소? 그런 그들에게 있어서 엠페라투스와 운캄타르 님, 지금까지 살아남은 2세대들, 그리고 신들의 잔재들의 등장은 정말 터무니없는 저주였을 것이오."

이어진 바라쿠스의 말은 모두를 침묵케 했다.

"3세대는 나약하다오. 지금 이 상태로는 제아무리 운캄타르 님의 피를 이은 왕녀 전하라고 해도 엠페라투스를 상대할 수는 없소. 아마 그가 눈만 번뜩여도 왕녀 전하는 가루가 될 것이오."

"바라쿠스 님께서 직접 날개 달린 자들을 단련시키실 생각이십니까?"

헤이파가 물었다.

"그건 잘 모르겠소. 아직은 확신이 없소. 그리고 시간적인 기회가 있을지도 궁금하오."

바라쿠스가 머리를 흔들었다.

"그렇습니까? 그렇다면 바라쿠스 님의 결심을 기다리겠습니다."

"알겠소."

바라쿠스는 알타이르의 전사들과 함께 적들에 맞설 수 있을지 궁금했다. 그는 다른 종족과 함께 살아가는 것은 물론 친구가 되어 싸운다는 개념을 아직 이해하지 못하고 있었다.

"치프, 자네가 날개 달린 자들을 돕는 이유는 무엇인가?"

"아저씨의 말을 들으니 이제 확실해지는 것 같네요."

"응?"

"예, 어른들의 희생양. 그 말씀이 맞아요. 전 어떻게든 일을 해결해 보려고 발버둥치는 셀레스티아와 루할트, 알케온의 꼴을 두고 볼 수가 없었죠."

치프는 가볍게 고개를 끄덕이며 말했다.

'저 친구, 아이들에 대한 나쁜 추억이라도 있나?'

바라쿠스는 신들과의 싸움 때문에 자식을 잃고 방황하다가 결국 죽고 만 자신의 친구를 떠올렸다.

"싸움꾼들의 삶이란 각박한 법이지."

"이 시대에 되살아나신 분에 비하면 아무것도 아닐지도 모르죠."

"후후."

바라쿠스가 힘없이 웃었다.

"난 항상 이곳에 있을 테니 심심하면 찾아오게. 자네와의 대화는 꽤 재미있군."

"인간의 모습을 유지하시면 훨씬 편하실 텐데요?"

"오, 난 싫어."

바라쿠스가 좌우로 머리를 흔들었다.

바라쿠스 곁에 파울라를 남긴 채 회사로 들어온 치프는 자신들이 뭔가 잊었음을 깨달았다.

바로 바라쿠스의 콧김에 쓰러진 아르마게일이었다.

'그런 일로 돌아가시진 않겠지, 설마.'

치프는 일행과 함께 트럭에서 내렸다. UNSMC 대원들과 함께 드럼통 안의 알타이르 전사들을 감시하던 포프가 그에게 다가왔다.

"손님들이 많으니 정신이 없네요, 사장님."

"그동안 우리 회사가 너무 조용하긴 했지."

포프의 등을 두드려 준 치프는 포로가 된 알타이르 전사들을 향해 걸어가는 헤이파를 주목했다.

헤이파는 '팀장'이라고 불렸던 알타이르 전사 앞에서 멈췄다.

"많이 여위긴 했지만 자네는 분명 아테나스 가문의 둘째로군."

"아테나스 가문……?"

팀장이 정령 교감 차단제에 담그고 있던 턱을 들고 헤이파를 봤다.

"모르겠소, 위대한 브라토레어. 나와 나의 전우들에게 명예로운 죽음을 부여해 주시오."

"역시 이 액체에 푹 절여지면 정신이 이상해지나 보군."

헤이파는 멀리서 자신을 바라보고 있는 셀레스티아에게 손짓을 했다.

"셀리, 잠깐 오려무나."

"예, 여사님."

셀레스티아는 빠른 걸음으로 다가와 헤이파 옆에 섰다.

그녀에게 이들의 세뇌를 풀어달라고 부탁하려 했던 헤이파는 셀레스티아의 얼굴을 보자마자 생각을 바꿨다.

"안색이 나쁘구나. 무슨 일이라도 있었느냐?"

"아, 아뇨. 여사님. 아무것도 아니에요."

"……."

헤이파는 오른손 끝으로 셀레스티아의 눈가를 만져주었다.

셀레스티아 자신도 모르게 흘린 눈물이 헤이파의 손가락에 옮겨갔다.

"네가 그러면 나도 속상하단다."

"……."

셀레스티아는 결국 참지 못하고 헤이파의 가슴에 얼굴을 묻었다. 헤이파는 그녀의 등을 토닥이며 주변을 돌아봤다.

탈리케이아를 찾기 위해서였다.

"탈리, 이쪽으로 오너라."

전사들에게 주의 사항을 알려주고 있던 탈리케이아는 헤이파의 목소리를 듣자마자 곧바로 뛰어왔다.

"예, 스승님. 말씀하십시오."

"UNSMC에 요청하여 여기 있는 자들을 인계받으렴. 이들은 전쟁 포로로서 잡혀 있으니 절차를 준수해야 한다."

"알겠습니다, 스승님."

"구속용 밧줄은 가져왔겠지?"

"그렇습니다."

"인계 절차가 끝나면 다른 전사들과 함께 이들을 우리의 숙소로 옮기려무나. 숙소 지하에 징벌용 방이 있으니 쓸 만할 것이야."

"예, 스승님."

지시를 마친 헤이파는 셀레스티아를 달래며 그곳에서 물러났다.

탈리케이아는 자신의 단말기를 꺼내 치프에게 다가갔다.

"치프. 포로 인계는 어떻게 하면 돼?"

"내가 양식을 보내줄게. 결제하기 전에 잘 읽어봐."

치프는 자신의 단말기에 있는 서류 파일을 탈리케이아에게 보냈다.

그녀에게 서류의 각종 항목에 대한 설명을 해주던 치프는 뭔가 이상한 느낌이 들어 자신의 뒤쪽을 돌아봤다.

제법 큰 비디오카메라를 들고 있는 알타이르 왕족 여성이 자신의 동료들과 함께 손을 흔들며 웃었다.

그녀는 전사들과 달리 신장이 작고 팔다리도 가늘었다. 복장역시 전투복과는 거리가 먼 전통복 차림이었다.

"저희는 신경 쓰지 말고 일 보세요, 치프! 자연스럽게!"

근처에 있는 UNSMC 대원들이 소리를 죽여 키득거렸다.

"저어, 혹시 알타이르 왕립 방송국에서 나오셨나요?"

치프가 약간 놀란 표정으로 물었다.

"그렇습니다!"

그녀가 힘차게 대답하자 치프는 눈앞이 아뜩했다.

"죄송한데요, 오늘은 여러모로 복잡하니 촬영은 내일부터 하시죠. 같이 오신 분들이랑 숙소로 가서서 짐부터 정리하세요."

"저희도 그러고 싶어요, 치프. 하지만 운동장 같은 곳을 지나갈 수가 없어요."

"네?"

치프가 움찔했다.

그는 설마 하는 표정으로 회사 훈련장이 보이는 장소를 향해 달려갔다.

훈련장에는 루할트와 알케온이 아직도 드러누워 있었다.

훈련장을 완전히 가로막은 그들의 거체는 나름대로 위압감이 있었다.

알타이르 전사들이 보기에는 그냥 크고 귀찮은 민폐에 불과했지만 그들의 달구지를 끄는 짐승들의 입장에서는 잠들어 있는 공포나 다름없었다.

짐승들은 채찍질에도 불구하고 숙소 쪽으로 움직이는 것을 거부했다.

"아, 맙소사."

치프가 두 손으로 머리를 감싸며 당혹감을 드러냈다. 왕립 방송국 사람들은 그의 그러한 모습을 담기 위해 바삐 움직여댔다.

당황하기는 데스디아도 마찬가지였다.

왼손으로 이마를 누르고 있던 그녀는 멋쩍은 표정으로 자신의 옆에 서 있는 포프를 봤다.

"포프. 사만다와 젝스는 어디 있지?"

"사만다 언니는 사장실에서 위스콘신과 회사의 시설을 연결하고 있고요, 젝스는 하인케스 사장님 곁에 있을 거예요."

"하아."

한숨을 쉰 데스디아는 헤이파에게 위로받고 있는 셀레스티아를 한번 본 뒤 단말기를 들었다.

"접니다, 장로님. 교통정리가 필요하니 아버님을 모시고 와 주십시오."

치프가 통화를 마치자마자 회사의 장벽 밖에서 바라쿠스가 떠올랐다.

바라쿠스의 위력적인 모습을 본 알타이르의 짐승들은 본능적인 공포로 인해 바짝 굳어지거나 주저앉아 버리고 말았다.

치프는 회사 위에 깔린 척력장을 걷으라는 뜻으로 괴성을 지르는 바라쿠스의 모습에서 자못 강한 압박감을 느꼈다.

"역시 저분은 좀 다르시네요, 사장님."

포프가 치프의 허리에 손을 대며 몸을 기댔다.

"너도 그렇게 생각해?"

"예. 저분을 보면 엠페라투스를 봤을 때만큼이나 몸이 위축되는 것 같아요."

치프는 바라쿠스가 발산하는 위압감에 뭔가 까닭이 있을 것이라고 생각하며 단말기를 다시 들었다.

"사만다. 척력장을 꺼."

—예, 아저씨.

치프의 지시에 따라 회사의 척력장이 힘을 잃었다.

척력장이 사라지자 회사에 들어오는 햇빛이 외부와 동일해지고 서늘한 자연풍이 밀려 들어왔다.

회사 내에 부는 바람까지 인공적인 것임을 눈치채지 못했던 알타이르 행성인들은 감탄을 아끼지 않았다.

척력장과 관련된 기술은 원래 군용이 아니라 지구 외의 장소, 즉 달이나 화성의 표면 위에 설치된 광산이나 연구 시설을 보호하기 위해 개발되었다.

금속이나 콘크리트 구조물만으로는 태양에서 쏟아지는 각종 유해 방사선과 크고 작은 운석의 충돌, 그리고 금성이나 화성의 가혹한 환경을 버틸 수 없기 때문이다.

지금은 사라진 식민지 군벌들은 콘크리트 구조물에 특수 고무를 바르는 옛날 방식으로 광산의 채산성을 높였다. 물론 그 대가는 노동자들이 온몸으로 떠안아야만 했다.

'사람이 할 짓이 아니었지.'

척력장 때문에 금성과 화성 식민지의 일을 떠올린 치프는 포프의 머리를 쓰다듬는 것으로 그때의 나쁜 기억들을 털어냈다.

바라쿠스는 날개에 걸린 반중력장을 정교하게 조절하여 아주 천천히 하강했다.

만약 그가 아무런 배려 없이 착지한다면 땅에 있는 UNSMC 대원이나 알타이르 행성인들, 그리고 달구지 등은 바라쿠스가 몰고 온 바람의 압력을 못 버티고 날아가 버릴 것이다.

"이 젊은 것들은 정말 쓸모가 없군!"

불사의 직속 부하 381

바라쿠스가 우선 알케온의 몸을 끌어 올리며 투덜거렸다.

"나한테 두드려 맞은 거 말고는 대체 뭘 했다고 눈을 못 뜨는 건가?"

바라쿠스가 날개를 움직이자 알케온의 몸이 훌쩍 들렸다.

"이 가벼움은 대체 뭐지? 이 친구들의 몸은 깃털로 만들어졌나? 이렇게 허약할 수가!"

루할트의 곁에서 바라쿠스의 투덜거림을 들은 젝스는 모자를 벗고 머리를 만지작거렸다.

그녀는 두꺼운 근육과 외골격으로 다져진 바라쿠스의 육체와 그에게 견인되어 나가는 알케온의 육체를 비교해 봤다.

'하긴. 우리 세대는 허기를 달래기 위해서만 식사를 해왔어. 바라쿠스 님처럼 몸을 단련하기 위해 식사를 한 자는 거의 없지.'

젝스는 3세대들이 최소한의 음식 섭취만 해 온 이유를 알고 있었다.

'사실 바라쿠스 님 수준으로 단련할 이유가 없었거든. 이 행성에서 우리를 위협할 존재는 없었으니까.'

생각에 잠겨 있던 젝스의 눈에 두 팔을 흔드는 치프의 모습이 들어왔다.

"단말기는 켜놨어야지, 젝스! 어서 이쪽으로 와!"

그가 소리를 지르자 젝스는 모자를 든 오른손을 높게 들어 좌우로 흔들었다.

알케온을 회사 밖으로 옮긴 바라쿠스가 다시 다가오자 젝스는 루할트의 턱 아래에 자신의 얼굴을 비빈 뒤 훈련장 밖으로 달려 나갔다.

알케온과 루할트가 훈련장에서 사라진 뒤, 알타이르 행성인들은 겁먹은 짐승들을 달래어 일으키고는 자신들의 숙소를 향해 이동했다.

"여사님. 저 사람들이 짐을 풀고 정리할 때까지 시간이 있겠죠?"

치프가 헤이파에게 다가가 물었다.

자신의 단말기로 쏟아지는 메시지를 확인하느라 분주한 헤이파는 치프를 흘끔 봤다.

"자네야 그렇겠지. 왜?"

"출출해서 그런데요, 알타이르식의 달걀프라이가 먹고 싶네요."

"알타이르식의 달걀프라이는 또 뭔가? 뜬금없군."

헤이파가 피식 웃자 치프의 표정이 굳어졌다.

"예?"

그가 당황하자 근처에 있던 데스디아도 덩달아 당황했다.

"지구의 프라이팬 같은 것은 알타이르에도 있다네. 혹시 칼을 달궈서 달걀을 익혀먹는 야전 요리를 얘기하는 거라면 그만두게. 보기에도 안 좋고 기름기도 없어서 목으로 넘어가질 않거든. 게다가 칼도 엉망이 되지."

"아……."

치프의 표정이 실망감으로 물들었다.

"내가 앞치마를 두른 모습을 그렇게 보고 싶다면 나중에 기회를 주겠네. 난 지금 바빠."

"죄송합니다, 여사님."

고개를 숙여 사과한 치프는 데스디아를 물끄러미 바라봤다.

그의 눈빛에 자극을 받은 데스디아가 결국 발끈했다.

"그래, 식당에 가자고! 내가 해주겠어! 그러면 되잖아!"

그녀가 식당을 향해 손짓하자 치프가 앞장서라는 손짓으로 대응했다.

"뎃디. 이제 와서 묻긴 그런데, 그 군대식 달걀프라이라는 거 자주 해봤어?"

"워치프 선발 때 한 번."

"그러시군요."

치프는 '그러면 그렇지'라는 표정으로 데스디아를 도발했다.

데스디아는 오기로라도 군대식 달걀프라이를 보여주려고 했지만 탈리케이아가 그녀를 급히 찾는 바람에 기회가 사라졌다.

"뎃디, 각 방에 설치된 TV에서 위성 방송이 안 나온대."

탈리케이아가 전해준 민원을 듣는 순간 데스디아의 짜증이 폭발했다.

"누가 벌써 TV를 튼 거야? 그리고 그걸 왜 나에게 따지는 거지?"

"내 방의 TV도 네가 만져줬잖아? 아무튼 빨리 와!"

탈리케이아가 데스디아의 팔을 잡아당겼다. 데스디아는 이를 악물고 화를 참으며 숙소를 향해 달려갔다.

포프는 그녀들의 모습, 그리고 회사 정문을 통해 계속 들어오는 알타이르 전사들을 둘러보며 밝게 웃었다.

"사람들이 부쩍 늘어버렸네요, 사장님. 헌터들이 머물 때와는 또 다른 것 같아요."

"응. 조심해야 할 거야, 포프."

치프가 씁쓸한 표정으로 말했다.

"조심하다니요?"

포프가 눈을 동그랗게 뜨고 의아해했다.

"공항에서 저들의 문화가 어떤 것인지 뼈저리게 느꼈거든."

그의 뼈를 저리게 만들었던 장본인인 헤이파는 곁에 있는 셀레스티아가 움찔할 정도로 크게 헛기침을 했다.

"정말 와일드하더라고. 중력이 있는 곳에서 무중력 프로레슬링 기술이 나올 줄은 생각도 못했지. 넷디와 탈리는 교양이 있는 평화주의자였어."

"오⋯⋯."

포프는 호기심이 잔뜩 차오른 눈으로 알타이르 전사들을 다시 봤다.

알타이르 전사들은 가문마다 무리를 지어 이동하고 있었다.

무리의 선두에 선 가문의 딸들은 외모와 복장이 모두 깔끔했다. 특히 복장은 포프의 눈으로 봐도 새것이 분명했다.

반면 그들을 따르는 가문의 종사들, 즉 무명의 전사들은 비교적 거친 외모를 자랑했다.

팔과 목, 다리, 얼굴 등에 흉터가 있는 자는 흔했고, 전투복역시 자신의 무술 특성에 맞춰 개조되어 있었다.

옷이 개조된 모양새에서 나름대로의 멋과 전투의 경험이 묻어나오는 것까진 좋았으나 이상할 정도로 너덜너덜한 것만은 사실이었다.

그 점이 포프의 탐구심을 자극했다.

"이건 그냥 제 느낌인데요, 사장님. 저분들께서 입고 계시는 옷 대부분이 새것이거나 최근에 수선된 것 같아요."

포프가 제법 진지한 표정으로 말했다.

치프는 아랫입술을 앞으로 뾰족하게 내밀었다.

"이상하게 생각할 것 없어, 포프. 아까 공항에서 옷들이 다 찢어지거나 부서졌거든."

"예?"

"저 인원 대부분이 별것 아닌 일로 한바탕 싸우더라고. 아까 말했지? 무중력 프로레슬링."

"예……."

알타이르 전사들의 옷이 왜 그런지 알게 된 포프는 뒷머리를 긁적거렸다.

"뒤따라 이동하시는 전사분들이 더 강력하신 것 같아요."

포프가 치프에게 소곤거렸다.

"글쎄? 난 잘 모르겠는데? 그리고 그런 말은 사람들이 없는 곳에서 하도록 해, 포프."

치프가 어깨를 으쓱이며 지적했다.

알타이르 전사들의 청각이 얼마나 좋은지를 간과했던 포프는 반성의 의미로 고개를 반쯤 숙였다.

어느새 치프의 옆에 자리 잡고 있던 젝스는 포프의 궁금증에 대한 해답을 알고 있었다.

'무리의 선두에 선 자들과 그 뒤를 따르는 자들의 정령 교감 능력과 기초 신체 능력이 달라. 선두에 선 자들이 프로 격투선

수라면 뒤를 따르는 자들은 뒷골목의 건달 수준이야. 알타이르
에서는 노력이 피를 이길 수 없나?'

하지만 알타이르 전사들을 바라보는 젝스의 눈에서 불안감
따위를 찾아볼 수는 없었다.

가장 약해 보이는 전사조차도 베테랑 헌터들을 아득히 능가
하고 있었기 때문이다.

"아, 사장."

젝스가 몸을 돌려 치프를 봤다.

"왜?"

"손님들의 식사는 어떻게 마련해야 하지? 지금 식당을 지키는
사람은 안드레이 중사뿐이야."

"괜찮아. 저쪽 숙소에 아주 큰 부엌과 식당이 따로 있어. 거
기서 자기들이 해결하겠다고 말했으니 걱정하지 마."

"전사들의 요리라……."

젝스는 걱정이 됐다.

그녀가 경험한 알타이르의 요리는 헤이파가 단 한 번 만들어
대접한 거대 생선찜뿐이었다.

헤이파 본인은 낚시가 취미일 뿐, 요리는 어설프다고 주장했
지만 젝스는 그 생선찜의 맛을 잊지 못하고 있었다.

반면 데스디아와 탈리케이아는 요리의 '요' 자만 나와도 정색
을 하거나 자리를 뜨기에 바빴다.

"사장. 부사장이 나에게 해준 요리가 딱 하나 있어."

"오, 그래? 뭔데?"

"햄버거 속의 야채가 흘러나오니까 정리해 주더라고. 그게 끝

이지."

"……."

젝스의 입에서 구슬프게 흘러나온 그 말에 치프가 살짝 당황했다.

"각 가문에서 파견한 비전투 인원이 있으니 진정해, 젝스. 요리는 그 사람들이 할 거야."

"하아……."

젝스의 걱정은 잦아들지 않았다.

"전투 능력만큼은 보장된 사람들이니 그걸로 안심해야 할까?"

젝스가 중얼거렸다. 그러자 치프가 손을 흔들며 말했다.

"오, 전투 능력도 검증해 봐야지. 마침 처리하고 싶은 일이 하나 있거든."

"일?"

젝스는 그 일이라는 것이 무엇이냐는 눈으로 치프를 봤다.

"그랜드 마스터의 우주선이 저기 어딘가에 있거든."

치프는 하늘 위로 검지를 들었다.

*   *   *

회사 근방의 비포장 도로 위를 수송용 장갑차 한 대가 달려갔다.

그 장갑차는 그라니트 용역 소유였다.

장갑차의 운전석에는 휴가를 마치고 복귀 중인 롸켓이 있었다.

자율 주행 장치에게 운전을 맡긴 롸켓은 의자에 앉아 단말기를 쳐다보느라 바빴다.

　조수석에 앉은 그의 친구, 이른바 녹색 중대의 대원 중 한 명은 캔에 든 맥주를 얼큰하게 마셔댔다.

　"이보게, 롸켓."

　"응?"

　친구가 자신을 부르자 롸켓은 성의 없이 대답했다.

　"UNSMC 말일세. 소문으로는 흑색 작전도 자주 실행하는 특수부대라고 하던데, 맞지?"

　"그렇다네."

　"자네 사장은 그 부대의 원사고 말이야."

　"응응."

　롸켓은 이번에도 성의 없이 고개를 끄덕거렸다.

　그의 친구는 자신의 누르스름한 턱수염을 만지작거렸다.

　"민간 군사 기업에서 일하는 친구들에게 내가 물어봤다네. A—1730이 누구냐고 말이지. 다들 그 자동차 번호판 같은 이름을 듣자마자 스포츠 음료처럼 얼굴이 파랗게 되더군."

　"그 인간을 이상하게 건드리면 절대로 안 돼. 혹시라도 자네가 술집 아가씨들에게 그러듯이 사만다 팀장의 엉덩이를 주물렀다가는 난리가 날 거야."

　"그래, 내 엉덩이 사이에 내 얼굴을 쑤셔 넣겠지."

　"좀 아는군."

　롸켓은 입술에 힘을 꽉 주며 몸서리를 쳤다.

　"그래서 말인데, 자네 사장은 왜 자기 얼굴을 공개하고 다니는 걸까? 헌터들은 물론이고 빅시티 사람들 사이에서도 엄청나게 유명하잖아?"

"하하!"

롸켓이 대답 전에 큰 웃음을 터뜨렸다.

"이보게, 그뿐인가? 우리 사장은 알타이르 행성에서 둘도 없는 영웅일세."

롸켓은 마치 자기 일을 자랑하듯 신나게 떠들었다.

그 모습에 롸켓의 친구가 어이없어했다.

"아니, 그러니까 내 말은, 사장이 사방에 얼굴을 까고 다니는 게 문제라고 보는데……."

친구의 걱정에 롸켓이 어깨를 으쓱했다.

"걱정 말게. 나도 전직 군인 나부랭이 입장에서 그 점을 지적해 봤지."

"그런가?"

"사장 말로는, 자신이 전국에 생중계되는 공개 청문회까지 정복을 입고 나간 적이 있다고 하더군. 딱히 극비는 아닌가 봐. 그러면 할 말 없지."

"음, 역시 지구의 문화는 특이하군. 그쪽 군대의 최고 책임자가 군인이 아니라 민간인이라 그런가?"

중얼거린 롸켓의 친구가 맥주를 홀짝 마셨다.

"그럴지도?"

롸켓은 심심함을 풀 겸 자율 주행 장치를 끄고 직접 핸들을 잡았다.

"솔직히 말해서, 난 우리 사장이 마음에 들어."

"자네의 취향이 지구인 남자일 줄은 몰랐군."

농담을 던진 롸켓의 친구가 껄껄 웃었다.

"음, 뭐랄까? 내 앞에서 사장이 걸어가는 모습만 봐도 이상한 기분이 들거든."

"오, 롸켓. 그 취향이 진짜였나?"

"아냐. 절대로."

롸켓이 실없이 웃었다.

"사실 사장 자체는 재밌는 사람이 아니야. 삶의 방식이 정말 담백하거든. 위에서 정해준 목표물, 내지는 자신에게 직간접적으로 시비를 건 놈이 있으면 그냥 죽일 뿐이야. 재미로 도축을 하는 축산업 종사자가 별로 없는 것처럼, 사장도 나른하게 살아가고 있지."

"……"

"그런데 사장 주변에 이끌린 인물들이 이야기를 만들고 만다네. 그들은 불나방처럼 사장에게 덤벼들고, 결국 비극의 주인공이 되는 거야. 난 그 과정을 지켜보는 게 너무 재밌어."

"흠……"

"지금 사장을 따르는 UNSMC 친구들도 그런 재미에 중독된 나머지 사장과 생사를 같이하는 게 아닐까 싶어."

롸켓의 친구는 롸켓을 말없이 쳐다봤다.

롸켓은 자신의 친구를 보고 씩 웃은 뒤 이야기를 계속했다.

"듣기로는 지구의 다른 나라에 배치된 UNSMC 대원들도 사장을 따라서 이곳에 오려고 했는데, 각국 지부에서 허락해 주지 않아서 다들 남아 있다고 하는군. 남아 있는 건지, 아니면 부르는 것을 기다리는 건지는 잘 모르겠지만 말이야."

"회사에 있는 자들이 전부가 아니라고?"

"그렇다네. 듣기만 해도 질리지?"

"허허."

롸켓의 친구는 실소를 지었다.

"포프라는 꼬마도 사장의 그런 모습에 홀린 걸까?"

"포프만 그렇겠나? 내가 보기에 우리 회사 사람들 중에서 제정신으로 밥값을 하는 사람은 단 세 명뿐이야. 바로 사만다 팀장과 뎃디 부사장, 헤이파 여사지."

롸켓의 말에 그의 친구가 조금 놀란 표정을 지으며 입에 댄맥주 캔을 내렸다.

"사만다 팀장은 가족이니 그렇다 치고, 뎃디 부사장이 제정신이라고? 내가 보기엔 사장한테 아주 제대로 빠진 것 같던데?"

"빠지긴 빠졌는데, 다른 연못에 빠져 있지. 뎃디 부사장은 정말로 사장을 좋아해. 탈리 아가씨처럼 그냥 이끌린 게 아니야."

"허허, 연애 박사가 여기에 있었군. 난 잘 모르겠는데 말이지."

"눈을 보면 알아, 눈을. 뎃디 부사장은 사장의 모든 것을 좋아하고 있어. 구겨진 옷자락까지도 말이야."

"그냥 왜곡된 모성애 아닐까?"

"나도 부사장한테 그렇게 지적해 봤는데, 내 몸을 곧바로 상자처럼 접어버리더군. 화를 내는 꼴을 보니 모성애는 아닌 것 같아."

"이야기를 들으니 아주 재밌군."

롸켓의 친구는 건배를 하듯 맥주 캔을 살짝 들었다.

그때, 누군가가 운전석과 탑승석 사이에 위치한 작은 창을 열었다.

"롸켓 아저씨. 회사 소식은 좀 들으셨어요?"

창에 얼굴을 가까이 한 사람은 켐리였다. 그는 휴가가 하루 더 남았음에도 불구하고 롸켓과 함께 복귀 중이었다.

그 커다란 도마뱀 청년에게 있어서 빅시티는 더 이상 재미있는 장소가 아니었다.

그는 그라니트 용역에서 가장 유능한 잡역부로 인식되지만, 빅시티에 있을 때는 아직도 저질 허풍쟁이 취급을 받는다.

켐리는 자신의 과거만을 붙들고 늘어지는 빅시티가 너무 싫었다.

"저길 봐, 꼬마."

롸켓은 오른손을 들어 장갑차의 앞 유리를 보란 듯 가리켰다.

"우와, 저거 위스콘신이잖아요? 돌아왔나 보네요!"

켐리는 회사 방향의 하늘에서 아주 천천히 움직이고 있는 전함, 위스콘신을 보자마자 어린아이처럼 웃으며 반가워했다.

밤에 베개가 없어도 잘 수 있지만 위스콘신이 없으면 잘 수 없다. 그라니트 용역에서 하룻밤 이상을 지내본 사람들이 즐겨 말하는 농담이다.

길이 1킬로미터가 넘는 그 거대한 쇳덩어리의 존재감은 무기보다는 든든한 어머니의 느낌에 한없이 가까웠다.

"어라? 좀 이상한데? 위스콘신이 갑자기 상승하고 있어. 정말 빠르군."

라켓의 말대로, 위스콘신은 고도를 높이고 있었다.

맥주를 마시던 라켓의 친구가 고개를 갸웃거렸다.

"저건 대기권 이탈을 위한 움직임이야. 상승 속도를 보니 꼭 이자를 뜯으러 가는 빚쟁이 같군. 무슨 일이라도 있나?"

그의 말대로, 속도를 올리며 상승하던 위스콘신은 일정 고도에 다다르자마자 전신주처럼 똑바로 서더니 고속으로 하늘에서 사라졌다.

라켓이 한숨을 터뜨렸다.

"하아, 누군가가 또 사장에게 시비를 걸었나 보군. 명복을 빌어주세."

"바쁜 사람일세."

라켓의 친구가 껄껄 웃었다.

*　　　　　*　　　　　*

경장갑 전투복을 입은 채 위스콘신의 정비창에 도착한 치프는 문득 냄새를 맡아봤다.

"단 며칠 만에 마구간 냄새가 배어버렸군."

그의 농담을 들은 해병들이 쓴웃음을 지었다.

축구장보다 훨씬 큰 넓이를 자랑하는 위스콘신의 정비창은 실제로 알타이르의 짐승들을 실어 나르느라 오염이 되어 있었다.

달구지를 끄는 짐승, 그리고 말의 역할을 하는 짐승들 모두가 알타이르 현지에서 공수된 건초 위에서 지냈다.

건초를 덮고 짐승들을 올리는 것에만 하루가 빠듯하게 흘렀으나 그것들이 모두 빠져나가는 데에 걸린 시간은 두 시간이 채 걸리지 않았다.

정비창을 맡은 해병 전원은 현재 방독면과 전신 위생복으로 몸을 감싼 채 분뇨 등을 청소하느라 분주했다.

"이봐, 죠니. 청소용 로봇이 왜 안 보이지?"

"로봇들이 말똥과 소똥은 잘 못 치우더군요."

바로 옆에 있던 죠니가 어깨를 으쓱했다.

"의외네."

"그렇게 습기가 있는 물건을 처리하라고 만들어지진 않았으니까요."

"흠. 어쨌거나."

치프는 완전무장을 하고 대기 중인 알타이르 전사들을 봤다.

각 가문의 직계 혈통, 즉 정예로만 구성된 그 전사들은 우주에서의 활동 및 방염 방독을 돕기 위한 검은색 복면으로 얼굴을 가리고 있었다.

"여러분들 가운데에서 우주에서의 실전에 익숙하신 분이 계신가요? 계시면 저처럼 손을 들어주세요."

치프가 손을 들자 인솔 및 지휘를 위해 함께 온 데스디아와 탈리케이아가 뒤따르듯 손을 들었다.

알타이르 전사들 가운데 손을 든 사람은 그 두 명뿐이었다.

"혹시 훈련 정도는 받아보신 분?"

치프는 허들을 낮추기로 했다.

다행히도 이번에는 전원이 손을 들었다.

"아주 좋군요."

치프는 팔뚝 보호대에서 단말기를 꺼내 입체 영상을 출력시켰다.

영상에 떠오른 것은 치프가 며칠 전 그랜드 마스터를 잡을 때 촬영한 것들이었다.

"그라니트 행성 근처에 그랜드 마스터, 그러니까 매우 변질된 나이트 스토커의 우두머리가 개인적으로 데리고 다니는 자들의 모선이 있어요. 오늘 우리는 그 모선을 찾아내서 잡을 예정이에요."

그러자 탈리케이아가 복면을 벗고 입을 노출시켰다.

"그렇다면 굳이 우리를 데리고 올라올 필요는 없잖아, 치프? 위스콘신의 화력으로 모선을 격침시키면 될 텐데?"

"그동안 정보를 좀 모아봤지."

치프는 단말기를 조작하여 영상의 내용을 바꿨다.

"그랜드 마스터라는 존재에 대해서는 지금까지도 정확한 정보가 들어오지 않았는데, 나이트 스토커를 돕는 자들에 대해서는 미약하게나마 정보가 있었어. 그들에게 우주 항해용 모선을 제공하고 자금을 대준 자가 무려 라이트스톤이야. 그래서 가급적이면 백병전을 통해서 모선을 나포하려고."

"깔끔한 나포를 위해서 우리가 필요하다는 거지? 좋아."

탈리케이아가 고개를 끄덕거렸다.

치프는 눈웃음으로 고마움을 표시했다.

"모선 내에 자폭용 폭탄이 설치됐을지도 모르는 위험 구역은 나와 UNSMC가 맡을게. 그쪽에서는 함교를 비롯해서 비교적 변수가 적은 장소에 위치한 선원들은 맡아줘. 하지만 우주에서의 실전을 경험한 알타이르 전사가 두 명뿐이라는 것은 좀 걸리네."

그의 걱정에 데스디아가 인상을 구겼다.

"걱정 마, 치프. 우리들 가운데에서 뒷산에 소풍 다녀오듯이 우주 전투 훈련을 수행한 자는 아무도 없어. 무관 가문의 자손들을 얕보지 마."

"뎃디, 정말 괜찮겠어?"

치프는 걱정을 놓지 않았다. 그라니트 행성의 우주에서 부하들을 잃은 그녀의 과거가 혹시나 독이 될까 해서였다.

"지휘는 맡겨줘. 이 우주에서 스러져 간 동포들의 영혼이 우리를 도울 거야."

"그래."

치프는 고개를 끄덕거렸다.

"그런데 당신, 방금 얘기한 정보는 꽤 고급인 것 같은데, 어디서 얻었지? 해군 정보부인가?"

데스디아는 '나이트 스토커를 돕는 자들'에 대한 정보를 그 어디에서도 들은 적이 없었다.

"오라클이야. 지금까지 해군 정보부에서 놓쳐왔던 것들을 꽤 자세히 알고 있더라고."

"회사에 돌아가면 오라클에게 사과해야겠군."

데스디아는 한탄하며 고개를 가로저었다. 그녀는 적어도 오라클만큼은 더 이상 어른들의 일에 관여시키고 싶지 않았기에 항상 조심해왔다.

"그런데 요르엘과 오라클은 왜 숙소에서 나오질 않는 거지?"

그녀가 묻자 치프는 옆으로 살짝 고개를 기울였다.

"바라쿠스 아저씨가 무서운가 봐. 대단히 꺼려 하더라고."

"그렇군."

입체 영상을 출력하던 치프의 단말기가 강하게 진동했다.

"잠깐만."

손을 들어 양해를 구한 치프는 단말기를 귀에 댔다.

"여기는 알파 리더."

─위스콘신 함교에서 알립니다, 원사님. 순항속도로 1시간 40분 거리에서 외우주 항해용 엔진의 반응이 잡혔습니다. 엔진의 파장과 예상 출력을 봐서는 꽤 규모가 있는 함선 같습니다. 적 모선으로 추정됩니다.

"그쪽에서는 이쪽을 발견했나?"

─아닙니다.

"우리 목표는 적 함선의 나포다. 나포와 관련된 위스콘신의 행동 방침은 함교에 맡기겠다."

─접수했습니다. 그에 대해 함장님께서 전하실 말씀이 있다고 하십니다.

"뭐라고 하시는데?"

─다녀와서 빌어먹을 말똥이나 처먹으라고 말씀하시는군요.

"아……. 음, UNSMC도 청소에 합류하겠다고 전해 드리도록."

─알겠습니다. 함교, 통신 종료.

"알파 리더, 통신 종료."

통신을 마친 치프는 단말기의 모서리로 자신의 뒷머리를 긁었다.

"자, 여러분. 준비합시다."

치프는 UNSMC 대원들이 대기하고 있는 장소로 이동했다. 데스디아와 탈리케이아는 알타이르 전사들의 장비와 복장을 다시 점검했다.

그로부터 30분 뒤, 나포를 위해 기습적으로 가속한 위스콘신이 길이 900미터 규모의 대형 함선 위쪽에 나타났다.

능동 위장, 그리고 주변에 잔뜩 깔린 소행성의 그림자를 이용한 전함의 접근은 그야말로 우주의 유령과도 같았다.

위스콘신의 접근을 알아차리지 못한 모선은 함포들을 일제히 일으키며 저항하려 했다.

그러나 위스콘신에서 사출된 상륙정이 모선의 함교를 파고드는 게 더 빨랐다.

가장 먼저 함교로 통하는 길에 진입한 데스디아는 탈리케이아를 비롯한 알타이르 전사들의 지원을 받으며 모선의 선원들을 베어냈다.

데스디아는 특별한 일이 없을 거라 생각했다. 실제로도 함교로 가는 길을 지키는 자들은 시시한 용병이나 나이트 스토커 훈련생들이었다.

그러나 그녀의 예상이 지속된 시간은 불과 10분도 안 됐다.

함교 내에서 마주친 모선의 최고 지휘관은 아주 익숙한 느낌이 장비를 착용하고 있었다.

검은색의 도자기처럼 매끈한 헬멧. 그리고 코트처럼 생긴 흑회색의 전투복.

바로 라이트스톤의 직속 부하였다.

『그라니트 : 용들의 땅』 11권 끝